寂静之声

方格子 —— 著

图书在版编目(CIP)数据

寂静之声 / 方格子著. -- 杭州：浙江文艺出版社，2023.8
　　ISBN 978-7-5339-7186-1

Ⅰ.①寂… Ⅱ.①方… Ⅲ.①长篇小说-中国-当代 Ⅳ.①I25

中国国家版本馆CIP数据核字(2023)第040390号

责任编辑	邓东山　丁　辉
营销编辑	张恩惠
封面设计	有品堂_刘　俊
责任校对	牟杨茜
责任印制	张丽敏
数字编辑	姜梦冉　诸婧琦

寂静之声

方格子 著

出	版	浙江文艺出版社
地	址	杭州市体育场路347号
邮	编	310006
电	话	0571-85176953（总编办）
		0571-85152727（市场部）
制	版	浙江新华图文制作有限公司
印	刷	金华市婺西印刷厂
开	本	880毫米×1230毫米　1/32
字	数	196千字
印	张	9.125
插	页	2
版	次	2023年8月第1版
印	次	2023年8月第1次印刷
书	号	ISBN 978-7-5339-7186-1
定	价	45.00元

版权所有　侵权必究

人们深信必死无疑,仍然怀抱挚爱行走一生。

上卷

伊菲拉

我至今不能说出一个词。逃避多年,从印度尼西亚,到英国,如今又躲进这个半年暴雪的国度,身处峡谷边某个巢穴。日常,我给三十二只孔雀服务,喂食,清理粪便和残损羽毛,更换食盆。大约九个月前,我在报纸用工广告栏里找到这份工作,我看中它描述的"有持久的耐心跟孔雀交流"——只需用手语。

医生叮嘱我频繁使用言语训练舌头、嗓音、唇肌,以保持听力、发音功能。

但我不想与人说话。

我喜欢这个工作,除去不必与人交流,较为可观的薪水足可维持我接下来的旅行,或许叫流浪更确切。我的雇主是个老太,但我们从未谋面。老太的另一个帮佣面试并录用我,她承认被我娴熟的手语折服(虽然我的手语与孔雀语言并不相通),她定期将薪酬送来。为老太服务十三年,她自认得了优势,免不了居高临下——看我时让我联想到孔雀尾羽上的眼睛。

夏季即将过去的一个午后，我正在整修巢穴。手机振动，彩信里的顾玉生戴着墨镜，头发往后梳，打了发蜡。背景就在我栖居的峡谷小镇——他来了。顾家人终于追踪至此。我抓起喷水枪，拖着皮管出了巢穴。我要干掉他。

顾玉生朝我走来。Dear sister，他招呼我。

发音标准，音量适中，音质吻合三十三岁中国南方青年的特质。他手拿木牌，张开双臂快步朝我跑来。如果我用水枪射倒他，争取到十八秒，便能跨过栅栏再次从他视线里逃脱。

他举起木牌：爷爷醒了！

三年前，顾玉生追到我时，说爷爷睡过去了。爷爷。我真实的记忆里，没有这个称谓。

一尘。

我叫伊菲拉。

回良溪吧。

不。

你要逃到几时？

我举起水枪喷射，顾玉生狼狈离去。

第二天醒来，阳光透过百叶窗穿进屋子，照在天花板上。屋外有些动静，我推门出去，顾玉生穿着大围裙，正在整理栅栏，他给巢穴铺干草，扎紧网格架子。我注意到他膝盖上扎着血迹斑斑的布条，渗出的血顺着裤管在脚边形成血洼。他受伤了。他与野兽搏斗了一夜侥幸活着。我拿起药箱冲过去，给他消毒、上药、包扎。我来不及洗干净沾血的手，顾玉生拥住我：妹妹，我们回家。

我无法直视某些事，因为那些事改变了我。我不能勾连万里之外那块土地，我花大力气斩断与那里的联系，才能苟活至今。

一份遗产。顾玉生强调，是给你的礼物，你得回去接收。

我到良溪的第一个上午，微风拂过，溪水流过石桥。陌生的房间，墙上镜框里夹着相片，有一张集体照看起来像全家福。

没一会儿，一辆轮椅进了房间，老人神情紧张，他伸过手来：儿啊！他过于激动，需要氧气辅助才能交流。他握住我双手，嘴唇哆嗦：一尘，我的孙女。你回来了。你回家了。

老人是我辈分上的爷爷，但我喊不出口。他摸索出一张相片：这个是你，你奶奶抱着你。

抱着襁褓的圆脸女人穿黑色对襟外套。襁褓里有张模糊的脸，未曾被生活收拾。她的左侧，两个女孩扎着羊角辫，眯眼看前方。其中一个女孩在笑。另一个女孩面容坚定，像在追问。老人指着相片给我看：你爸爸顾尚清，你叔叔顾尚明。最后，老人让我找找他，找找妈妈罗眉之。可相片上再无其他人。他们没在上面。

真相在这里。他指了指自己的头，儿啊，全在这里。

终于要说真相了！我漂洋过海回到这里，就是为了寻求真相，或咒语。他又抓住我的手：我时间不多了，我得跟你说些事。

是要解释当年为何丢弃我？还是要告知我顾玉生万水千山找我的原因？

儿啊。你能喊我声爷爷吗？他颤抖着挤出一句，他太激动，昏过去了。顾玉生安排的家庭医生给他输氧，量血压，挂药水，镇静剂让他快速入睡。

我随顾玉生走出老人房间，顾玉生回头看我，眼神复杂。他又一次将我从世界某个角落打捞出来，这次，他几乎是挟持我回良溪，欣喜里藏着鄙夷。或许他认定这个名叫伊菲拉的堂妹，将在接手遗产后再次消失，在另一个世界过着锦衣玉食的生活。

顾及

我叫顾及，是顾一尘的姐姐。如今我已安睡在泥土之下，因此，我堂弟顾玉生的车一进良溪，我就感觉到了，他终于将我流落在外的妹妹顾一尘找回来了（如今她拥有一个洋气的名字叫伊菲拉）。这个妹妹是顾家跑得最远的。她不知道，我们的爸爸顾尚清，一直试图飞离，却长久地留在了良溪。顾长年——我们煞有介事的爷爷，沉睡三年，积攒一口气只为了等流浪在外的孙女回来，祖孙三代欢聚。但我看出妹妹的尴尬。她回良溪不是来听老人絮叨的，那么繁复的人间故事，她还没准备好接受吧？

我奶奶说，有只大手，天一样大，罩在我们头顶，我们吃饭睡觉欢喜忧伤，都在那只大手里。奶奶说，神仙孙悟空，一个跟斗十万八千里都翻不出那个掌心，凡人就别妄想了。但我爸顾尚清不认这个，他潜心研究，自称已找到逃出大手的路径，他要跟那巨掌搏斗。他坚信良溪之外另有世界。

三岁那年我得了病，之后，我便进了福利院。因为我后脑勺有一块疤，以后三百多天，小伙伴们都喊我"癞痢头"——癞痢头是我在那里的名字。我抽搐，痉挛，口吐白沫。我很痛。

我活在福利院。我在桌边吃饭，在房间睡觉，在天井晒太阳。我懵懂度日，忘记是哪天来的，不知自己能长多大。抽搐时我渴望不抽搐。有一天，我被纷乱的说话声吵醒，人们围在床边，床上躺着我和男孩。我醒了。男孩还躺着。

男孩死后的早晨，我们照旧排队到街沿晒太阳，像之前每个寻常日子。但他的确死了，伙房老头已将他埋到门外木兰树下。

又一个早晨，福利院屠妈妈抱抱我说：丫头，你良心尚存的爹来接你了。

爸爸抢东西一样抱住我，几乎要把我箍死。他猛烈颤抖。他在哭。一年多不见，我仍然认得爸爸，我熟悉他的气息。他背起我跌跌撞撞坐上拖拉机。拖拉机车斗里装着肥田粉、井冈霉素、稻瘟净、农药瓶和另外三个人。爸爸对他们说，我囡子的病好了。他们给我吃饼干，摸我头，跟我笑。横冲直撞的拖拉机冲进沟坎撞到大石头，我们被甩出去，我额头蹭掉一块皮，血流进眼睛。爸爸的脚踝破了，胳膊肘上粘着血和泥沙。刚才那三个人胡乱躺在沟里，肥田粉和农药洒在他们脸上。路过的人大叫：罪过啊，年纪轻轻要被埋进土里！

他们死了。爸爸抱紧我跪下，对那死了的三个人拜了拜。

一九七五年，我四岁。我两次看见了死亡。

我在福利院闻尿骚味的一年多时间，爸爸妈妈马不停蹄又为顾家添了一口。妈妈给她取名顾一尘，才四个月，哭闹，拉肚子，夜里不睡觉。可我回来当天,她在我怀里安安稳稳睡着了。

一回到家,我便捕捉到不祥之气,有种难以言说的不安,不知怎样描述。男孩死去那天的惊慌尾随我到良溪来了。有一刻,我抓住稍纵即逝的感觉,预感良溪这个地方,有大事要发生。

良溪人围着问我这一年多去了哪里,瘦成这样是不是从来不吃饭。我很累,说不出话,良溪人感慨:这囡子,魂失落了。

有一天,我有力气了,我张嘴就问顾念:人死掉是不是就能飞了?

顾念吓一跳,说死掉要变成灰尘,灰尘在墨黑的地方永远没有光亮。她又说:你死了,我也要死。我们两个是一个人——我跟顾念同一天出生。我先来到人世,我吐出一口浑浊的水,却不发声。接生婆表姑妈认为我死了,将我扔进木盆。木盆里有血、水、一把剪刀、一团血肉模糊的破布。血水冰冷。

妈妈恳请表姑妈给我包起来,或许我还能活。

表姑妈剪断妈妈的哀求:你养养力气吧罗眉之,那要是个男小子,我就将他包起来给顾家留种。妈妈被阵痛折磨,挣扎个把钟头才生出另一个孩子,像是某种启示,我哇地哭响了。表姑妈捞起我,说没想到小囡子屏住一口气,就为了等妹子出生。

我活着,妹妹也活着,我们是双胞胎姐妹。加上先我们两年出生的姐姐顾米,顾家三姐妹像风中蓓蕾,每天接受村人同情,也接受好奇。良溪人认为,顾家人至今还在饿肚子,是因为顾尚清没在现实人间,心里藏着另一个世界。

爸爸说,姑娘们,我们要走出去啊,山的那边是另一个世界,那里的人读书，弹琴，吃饭喝粥不出声。

村里人笑谈，顾家老老小小都能组成一副戏文班子了，可又不演人世里的戏。这似乎是事实，看看我们的爷爷吧，每天窝在摇摇欲坠的纸槽屋，声称要做一张世上最有韧性的竹纸。再看看我们的爸爸，每天掸干净裤腿上的泥土，到山坡田畈踱步，探寻缝隙，他认定缝隙里有通道，通道里隐藏着神秘启示。他说，这世间，总有一处，烟云水气，清俊通脱。

还有我妈妈罗眉之，人家都已吃上城里买来的雪饼和香喷喷的油沸馒头，我们还在喝青菜粥汤，可生活这样拮据，她却仍旧感恩，感谢一个我们从未见过的人，谢谢他给我们饭菜、衣衫、光亮。阿门。这夫妻俩的行径像一块不知羞耻的膏药，顽疾一样黏附在顾家人身上。

一个夜间，我惊恐地醒来。忽然觉得身上多出什么，又像丢弃一些负累，心中一阵释然，仿佛自此人也变得轻松。意外地，我能看见逝去的亡灵了，他们在房梁、窗洞、楼梯。得了这种新本领，让我不知所措。从未有人教我识字，但我却熟识它们。我歪歪扭扭写下自己的名字：顾及。又写下两个字：死亡。顾念用橡皮擦掉死亡。顾念说：阿及你放心，你得了脑膜炎，这个病不会死人。家人又惊又怕，担心我冲撞看不见的神灵。只有妹妹顾一尘，她在别处哭闹，不安，一到我身边就安静下来，定定地看着我笑。

良溪人路过我家门口，由衷同情我。他们把祝福慷慨馈赠：囡子，你会长大，给男人当老婆，生一堆儿女。

伊菲拉

离开多伦多七十二小时，我在良溪度过第一个夜晚。梦境纷繁，有谁在我耳边说话，我疲累不堪。清晨醒来，听见不知名的鸟有一搭没一搭地鸣叫。山村宁静。风里裹挟着植物的气息从窗缝钻进来，我捕捉到莫名的信息，似曾相识，又全然陌生。靠墙的搁几上，放着一床古琴，一只蜜蜂在弦上盘旋，发出令人厌烦的噪声。

冰箱上有一张便利贴：家人都在回来的路上。是顾玉生留给我的字条。这种安慰式的留言，反衬我此行的尴尬。顾家人同样认定我是因为"一份遗产"回来的。我发信息问顾玉生老人怎样，顾玉生回复说：凌晨两点情形不佳，目前正在重症监护室。但"他正吵着要见孙女"。

顾玉生描述"顾家人盼着团聚的这一天"，这个想象中的场景并未出现。房子是八十年代的建筑，石灰粉刷，家具简单，看不出"丰厚遗产"的痕迹。

我走出屋子，狭长的溪流蜿蜒村中，那些新造的楼房像积木，天然气替代了柴火，看不到炊烟。村中广场上有几个孩子在玩石头，有人晒咸菜，还有人从山坡上下来。我是他们眼里的陌生人。有个人骑着电瓶车从外面回来，在我身边停下，问：你来收购老古董？她家有一只牛皮箱，价钱好的话她乐意卖给我。

我摆摆手表示不需要。她跟着我，说那只牛皮箱很稀有，是她奶奶的嫁妆，百把年了。良溪以后都是新房子，旧东西用不上了。她建议我去她家看实物，并指着一间凉亭似的建筑说：看到没，顾家纸槽过去，二三十米就到了。

顾长年

儿啊。这么多年，你流落在哪里了？你是怎样长大，喝了哪里的水，吸了哪里的空气？你看起来胆小。你眼里有一个……怕。对，你怕。我嫡亲的孙女，现在好了，你回家来了，虽说你爷爷我没多少时间护着你，但良溪在的。你困了？那你睡吧，我知道你能听见。你皱眉，不想听吗？可不是嘛，一回来就听我啰唆，可没办法，我时间不多了。你知道你姓顾对不对，你叫伊菲拉？对，可你就是顾一尘。儿，白天你路过顾家纸槽了，别看它旧屋顶泥草墙，结实着呢。你摸过槽桶板没？那是你阿太攒下的。哪个阿太？就是你曾爷爷，我爹顾安律。

我们顾家原是手艺人，住在迎薰江上游一个村落，做得一手好纸。官兵和太平军打仗时，顾家只有两个人逃过一劫。他们离乡远走，这一日来到山脚，听得琴声清脆。他们登上山顶，荒坟乱岗，凄凉得很。但石缝里清泉涌动，水流声像琴弦拨动。清泉边，一株被火烧过的檀树屹立。隔一年大旱三月，别处滴水不见，可山巅石缝水流潺潺不息。这一处可是好风水啊。顾家在山巅繁衍，发子发孙，子丑寅卯鼠牛虎兔，儿孙十二生肖都齐整啦。

可顾家却败落了。说起来呢是诡异。有天夜里，顾家祠堂正做一场法事，为已故先人做双百阴寿。和尚道士请了十多个，庄严肃穆的道场铜锣响鼓。没想到，顾家有个逆子，这个有辱门庭的少爷，在祠堂厢房跟丫鬟苟且，犯大忌啊。哦，我的孙女，我不该跟你说这个……就在当夜，五个被称为"钩刀帮"的盗贼潜入小琴坞。这些人专以盗木为业，他们避过家丁躲到大檀树下，用刀砍树，砍刀发出的声音被鼓乐淹没了。此时，一声炸雷，盗贼顺势拉倒檀树。那两个造孽的男女受到惊吓，光着身子逃出厢房，在顾家祖先眼皮底下疯癫。就在这时，泉水骤停。枯泉，炸雷，檀树倒下时发出的巨响，像鬼魂警告。不祥之兆笼罩小琴坞。

同年仲秋，官府把一张黄表纸贴到村坊公告墙，田地、家畜、树木、篱笆、土路，凡眼所见之物均需缴税。各种名目的税，一年缴两茬。这是官府不给人活路啊。有个妇人在路边祭丈夫，买不起烧纸，没有洋火，口头哭夫：夫君啊，金银票子你收好，衣帽鞋子你穿上，碗盏钵头你放好，两斤米粉你放到淘箩。

叫人生气的是，妇人嘴里念叨过的东西，金银票子、衣帽鞋子、碗盏钵头、两斤米粉都需缴税。哪有这些东西？官府可不管，让妇人缴祭夫税。当晚，那妇人一根裤带将自己吊到房梁上，死了。

平头百姓过不下去了。

玉生你到外面接电话，你看月亮都挂到中天了，你还在做生意。你别光顾着赚钱啊我的孙儿。

到惊蛰前一些日子，有个人大叫说都是顾家惹出的灾祸，顾家从不躲避缴税。你看，纸捐税比往年提了两倍，顾家不声不响缴了。平头百姓缴不起税，是因为顾家这艘船大，吃水深，溢出的水殃及了村坊。

也就是说，顾家做纸越多，纸捐税越高，随之抬高的是其他税额。找到祸根的村坊邻居愤怒了，他们青布蒙脸装扮成侠客，蜂拥到小琴坞，砸烂纸帘，推倒焙笼，敲断做纸师傅的手指。那一夜啊，小琴坞上空的血腥气飘出老远。

你知道，顾家血脉延续至今，就凭了这一张纸。别小看薄纸，是有讲究的——这个我没有力气说了。

玉生你别打断我……让我休息？医生给我上了一个药，我精神着呢。你给我出了大把医药费，我才养着这口气给你们说陈年往事。顾家开始接连死人。死人的顺序按照生肖排序，鼠牛虎兔龙蛇马羊……那真是可怕的事，顾家台门有一面宽阔的照壁，树荫照在壁上，却是一个"绝"字，龙飞凤舞像天书。

祖先意识到顾家好风水已破。顾家人纷纷离开小琴坞各自寻找活路去了。玉生，你去过小琴坞没？你到底是点头还是摇头？

顾家散去前，所有活口在竹纸上写下自己的姓名、生辰八字，安葬在小琴坞山顶，以示顾家已绝，命运不必追杀。你奶奶墨枚说天上有只天一样大的手罩着，我们全部的人全部的牲畜全部的树木竹林，还有哭闹笑谈，都在那只大手里。我虽疼你奶奶，但她的大手理论我不信。讲到这我想起你爸，儿啊，顾尚清是你亲爸，他是日月星辰无边无际，太不切实际了，一说他我就来气……好，我不生气，医生说我的元气不多了，让我省着点用。

那段时间，小琴坞慌乱啊，连吹来的风都带着煞气。这下，我要跟你们说说我爹了。说到我爹顾安律，小琴坞大事发生前，他还在顾家私塾读书。但九岁那年出了意外，他在他娘小荷包里发现一封信。信上写的都是蚯蚓一样的符号。呵呵，你爷爷我也学会这一句了：Dear Lan，I'm leaving you。

玉生你现在知道我的厉害了吧。一尘，我孙女，你爸顾尚清第一次听到我说这句话才七岁，他问我这句话什么意思，我说世界很大，山外面有另一个世界。那里的人说着我们听不懂的话。或许就因此，你爸他一心想去另一个地方……我不扯开去了。回来说小琴坞我爹，我爹其实悄悄学过另一个国家的语言，他吃力地辨认出那封信，他吓坏了。

万万没想到，为了掩人耳目，娘在烟榻上呕心沥血琢磨另外一个国家的语言，她跟先生用另一种语言表白私情。

母亲出逃，顾家忙着死人的那些年里，我爹他焚书，敲碎砚台，每日里赤脚下地，跟残留在山顶的家丁伐竹做纸。后来，他带着七个长者连夜离开小琴坞。他们隐姓埋名，丢弃曾经赋予他们荣耀和富贵的姓名，他们这样称呼：巳蛇，水鱼，飞鸟，刍狗，狸猫，坤牛，坎猪。我爹被喊成丁卯。他们在空地上搭建草舍，播撒小琴坞带来的种子，自耕自作维持生计。老人们借助余生气力，搬动石块，搅拌黄泥，建造一间石头屋。又过了一些年，七个老人相继在石头屋过世，他们葬在敞阳的良溪岸边。我爹独自在良溪住下来了。

我爹十八岁那年，邻村有个寡妇谷氏贴出招夫典子告示。典子呢，就是男劳力住进寡妇家，帮她做活，照顾她儿女和公婆，锄地、砍柴、生火做饭，但不必支付工钱。两人像夫妻一样过日子，寡妇生下的儿女可由男劳力带走。你们不知道，这是民间契约。

董老爷替我爹做媒牵线，我爹便住到谷氏家当了她的男人，也是她的长工。没错，我就是我爹跟谷氏生的，在良溪，这叫典来的儿子。

我爹抱着我离开谷氏回到石头屋，给我取名顾长年。我出生这一年是荒年，良溪过路凉亭内有个行乞者饿晕得病，我爹每日省下粥汤送去，乞丐恢复了，洗漱干净却是齐整女子。她跟了我爹，次年春天我弟顾望年出生。又隔两年添了个妹妹，叫小年。就是你们小年姑婆。你又接电话了玉生，你到外面去听，我还有很多事给孙女讲。哦孙女，你也有电话来了。

伊菲拉

手机响起，帮佣发来彩信，孔雀莉莉躺在地上。它再一次出走时被狼群扯散身子。当地警察根据报警线索，将血淋淋的它送回来了。

我做工的大鸟巢穴三百多平方米。看得见峡谷边沿的一些树木，稀疏的房屋。偶尔听到教堂钟声。我知道风吹来的地方有人跟我一样活着，也有人在死去。每隔一段时间，莉莉就飞离巢穴，它曾被狼群袭击，常勉力摇晃着把自己扯向高空，但它注定飞不高，只能停到巢穴棚顶。出于自卑或恐惧，它喜欢独处，离群索居。每次回来后，它都性情大变。数不清已逃离营地多少次，每回关进禽舍，它便递给我不认输的眼神。喂它好吃的，安抚它取悦它，但过不了多久，它又趁机出逃。

这次，它再不能离开这个它从不喜欢的地方。它以死亡的方式永远留在峡谷，它将被埋葬，被遗忘。不会有人为它哭泣。心底里，我把它的一次次逃离默认为我的逃离。偶尔，我在心里喊它顾一尘，一个多年来我不肯认同的名字。

暮色里醒过来，睁开眼，却见老人顾长年在我床边，他坐在轮椅上，精神矍铄，定定地看着我笑。我惊叫着想逃，他有力的臂膀拉住我。

顾长年

啊孙女,我吓着你啦。来,你喝口水,我接着跟你说大书。

这回,我要给你讲的故事,发生在县城的迎薰老街。那年冬天的一个夜晚,有个老头挑了个女囡子在苏家南货店门口歇脚,第二天人们发现老头死了。苏家安葬老头,收女孩给苏老爷的小太太做贴身丫鬟,丫鬟名叫许墨枚。过几月,打仗了,苏家逃难到良溪,我爹顾安律收留了苏家,就此结缘。战事平息后,苏家带我回县城当学徒。

我就去了。可是,自打我离开后,我弟弟望年,就是你二爷爷,忽然得了怪病。无论冷暖,他得把自己浸到良溪水里,不然全身胀痛难以忍受。入秋到寒冬,多冷啊,望年他连衣带裤浸泡在溪里。有一次他冻晕过去,我爹敲开冰块抱他回屋,生火将他烘热,望年醒过来说不痛了。全家高兴啊。可过不了多久,他又得去溪里泡着了。

为了给我弟看病,我爹将他带到县城,这一来,我弟就不肯回良溪了,他替代我成了苏家商行的小学徒。那年他才十二岁。

过几年，苏家纸行米铺也由他协助苏家大少爷苏漫澄经营。与苏家往来的主顾喊他望年小管家。他确是做买卖的好手。苏家祖籍徽州，在迎薰县城已有一百多年。苏老爷娶了两房太太，长子苏漫澄、次子苏漫秋和小女苏皖都是大太太所生。小太太一直无子嗣。

后来，苏家在良溪买下几个山湾的毛竹，托付给我爹看管，每年支付工钱。

我说到哪里了？哦，逃难。就在逃难的那些日子里，有个夜晚，苏老爷的小太太在顾家石头屋里生产，可男婴没有活成，当夜就没了气。小太太责怪丫鬟墨枚的贱命克了新生宝宝。她恨丫鬟，掐她脸，偷偷打她。回县城后，有个送货的跟小太太说邻县一户人家要个小女孩做童养媳。过了正月半，小太太差人将墨枚送到邻县。墨枚过去不到十天，那家小男儿死了。墨枚被退回苏家，小太太瞒着老爷送她去大寺庙后面清养院当使唤用人。清养院是洋人史密斯先生开的戒烟所，墨枚给他们洗衣服，清理唾沫浓痰。清养院隔壁是一间干净的屋子，史密斯先生每个礼拜天给他们传道，领他们唱赞美诗。

有一日，清养院爬进一个烂鼻子烂嘴巴的人。不像是人，就是鬼也比他上相。他周身散发出的恶臭把那些烟鬼惊醒，他们惊跳着跑到隔壁耶稣堂，跟史密斯先生诉苦。难以忍受的腐尸味把史密斯吓着了，但神爱世人，让爱神的都得益处。他去搀扶那人，凭借他有限的医学知识认定，这人得了麻风。

史密斯先生给他清洗疮口，喊墨枚过来给他倒水。他对麻风病人说：可怜的人。明天，你可以听到福音，神爱你。

墨枚被腐臭熏得睁不开眼。眼前这个是什么人啊，接下来的时光，要跟这个人一起在清养院度日？墨枚吓得逃回苏家。小太太自然不给她好脸色，找理由惩罚墨枚，苏老爷慈悲，不忍墨枚受苦，十二岁那年，老爷用轿子将墨枚送到良溪，许配给了我。她在我们家过了四年，我们成亲圆房。墨枚成了我妻，成了你们的奶奶。儿啊，我孙女，你这就知道了吧，你奶奶她有个苦身世……玉生，我气接不上了。

伊菲拉

就像拼尽全力，老人将他所经的人事如数交付，随后，他睡了。氧气面罩套在他头上，呼吸没有规律，或许今晚他就死了。医生说植物人苏醒，还能记住往事并能说出来，是奇迹中的奇迹。更匪夷所思的是，他还能将故事讲得风生水起，我甚至怀疑老人跟我讲的这些，都是他虚构的故事。他说：无论是谁，但凡他怀揣家族秘密，跟祖先在同一条河流喝水，在同一条路上摔痛过，见证过死亡，被故乡深刻伤害过，才是故乡的拥有者。

我走进石头屋。不由自主地，我想上楼。楼梯震动，有一些情形似曾相识，或许是我的梦境。前房间的木板壁上，画了一些不明所以的符号。板壁上糊着的陈旧报纸，几乎风化了，我撕下一张残损的旧报纸，猝不及防看到"运河"两个字。还有一些字我看不清。板壁上，插着一个拨浪鼓。看得出这是个旧东西，但纤尘不染。我脑海里出现了一个拨浪鼓。

有记忆起，我便在运河边的一个工厂生活。爸爸是厂里的会计，妈妈在厂部幼儿园当老师。他们爱我，用力宠我，供我上学。

我被同学伙伴羡慕。

有一年夏天,有个货郎来找人,厂部保卫人员不让进。那是我第一次听到有个地方叫良溪,那里似乎发生了大事。我从门缝看到货郎摇着拨浪鼓,衣衫又脏又破,我同情他,想给他一碗水喝。妈妈拉上窗帘,让我安心学习。妈妈给我一块雪饼,雪饼很甜。我知道柜子里还有很多好吃的,花生酱,糖果,这些东西全都属于我。语文满分,妈妈买回蜜饯;期末考第一,爸爸奖励我一辆脚踏车。妈妈不让我跟厂区的孩子玩,说他们身上都是瓦斯味。

我感觉到一种气息,叹息,又像呼吸。那似乎是一个女孩的声音,我不确定。我似乎进入另一个时空。

顾及

　　板壁上不明所以的符号，是换糖佬留给我爸的一个地址，但或许从没用上。我看过那个地址后，想啊想，想出了一个好地方，是一个陌生的世界。我想到爸爸说，有那样一个地方，那里的人轻声说话，对人友爱；也有四季，群鸟飞掠，像仙境。这样一来，我就很心痛爸爸了，因为我猜想爸爸说的另一个世界，其实在他心里，他总不能走进自己心里头去吧。

　　从福利院回来后，表姑妈说我身上冤魂怨气重，顾念心性弱容易得病，让我跟顾念分开睡。我独自睡在楼上后房间。第一个夜晚，我哭累了才睡着。醒来时，见顾念睡在身边搂着我，我心里高兴，又哭了一次。第二个晚上，顾念将小妹一尘抱到我的被窝，我们三个睡在一起，有说不出的高兴。

　　有个晚上，我家后门打开，有人蹑手蹑脚来到楼上前房间，关房门插上门闩。他们悄声问我爸：尚清，你说的那个世界里，人们吃什么？一年能做一套新衣服吗？

不只是吃饭穿衣的事，那个世界，还有别的。

别的什么？

我爸说：那里的人讲究礼仪，躬身泥土但都是绅士。

有人说：尚清，你家人在饿肚子，你在织夜梦。

爸爸声音低下去：人活一辈子难道就为了一口饭？

有人反驳：不吃饭你走得动吗？

我爸奋力拉回主题：吃饭之外呢？

睡觉啊！

我爸像被困住的云雀。过了五月，我爸等不及了，他决定将自己降落到地面，做一点实际事务，以博得信任。他到代销店打了三两老酒，从妈妈藏鸡蛋的罐子里挖出三个鸡蛋跟韭菜炒了炒，端去会计家。会计年方二十五，即将成婚，对新生活有向往。听完爸爸一席话，会计哗啦站起来，手指着我爸：尚清叔，你……没说下去。夜色里会计掼出重话：谁破坏眼下的好光景，我跟他拼命！

我爸逃出会计家，担心会计告密，惴惴不安过了两天。隔几天，会计无动静。爸爸壮胆去了队长家。为省口粮，队长早早平躺在床。他见到我爸，说：坐起来要力气，躺着说吧。又安慰我爸：双抢过后大家都能吃到厚笃笃的白米粥了。

燕雀安知鸿鹄之志！爸爸清清嗓子打比方，意思是说，如果有一个地方，不光有田地，还有高远的天空……队长打断：天空天空，我看你是算计精通，米桶尽空。尚清，你的脑筋病还没好？

一个被认为脑子出毛病的人，要获得信赖并非易事。我爸顾不得母鸡抓破脸，将它抱到队长床前，激动地说：队长啊，如果有一天，你家的母鸡会飞了。或者，孵出的小鸡，跟母鸡完全不一样，它们每天像鸟一样飞。队长大喊：顾尚清病入膏肓再世华佗也治不了。

爸爸心里叫苦。他急中生智，说：试想，蔚蓝的天空中，母鸡跟群鸟展翅飞翔。队长一骨碌坐起：好你个顾尚清，胆敢让鸡群飞上天！快快滚蛋！

滚出队长家，我爸对着良溪自言自语，他承认连他自己也不明白那个世界到底什么样，他不曾获得能力描述给人们知晓。他曾经想当个小学教员，眼下，人家都以为他在为一只胃操心——他们何曾懂我！他只得跟妈妈探讨，妈妈同情道：我懂你的意思，可这会儿我在补衣服。

我爸适时跟我妈谈论土地、庄稼和风。我妈很忙，她只能抽出一点时间感恩上苍赐予我们空气。我爸就说：眉之，你的心在天上，我的梦想是飞起来，我们有共同的……爸爸的表白不得已被打断，我妈说，蚂蟥叮了顾米的腿肚子，她在哭。

有个深夜，队长突然敲开我家门，爸妈惊慌失措。可他们惊讶地发现，队长手捧母鸡而来。他将母鸡摆在我家长凳上，母鸡哆嗦着憋出一泡屎，妈妈从楼梯下抽出坑边纸来擦，队长摆摆手说：且慢，我要用鸡屎打比方。队长跟爸爸讲起道理来：母鸡下了一个蛋，独自吃，能撑一天。但一个鸡蛋分成三份五份十份二十份，只能塞牙缝。队长指指鸡屎说：一泡屎放到一株水稻根，是养分；放到一块田里，就是屁了。

我爸闻听此言，大失所望，队长的意思跟他南辕北辙，他感叹知音难觅。我爸按捺住失望，说：就是这个意思。我想说的还要更进一步，是跟梦想有点关系的。

队长打个哈欠，说：尚清，我有点佩服你了，上有老下有小，你还有心思做梦。我呢，为了一口吃的，连死的时间都没有。你在马粪纸上画来画去的那个世界，我们良溪人想都不敢想。

这份赞赏给了我爸大安慰，几乎要跳起来，但他克制情绪，抱拳道：羞惭，羞惭。

接下来一些时光，爸爸一反阴郁，哼起小曲来。事实上，我爸已打好包裹准备出发寻觅他认为的另一个世界，与此同时，村里有人打算做一件大事，他们吸纳我爸加入，以便拿我爸当掩护。他们丈量田地造册子，打算分田分地。

不久，外面传来消息说邻村谷溪村也在行动，这更激励爸爸，他每想到膝下雏鸡似的女儿们即便在土地里刨食也依然有昂起头来看星辰的梦想，觉得活着有了非比寻常的意义。确切地说，他希望良溪人能活出尊严——那不就是盼头吗？总不能一天一天过去，在时间里老死成泥成灰像从未来过人世。

有一天，阳光灿烂，人们都去石板老街看瞎子算命。我爸认为最佳时机到了，他背上包裹，走小道上了龙门山。站在龙门山巅，他看到了不一样的风景，山峦之外另有天地。他抑制不住激动，对群山抒发豪情。凑巧，公社来人查看各生产队是否有人偷分田地，我爸难得的豪放举动，泄露了他的秘密。因他的可笑行径，队里秘密分田地的事暴露了。他被劝回来，但我爸沉浸在自己的思绪里，他念叨起飞机的结构——对了，他打算造一架飞机。他说：飞机其实就是一只大鸟，总有一天，我要成为一只鸟。

隔几天，我爸出工时，压低声音跟队长说：我想到一个典故，想说与你听。

队长叫：住嘴！顾尚清我告诉你，不管你是装疯卖傻还是精神错乱，离我远点！良溪平平安安不好吗？什么苦日子甜日子，天底下你跑一趟看看，谁不是跟我们一样喝粥吃草死了葬掉？

忽然，拨浪鼓的声音从远处传来：鸡毛鸭毛换糖吃……

换糖佬来了！良溪人不由分说寻找可以换糖的物品，但当人们拿出这些物品去换糖时，又找不到他了。大家只听说有这样一个人，不知哪一年来的，像游魂一样出现在良溪。他脸上包着藏青洋布，布上挖出几个洞，充作眼睛、鼻子、嘴巴。无人知道他是哪里人，他的声音很怪异。

石板街上有个蒙面怪人，像鬼魂。良溪人议论他。

换糖佬的出现，严重干扰爸爸的思绪。换糖佬打着补丁的衣服、挑担、蒙面青布，在爸爸看来，都是另一个世界的信息，他见多识广，多么洒脱！但我爸对换糖佬似乎抱有不一样的情绪，忧愤多于羡慕。我爸冲过去，不知是想对他抱拳致意还是别的，他刚抬手，换糖佬像遇见鬼旋风，转身往另一条路上逃走了。

这一年，梅雨足足下了五十六天，我家石头屋一面墙塌出一个豁口。天放晴了，帮工们清理断垣残壁，卖力刨去残留的墙根。

一个纸包从石墙缝里挖出来。会不会是金元宝？一包金元宝能买多少砖瓦！爸爸说如果是金元宝，先给顾及看病。又决定分出部分资金提升飞机品质。

纸包陈旧了，但纸质依旧韧得很。爷爷接过纸包，他惊喜地发现这纸出自小琴坞顾家。那是多少年的老纸了！爷爷打算给大伙儿讲解竹纸的韧性和寿命。我顾长年没别的本事，我这辈子就只识得纸……

我爸担心爷爷的行径引起哄笑，迅速拿回纸包拆开来看，两个本子，两张小照。哪来什么宝贝！

是一本军士证，上面写着：顾望年，国民党陆军驻临浦稽查大队一队分队长。另有一本壮丁证，上面写着：顾望年，救国军一部盐检。

黑白小照上站着四个青年男子，有个青年穿中山装，戴长围巾。照片下方写了一行小字：苏州遇友不甚欢喜此念十一月二十九日望年。另一张黑白小照，锯齿边，一个羞怯的青年戴着线呢帽，双眼直视过来。背面一行字：小琴坞顾望年。

不知怎么走漏的风声，过两天口信来了，让我爸去公社。我爸清早出门，到第二天傍晚才回来。一进家门上楼躺下，长叹一声。等他打起呼噜时，妈妈叮咛我，让我管住爸爸，防止他撞墙。

我饿，没有力气管住爸爸。我说：妈妈，人家有白米饭吃，我们家没有米吗？

妈妈蹲下来摸我的脸：囡囡啊，快了，爸爸的理想就要实现。

我像得了启示，说：我家吃不饱饭是因为我们家的人都是空想家。

妈妈说：不是空想，是理想。

断墙边挖出纸包的事很严重，公社派良溪人到迎薰县城调查亡人顾望年，被顾望年的妻子也就是我二奶奶乔禾训斥教育，派去的那三个人吃了一顿饱饭回到良溪。据他们描述，寡妇乔禾拿出一本红宝书，对着墙上领袖像跳了一段忠字舞。又背诵半个钟头语录，拿出一本党员证，义正词严地告诉良溪去的无知蛮汉，她是新社会当家做主的党员，数十年来从未停止挽救顾望年的灵魂，她相信他已摒弃恶习，跟反动政府决裂。你们胆敢动一下顾望年的灵魂，她乔禾不让须眉。

爷爷整日捏着照片，大拇指按住"小琴坞顾望年"几个字流泪。我爸慌神，为疏解爷爷的沉郁，分散他注意力，他说：爹，儿有大事要做，恳请你带孙女去石板老街求医。爷爷素来疼我。他想了想，说：尚清，那你死心了没？

我爸问：哪颗心？

爷爷的意思是，我们顾家从小琴坞来到良溪，扎根长苗开花，也结了果。人活着最终就是一口饱饭和一个念想而已。我爸认同爷爷的观点，但他挣扎出一个说法，他不希望自己的念想是一张纸。更何况，这张纸让顾家几乎灭了门，血的教训还不够吗？

这让我想起我爸有一次跟我说的话，大意是，他所有的努力，就是要毁掉这张纸。我当时愣了愣，毁掉顾家的纸，就是毁掉爷爷，字典里解释这个叫欺师灭祖啊。

过了一天，爷爷带我去石板老街看医生。爷爷说石板老街以前开了很多店铺，纸行、米店、布庄、碗盏钵头铺，有人站在铺子门口闲白谈。话题很多，叽叽喳喳，谁家新妇走了，没人给她念经超度。剃头铺子时常飘出肥皂和皮肤混杂的气味，木排门上贴着黄纸：常年收柴炭，每斤一分半。

爷爷买了一只糖饺儿给我，我吃着甜蜜的糖饺儿就到了医生的小屋门口，里面飘出消毒水气味。

医生在我后背拍了拍，翻看眼睛、舌苔。医生拿着的冷针很长，比我家筷子还长，在窗外渗进的光里闪烁。我头顶一刺痛，有什么东西旋转起来，我的手脚不由自主地弹跳着。每次打完针，爷爷再给我买一只糖饺儿。

因为有糖饺儿吃，我慢慢喜欢医生的小屋。先是三天去一趟，后来五天去一回。打了两三个月冷针，我看起来不一样了，眼神有点力气。我能自己走路了。爷爷好像忘记了小琴坞顾望年，喜乐起来。他热衷跟我说话，可我听得头皮发麻。他总是这样开始：孙女你知道吧，你爷爷我，顾长年，我的念想就是一张纸。我差点要跟爷爷说我爸的计划了，我都想好那句话了：我爸力气大，还是你力气大？如果爷爷问我什么意思，我就跟他说，力气大的那个人才能保住一张纸，或者毁掉一个人。

爷爷最后一次背我去找针灸医生。隔壁剃头师傅说：长年阿公，冷针没得打了，人走三天了。

三天前，邮递员送来一封信，医生关门读信。过两个钟头，医生来借剃头刀，说发型不好看。剃头师傅回忆说，医生没有哭，脸色平静，还笑了笑说西湖边气温升高了。

医生给自己剃光头发，又耐心地把身上的脉割了一遍，背部督脉，腹部任脉，每一刀都准确无误。剃头师傅等得不耐烦去讨要剃刀，看到医生平躺在那张工作台上，屋子里滴滴答答在滴水。

医生示意剃头师傅靠近，他踩着血进去，医生在他耳边说谢谢剃头师傅有一次分了半块豆腐给他。医生委托剃头师傅给他寄一封信到杭城。

当晚，拖拉机开来，几个人七手八脚把医生塞进袋子装上车又开走了。血在屋子里打转，踩进去啪啪响，人们舀水冲洗地面，用扇子扇，拿干艾草烧，熏了一个晚上。第二天新门装上，门边挂一块木板，红漆写着：农资物品供应点。

原本我觉得自己快要好了，归功于医生的冷针。但我很高兴不用再去暗簌簌的小屋，爷爷说杭城医生医术高明，死了可惜。我想起医生白净的手指、洁净的牙齿，微笑着跟我说不要怕不要怕。我问：爷爷，是不是信里的一把刀杀掉了医生？

剃头师傅给爷爷一张单子，说杭州医生让转交的药方，可将这些草药煮汤给我喝，慢慢养好病。

医生从杭城来，良溪人都不知道他名字，当面喊他郎中先生，背后叫他杭州赤佬。他爱干净，医疗室一桌一椅一床，书藏在床底。空闲时拉小提琴。夏天，人们到他医疗室门口乘凉，问他父母大人妻子儿女的事，他说：我拉一曲你们听听。小提琴的声音像哭，人们不高兴了，说来乘个凉弄得心里凄苦凄苦的，不想听。

过几天去乘凉，忍不住又问，一个人住在石板老街冷清不冷清。杭州医生新做了竹笛，说我吹个调头你们听听。听完喜悦的调头，人们更忍不住要深究，这样一个人，前不着村后不着店，没有来路也不知去路。接着再问他身世，医生的眼睛鼻子红起来像要哭，石板老街的人发了善心，不忍心了。

医生这样死去，人们哀怜他。剃头师傅气恼地补充：定是情情爱爱的事害死了他。他死后不久人们才摸清他的身世——没有身世。只记得有个女孩来看过他，让他回杭州。之后，便再没见过。医生到石板老街七年，杭州是回不去了，这样也好。人们替他了却一桩心事。都说杭州医生好，再提起他，也不说杭州赤佬，用心痛的语调说，西湖边来的医生模样周正，心肠好。

可没有人再为我看病了。

再后来有人提起杭州医生，人们就说他跟年轻时的顾望年一样，天庭饱满，面容敦厚。我听到人们提起二爷爷顾望年，就追着问顾念二爷爷的事。事实上，顾念跟我一样从未见过二爷爷，连我爸都没见过他。

顾望年，在我们家，避讳谈论这个名字，他作为一种不祥，在我们刻意回避的亲人故事里，像一个错置在顾家的不协调注脚。清明上坟，我们每人分到一支香，在已经清扫过的坟茔前祭拜。遵照顾家传统，我们说，顾家先人，今日清明，有饭有菜有纸钱，你们各自吃好拿好。顾家先人是神秘的某种不可冒犯的存在，真实不虚却又虚幻迷茫。但我们早已习惯如此。祭拜的最后一句必定是：保佑顾家顺顺当当，狗样健牛样壮。在顾家，"发子发孙"这样的愿望是不能提的，因为十二生肖齐整的小琴坞顾家像一个符咒。

有一年清明祭拜先人，顾念手捏一支香俯身拜的时候，忽然招呼起一个真实的人来，她说：二爷爷，听说你很有本事，你吃好拿好保佑我们全家。

我们全都看着顾念。爷爷用眼神和咳嗽制止顾念，不让她往下说。妈妈见此，拜了两下，插上香，又在胸前画十字，说：都是先人，念叨念叨不犯错。我爸说：我二叔他泥菩萨过江自身难保，哪有余力保佑后人。我爸强调人的理想永恒，千年万年不可磨灭。妈妈接过话头说：人在地上如同草上花，又如云彩，出现片时就消失，唯有天上的永远长存。

爸爸赶紧说：眉之你熟读诗书，到底厉害，艰深的道理缓一缓，我们再拜一拜先人吧。

我就想起顾念跟我说的一些事。一个偶然的机会，顾念获得一份地方文献，泛黄的资料残破不堪，在依稀可辨的文字里，顾念看到二爷爷的名字顾望年。这个名字镶嵌在一段文字里，顾念读给我听：顾望年，良溪人氏，幼时偶读私塾，接受腐朽思想侵袭，在迎薰县城资本家苏恒庄纸碗堂当学徒，从头柜到副管家，后入赘城西乔家……

根据蛛丝马迹，顾念拼凑起一个完整的男人形象。我们断言，这个"立场不坚定的资产阶级剥削分子"，就是我们从未谋面的二爷爷顾望年。我搜索枯肠才想起爷爷无意中说过，你二爷爷心里有良溪，可惜他去得早。爷爷念叨说，你二爷爷走时，变得很难看，已不像人样了。

我们不信。在我们——在我和顾念心里，二爷爷丰神俊朗，挺拔伟岸。

伊菲拉

我仿佛听到嘈杂的声音,像一些电影镜头。急匆匆下楼去,却什么也没有。我慌忙逃出诡异的石头屋子,却跟顾米撞上了。

顾米真瘦小啊,相片里那个神情坚定的女孩,应该就是她了。她是顾尚清的长女,她看起来瘦弱,羞怯,不像照片上的她。一见我,顾米手里的东西掉到地上。她想抱我,我侧身躲了躲。我们都很尴尬。很快,她脸上全是泪水,扑簌簌的。她哽咽着,牵住我的手,拉我进屋子,还在哽咽:知道你回来,我高兴的……高兴的。随后,她抓住两包大的薯片塞给我:妹妹,一尘……阿尘,你回来了。你吃,吃。

小方桌上有一个竹制的罩子,底下两只碗,一碗木莲豆腐,还有一碗是米糊。顾米说:小时候,你不喜欢吃这个,但只要顾及吃了,你也要吃。她忽然意识到什么,抬头看楼板。毫无预兆,顾米呜咽,抽泣。她也不掩饰,任自己哭着,稀里哗啦,但她不停手,将另一只塑料袋里的菜拿出来:一条大鲫鱼、猪蹄髈、牛排,还有一堆蔬菜。过一会,她平静了些,端起米糊出了门。我从窗口看到,她将米糊端给老人顾长年。他推辞:不吃,不吃。一尘呢?我孙女呢?

顾米寡言,给我夹了很多菜,盖住了饭。她又说了一遍:你不喜欢吃木莲豆腐。你喜欢吃奶奶做的米糊。

洗脸架旁,是一个上小下大的圆桶,圆桶的下摆宽,稳稳地立在地上。而那圆桶口小,只容得下一个小孩的身子。顾米说这个叫站桶,小孩会站立了,就放进这个桶,摇摇晃晃站在桶中间的踏板上,身子胳膊露在外,抓住桶沿。顾米接着说:我们做活时,把你放进站桶。顾及……她停了停,吸口气说:你在站桶里哭,顾及在楼上拍楼板逗你。你就不哭了。

我年幼时在这里吃过饭,站在圆桶里跟家人一起在小方桌前?我疑惑着看顾米。顾米说:你就站在这个站桶里,你小时候爱哭。但只要顾及在楼上喊你,你就不哭了,还笑……

被她的情绪感染,我鼻子酸起来,眼睛也湿了。我说:顾及……这几天,我像听到她在说话。可我不确定。

顾及走了好多年了,她惦记你,她走前两天还在记挂你……我们全家,都记挂你。顾米说,晚上,你能跟我睡吗?

顾及

有一天,村里有个人匆匆跑来跟我爸说,迎薰江上游有个村子叫大天井,那里的梁医生会打针治脑膜炎。妈妈迫不及待地背我去那里。

半路遇上算命的瞎子先生,妈妈塞给先生番薯,他咬一口,说番薯发霉了。妈妈说,先生慢慢吃不要噎着。先生说,时辰八字报来。妈妈报出时辰,先生舔干净指头上的番薯末,像唱歌一样给我排八字算命。这个声音不像戏文台上唱的,也不像顾念哼的。我忽然想起,琴娣妈妈死后道士说唱就是这个调头。我难为情,也不高兴,我还活着,瞎子先生却用这个调头来说我的命。什么冬兔无草命终怜,什么屋前屋后无傍依。

我的双腿无力地垂在妈妈后背,我想踢一下告诉妈妈我要拉尿。我用全身力气动了动,妈妈反背的双手撑不住,我掉落在地。

我的头撞在凸出的路石上,妈妈惊叫着看我头有没有摔破。没有。我只想拉尿,可是,像有一根绳子抽紧我,再抽紧,我的抽筋病又来叫我死一次了。痛啊,看不见的绳子把我捆起来。肥皂泡又满起了,嘴里盛不下溢出来。同时,我拉了一泡长长的尿。我难过又难堪。我不想在外人面前这样,但我左右不了自己。

有人骂瞎子搞鬼把戏,说我这样定是瞎子害的,又严厉批评妈妈,奉劝她相信科学。他们抱着巨大的同情心蹲下来,看我把肥皂泡吐完。随后他们捂住鼻子逃开,他们边跑边说:尿出来了。

如果纵身一跃跳下大江把自己淹死摔死,死后像一滴水或者连一滴水也不是,就算什么都没有了,也不见顾念,再也不见爷爷奶奶,还有疼我的爸爸妈妈,我的顾家人——如果这样就能把刚才发生的一切遮盖或者重新来过,我宁愿死,也不要这样难为情。让我死吧妈妈。

妈妈像我一样羞愧。她素来严于律己,不在人前清理眼屎,不挖鼻孔耳耵。打个喷嚏都觉得抱歉。可此刻,她的女儿又是拉尿又是抽搐。她抱歉地背起我,跟看不见的瞎子先生鞠躬,急急赶往船埠头。

等我睁开眼时,妈妈指给我看迎薰江,说我们坐大船了。大船很高,也宽,在迎薰江里乘风破浪,江风吹来叫人生出快活心。顾家人的日子都在良溪度过。大江是另一个世界,良溪人到县城是大事。迎薰街上春江饭店里阳春面拌猪油喷喷香,饭店隔壁的馄饨皮子薄得像纱。迎薰城里男男女女脱光衣服在城西酒厂澡堂泡澡,全身粉红地出来,良溪人回去后多半要说上十天半月,城里人说:山里猫猫出趟街,嘴巴吠得斜。

我们到大天井的时候,雨像用脸盆泼下来。妈妈打听到一些细节，说大天井梁医生九岁学把脉，他能在病人手腕处断生死。他医术高，心肠好。妈妈认定他就是瞎子先生算出来的"救星"。可妈妈怎会想到我一心求死？她难道不知亡灵可以保佑家人？祭拜先人时念叨的请祖宗阿太保佑的话，是谎言吗？

大天井哪有郎中！失望使我妈控制不了情绪，她大哭：救救我家囡囡吧。妈妈说如果顾家非要死一个人，就让她死吧。我也哭了，我承认，我哭是出于害羞。大雨溅起水花，妈妈跪在天井仰天祈求。一向讲究分寸的她全然不顾形象，她出身落魄的大户人家，但骨子里的矜持教养不允许她变得愚蠢，傻里傻气。见不到传说中的医生，妈妈求天，可能就是她心里的上帝。可上帝不在。

我们曾血肉相连，我的痛不由分说是她的。我在这个世界遭遇的所有灾难，最痛的是她。顾念说过，儿女之痛将通过无形的脐带加倍传递给母亲。有一次，我跟顾念说我想死掉，顾念当即生气，怒道：闭嘴啊顾及，妈妈同一天把我们带到人世，是让我们好好活着的。我知道你痛。可是阿及，我们死掉的那个痛，是我们都不知道的痛，比你的痛还要痛，妈妈怎么受得了？

我们从大天井出来，最后一班大船已错过，一户人家收留了我们，屋里的奶奶还给了我们一个热番薯。她在堂前摊上稻草，又用竹箧铺排，疲惫使我很快睡去。

坐过大船，见过辽阔的迎薰江，睡过一夜，我不想死了。我想跟顾念一样在人世活着，我们蹦跳着摘浆果吃。我为勇敢的妈妈自豪！我想在她面前欢笑，我一生的努力都是为了使妈妈开心。

可眼下，我们要不断接受问询：你爸这次打算飞到哪里？飞机的内部结构也有脑筋对不对，要注意，神经不能错乱。

我们默默承受良溪人的好意和愚蠢，只有顾念偶尔反击。有人问顾念：顾及是不是还在抽筋？顾念抓起一把草木灰撒过去，那人小丑一样跳着骂我们顾家断子绝孙。顾念冲上去咬他。奶奶叹气说：要是家里有个男小孩，良溪人的嘴就不敢这么毒了。

既然必须有一个男小孩来给顾家力量，顾米开始行动了。她用生锈的剪刀咔嚓咔嚓剪短头发。头发扑簌簌落下，顾米心痛但不忘给自己打气，说等她变成男小子，谁再说爸爸断子绝孙，谁再骂妈妈，她就打他们。但在掉了银粉漆的残破镜子里看到自己时，她目瞪口呆，目光里全是陌生，她看到的自己像不小心闯进我们家的不速之客。顾米剪短头发后，人们说她上半身像男小子，下半身少一只鸟。

顾家是良溪现成的笑话。每个月中旬我妈去领预支，从来空手而归。其实不尽然，她能带回一些慰问：罗眉之，你的上帝从天上给你发钱了没？罗眉之，上帝的钞票长什么样？

妈妈出嫁时带了一些细软：一对银手镯，两个扇形玉坠，丝绸布料，银筷子，还有一双方跟皮鞋。青黄不接的时年，妈妈用手帕包了其中一件，天不亮出门，天黑尽回家，带回一块阴丹士林布给奶奶做罩棉布衫，买回盐米。有时意外地会有一个雪饼。妈妈轻声唤醒她的女儿们，一点一点掰给我们吃，我们欢呼黑夜里的甜蜜，妈妈示意我们捂住嘴。我们做贼一样享用妈妈用嫁妆换来的糕点。

冬至过后,大雪封了山,封了田地,封了路。生产队转来一张单子,妈妈接过单子就哭。姐妹们齐声问:是电报吗?外婆死了吗?妈妈哭着笑着说是外婆的包裹。

外婆的包裹拆开,八双棉鞋,八双手编线袜,八粒纸包糖,金丝蜜枣,冻米糖,还有扯也扯不断的葱管糖。妈妈拿了两双棉鞋和吃食送去给爷爷奶奶,回来后妈妈决定吃一粒纸包糖。大姐拿出砧板,用菜刀将一粒糖分成六份,比火柴头大一点,大家急不可耐地捏起来,小心放到舌头上。剩下那些吃食,妈妈用毛纸包好放进石灰缸里。过年时给客人吃。

我已能喝下一碗黏稠的芥菜汤。顾念为此高兴得要哭,不知怎么表达才好,忽然创造出一个唱腔:糖塔星灵哦——不知在唱什么。顾念一唱,我心里欢喜,我的腿好像有点力气,我能爬行了,我家欢笑也多了。酷暑里,我像蜗牛一样沿楼梯下来,坐在街沿乘凉。爷爷用毛竹做了辆坐车,形状像一只鞋子,一尘坐在里面,我总是凑过去亲她的脸。可是有一天,我爸在竹车的左右两侧,装上了两张椭圆形竹片,看起来像一对翅膀,这惊世骇俗之举又创造了良溪的大笑话,很多人都来看了,他们出工时必绕远路来看看"顾尚清的西洋镜"。邻村有人走亲戚回去后,很快有另一拨人嘻嘻哈哈来了,他们问我爸这一对怪里怪气的东西是什么。我爸耐心向他们解释:一对翅膀。他毫无保留地告诉人们,翅膀的灵感来自屋边种着的甘罗叶,这种植物春天发芽,惊蛰时长得葱绿。只要有风,就像要飞起来。

我在这辆有翅膀的竹车边上坐着，照顾妹妹，给她喂水，擦鼻涕。有一次我还把她抱离车子，背她到良溪玩水。但我不喜欢那些来看车子的人，他们掀起我的裤子看我刚刚恢复起来的双腿，得出结论，说要是顾尚清、罗眉之这两个人能像广大良溪人一样正常，他们的女儿就不会这个样子了。他们或许还能生出一个儿子来。

那几日太阳很好，顾念把我席底下的稻草捧到楼下晒，顾米忙着把棉被翻出来晒，还把爷爷奶奶的那两双棉鞋也拿来刷干净了，我们的棉鞋晒在屋门口篱笆上。路过的人赞叹我们外婆针线活好，鞋底扎实，鞋帮密缝。棉鞋让我们自豪。我们爱惜不已。

有个黄昏，爸爸跑进家门，大喊：卧倒！隐蔽！顾念拉我往楼上跑，我跑不动，顾念不知哪来的力气把我扯上楼。我们藏进木床底下。好些人进了我们家，楼下乱纷纷吵闹起来。

我的女儿，你们太勤劳了！爸爸吼道。我们获得赞赏心里高兴，但爸爸继而质疑：眉之，你……你那个妈妈……岳母大人，她的上帝是做什么的？上帝要害死我们了！

料想不到，是棉鞋犯错了。每双鞋的半面鞋帮翻开，那里有一个方正的红丝线绣起来的"十"。原来这个"十"字跟一个天上的人有关，这是不被允许的。我想起妈妈祷告时在胸前做的手势，一横一竖，也是一个"十"。阿门。

人们说，顾家喜欢做戏文，就让顾家做一出好看的戏文以作惩戒。队长发了慈悲，说如今不作兴运动了，你们拆了红十字吧。

之后，爸爸给外婆的信里总要加一句：岳母大人，切勿在鞋帮绣"十"字。阿门。

过一段时间，爷爷忧心忡忡跟我爸说：再这样下去，我要少一个儿子了。尚清，铁匠铺在行动，他们夜里都在磨大刀。

我妈问：用大刀杀尚清？爷爷说：尚清煽动大家到外面去，找一个什么地方，公社的人来调查过了。我们听了生爸爸的气，万分不理解，他时时向往天一样空的理想，不管自己死活，他不管自己死活就是不管我们死活。要是他的头被砍掉，那我们真的要吃烂泥了。

事实如此。我爸像鬼上身，每天研究如何实施他的计划。村里有几个妇女怀上了，他们不费脑力想好孩子的名字。不论姓什么，名字都有一个"满"，满筐、满屋、满根，程满田，张满云，钱满袋。有一户姓谷的，更觉得谷满仓这个名字单给他们家未来的孩子准备的。偶有人征求我爸意见，我爸说取名字要往高处看。他给人家取名：张蓝天，程宇宙，钱星辰。

像有什么潜伏在良溪，良溪人暗暗骚动。原来，在我爸的鼓动下，有两三个青年受到影响，决定歃血为盟。咬破手指时他们痛得哇哇叫，胆小的要放弃，爸爸抓住他们的手指说：我替你咬！血书上写着：若外出探寻世界之男丁客死他乡，其子嗣老人由同盟抚养。

第二天，没有任何预兆，顾米赤脚跑出家门，她奔向石板老街铁匠铺。铁匠正在锻打，火花四溅，他让顾米离远点。顾米大声宣告，要是谁敢拿大刀砍我爸，她跟他拼命。铁匠瞥一眼顾米，呵斥她让她死开。顾米一脚跨进去，当巧不巧，铁块碰到顾米，哧,手臂被烫掉一块皮。

后来,铁匠这样描述:小囡子痛死过去,抱她到剃头店找肥皂涂抹伤处,她挣扎着挤出话来:我是男小子,我能保护顾家!谁敢杀我爸,我跟他对打。

闲话传出去,为揪出不法分子,迎薰公安局、公社、大队共同组建工作组在我们家堂前打地铺,石头屋成了临时办公点。上头把这件事提高到谋杀未遂来处理,他们反复追问我爸仇家是谁,因何结仇。铁匠作为凶器制作者被问询。我爸坐立不安,心疼顾米,日夜担心血书和描绘着远大理想的马粪纸本子被工作组挖掘。煎熬到第三天,我爸无可奈何,不得已似的抛出一个惊天大秘密:有个外地来的蒙面挑担人,干扰良溪正常生产和生活——会不会是他?我建议你们遣送他回乡。

我爸以换糖佬做掩护,成功转移工作组视线。听到风声,换糖佬消失得无影无踪。工作组解散。

我爸宏伟的寻觅计划被他女儿成功粉碎。之后,我爸一心沉浸于说大书。他四处找书,但凡见到一张有字的纸,都要带回来细细读一遍。黄昏,良溪回归宁静,夕阳把山峦升起的雾气染成琥珀色。我爸背上喷雾器去田里治虫,声明不计工分。他身后跟着十来个小男孩,他们叽叽喳喳问我爸:关羽和张飞哪个本事大?曹操和刘备他们吃不吃白米饭?诸葛亮拔了鸟毛做扇子,那只鸟还能不能飞?爸爸获得前所未有的成就感,他把小男孩带到溪坎上,让他们并排坐好,接着演义:上回讲到草船借箭……

伊菲拉

我被顾米叫醒。耳边全是水，我以为是汗水，但眼角泪水还在涌出来。我怎么哭了？梦里，我拥有一只雪白的小羊，我跟顾及正在它的身边，我们喂它吃青草，顾及在笑在奔跑。顾米抹去我的眼泪，说：你做梦了对不对？你梦见什么了？躺下没多久，你就在哭。顾米抱抱我后背，说：妹妹你不要怕，你在良溪了，这里是你家。

我坐起来，我的心绪还在别处，像刚刚跟顾及分开，心神里多了一个叫顾尚清的。我对他产生了难以言说的亲近，老人顾长年说他儿子顾尚清日月星辰无边无际，为了不切实际的理想整天空想。可我却在心底给予认同。想到这个已不在人世的男子，我为什么难受？

时间。是的，我突然想到这个词。我不知怎么了。

看手机，凌晨四点一刻。我喝了杯水，推开窗户，对面屋子里灯亮着。顾米说：爷爷睡了一夜精神很好。我让他吃早餐，他不肯。

我很快穿衣下楼。我想见他了。

顾长年

我脑子里有个声音，不忍听但又想听他说话。他是我弟，就是你二爷爷。说起我弟望年，我这老迈的心口隐隐作痛。你二爷爷留在苏家后，我爹将我送到一份大槽户家做帮工。我把赚到的钱拿回家。有个晚上，我爹跟我说良溪顾家要开槽了。我吓一跳，开槽是大事，在整个迎薰县也不多，那得多少钱啊。我爹心里藏了事但不说，我是猜到八九分的，他想小琴坞嘛。小琴坞那些好时光，都是一张纸一张纸叠起来的。我爹跟我算了一笔账，七算八算，凑起来的钱不够打一只完整的槽桶。理想中的槽桶长方形，考究的槽户用青石板围桶，上好的水泥嵌缝，再用桐油白油密封，坚固不漏水。我爹他已在良溪浅滩处看好三块大石板，为防止他人搬走，他挖了几个深坑，借着水流把石板推进深坑。

只有三块石板打不了四四方方的槽桶，我吃不好睡不香，我想完成爹的夙愿嘛。有一天，你奶奶从箱底挖出一个绸包，绸包里这对玉耳环跟她多年，日子再难也不曾拿出来。她交给我去换钱买槽桶板。这么说来，我也藏了一点东西。我带墨枚到屋子后面，掀开石板，一个小坑四面用石头扣着，棕叶层层密糊着一个浑圆的瓮。揭开封尘在瓮上的黄泥草料盖，一阵米香升起。是一瓮晒干的米饭，你奶奶摸摸米饭，一粒是一粒。我说：墨枚你说过，没有三年存油存酱，不敢供泥水木匠。

这些饭粒攒起来不容易。我在苏家当学徒时只喝粥汤，剩下的干粥倒在纱布上，底下用碗接着。碗里的汤喝掉纱布晾干，抠下饭粒收起。后来去大槽户家做帮工，我还是只喝粥汤，攒了这么久才有一瓮晶亮的饭粒。我放了晒干的艾叶防虫蛀。这个事连我爹都不知道，六月六我爹在窗台晒书，我到后屋晒饭粒。

我跟爹就做起活来了，石板槽桶打成，四面通风过路凉亭一样的纸槽屋也起造，一条泥焙笼竖直抹平，竹塘仰滩挖了三个。

如今，你看不出纸槽屋有什么了不起，实在呢也没什么了不起，可这是……这是我们的根脉嘛。

那年入冬后，我爹身子不妥，到第二年春天，咳血没见好，又添了肚皮肿胀。郎中把脉，说胆囊积水，堵住肝血循环。抓药调理数月才略见好转，在家坐不住，有时到空荡荡的焙笼走走。有时还去竹林看看。

做纸要原材料啊，没有竹料，槽产变成废屋，竹塘仰滩、焙笼、皮镬，都是空物。我家债台高筑，是良溪最穷的人家了。但也是良溪第一户造起纸槽屋的。我咬咬牙，选个日子去县城求助苏老爷。天没亮出门，走一里路见前面一个黑影，到跟前才看清是我妹妹小年，她要跟我去。小年原本在县城读书呢，怎么就回来了？她肯定想家了。

走半个时辰见前面李家纸槽屋里亮着煤油灯,三面打了墙的屋子,冬日遮风夏日避雨,这才像纸槽屋啊。我们默默站一会儿,李家的竹料堆得山一样高,一页一页排列齐整,我可羡慕了。从里面走出一个瘦长脸的捞纸师傅,点了一管旱烟,我跟他搭讪着说闲话,想向他借一点竹料,可怎么开得了口啊。

我们继续赶路,正好搭上早班渡船过埠头到了县城,我问小年喜欢不喜欢迎薰县城,小年说喜欢。说起来,小年也到了婚嫁年纪,得给她选一户好人家。我寻思着这个事,忽然就到了苏家大门口。正说话,苏家二少爷苏漫秋手提一盏水灯出门来。苏漫秋一身西服,足蹬皮鞋,头发两边分开,打着头油。他一见小年,忙退到一边,打个"请"的手势。小年看着有趣,忍不住笑。小年一笑,苏漫秋面红耳赤,急急把一盏纸糊的水灯塞给小年,慌忙逃开去了。

我还没开口呢,苏老爷让账房阿生预付顾家来年看管竹山的工钱,另有一包银两给我,是支付顾家打纸槽屋的帮工工钱,余下的作为我家日常开销。苏老爷问我还有哪些难处,我支吾半日没开口说买竹料的事。

出了苏家大院,我到老街买个麻饼给小年,小年只掰了一点吃,说要留给娘吃。我跟小年到渡船埠头等船回良溪,苏漫秋追来,说他正好有事去江对岸,他颠三倒四说一通,跟我们上渡船,下船后一路走着。我看苏漫秋很紧张,还被石子绊倒了,小年哈哈笑。我搀起苏漫秋,他更紧张了,我问苏漫秋省城读书怎样,听说省里的商铺有上好的元书纸卖。苏漫秋答非所问说一气。再问他去哪个村,他胡乱一指,前面那个什么庄,这么说着,我们已经到了李庄。

经过李庄槽户人家,我就走不动了。我羡慕捞纸师傅,羡慕他身边堆得高高的竹料。我大着胆子看捞纸师傅专心捞纸,手痒痒想去抓纸帘架子,想到我家那个空落落的纸槽屋,心里一阵刺痛。站了都有一刻钟,我忍不住问师傅可否让我捞一张。捞纸师傅瞥我一眼说:你以为捞纸是嬉戏?他这一说,我有点不好意思。我知道,每个捞纸的师傅都珍惜纸浆、纸帘,不肯给粗鄙的人碰捞纸工具。我敛声屏气看师傅一应流程下来,忍不住赞叹:看师傅开帘落槽起帘荡水,非一二十年功力到不了这一步。

我这么一说,瘦脸师傅吃一惊,他放下帘床,撩过竹耙在槽桶里翻浆。料浆在竹耙作用下如鸿泉似的往上翻,在暮色里泛起棉白细腻的光,纸浆均匀细腻。我说:竹耙下水最忌重沉轻提,料浆经水如棉絮,看似凝稠实则稀薄,定要轻沉重提,借助水力使槽底浆液上浮,料想师傅幼时就进纸槽屋了。唉,我都要哭出来了。为了不让瘦脸师傅看出我眼红,我抬脚快步跑开。苏漫秋生气瘦脸师傅不让我试一把,说捞纸师傅是小器鬼。

谁知瘦脸师傅忙不迭说:快,请回来!

苏漫秋小跑几步追上我们:长年哥,瘦脸师傅让你去捞纸!

我喜不自禁,跑到槽桶前。瘦脸师傅让到一边,我挽起衣袖,摆开架势,扣帘、上架、落槽、满舀、轻提、荡水,细看帘面,一层纸浆,均匀、细密、光洁。提帘回身轻放于纸床,略微一按,纸帘分离。纸面像碗中粥汤,润滑凝翠,隐约可照见人影。

瘦脸师傅击掌说：了不得，高手在哪家槽户？

我说：请大师傅指教。瘦脸师傅问：哪个村的？我回说：良溪顾长年，多谢师傅成全，今日一试，心中宽慰。

瘦脸师傅问此话怎讲，我把眼下困境简略说一遍。师傅惋惜，说如今这年成，即便有银两也无料可买；又感叹竹山小年，嫩竹无产量。瘦脸师傅叹说：顾老弟开槽做纸，怕是遥遥无期了。

闲话一会儿，便回程。我邀苏漫秋到良溪吃夜饭，苏漫秋脸通红，说自己还得去别处办事，便走了。

第二天天刚亮，我进纸槽屋，见墙角码了一堆竹料，整整齐齐。有人在一边歪躺着，脸上盖着笠帽。掀开笠帽，是苏漫秋。我问哪来的竹料，苏漫秋说借的。话音刚落，李庄槽户管家带着帮工，手持扁担锄头抬水杠嚷嚷着进来。人赃俱在，不容反驳，手里一个纸团砸在地上。

有人偷料！

出大事啦！做纸的都知道，借米开槽，卖地开槽，典当开槽，都不羞耻，就算败了家，也永不招人轻慢。唯有偷料，为大耻辱大不道。自古槽户有契约：偷纸偷料者，三年不得开槽。窃纸窃料者得在一张大纸上写下哪个时辰在哪处偷窃，明明白白署上姓名张贴到街巷显眼处。失主可任意捣毁偷窃者的家什、槽桶、皮镬、仰滩，也可捣毁住屋。对窃贼的惩罚包括拔眉、杖刑、断指。

吵闹声里，我爹拄着新竹竿回来，他把竹竿接到水槽，水一滴一滴落在石板上。他站到槽桶前，空手做了个捞纸的动作，放帘，上搁，斜沉下槽桶，捞起纸浆，前后轻摇。双臂用力均匀，四个帘床的角看一遍，一个流程下来，刚巧，水滴到三十，标准，精确。这精巧的一幕，镇住所有人。李家管事的抱拳说：高手，佩服佩服。只是契约行规……

我说：契约不改，行规照旧。竹料如数送回，来年加倍奉还，具借条一张。以我顾长年之名具写窃纸窃料昭告，当日贴于良溪石板老街。

苏漫秋急赤白脸说他闯下的祸该由他来承担，绝不躲避。又跟来人说好话打圆场，从钱袋掏出银两塞过去。来人手一挡，说不是钱的事。

关于捣毁做纸用具，我毫不含糊，我是抄纸师傅，砸我便是。槽户人家没了抄纸师傅遑论开槽，砸坏捞纸师傅，这份惩戒是最重的。我摆好马步：来，三扁担，十八棍，死伤不究。

李管家下不了手，同来的人不由分说抢起扁担，啪——啪——啪，三扁担砸在我后背。我嘴里说好，身子受不住猛击，扑通倒地，又起身，蹲了马步。我说：来，十八棍。李管家不忍心了，说十八棍欠着。他高声嚷嚷良溪顾家欠李家十八棍。

他们走后，苏漫秋才道出经过。原来，跟我们道了别的苏漫秋回迎薰县城，坐木渡船过江时想起竹料的事，可上哪买竹料？他对此业全然不知，他掏出银钱让船夫去借一副挑担来。两个时辰后，天未亮。苏漫秋躲开夜归人来到李家纸槽屋。

第一担四页料挑出纸槽屋前，他从衣袋里掏出欠条压在槽桶檐口，长篇大论写了满满一张，最后一句：暂借竹料十担，隔日兑现归还。万谢！万谢！

当日午后，我到石板老街张贴窃料昭告，糨糊还没干就被人揭下。揭书人原是李家瘦脸师傅，他说我是他见过最出色的捞纸高手，手艺人最怕手生，三年不开槽，十指长荒草。他惋惜我手艺，请来其他槽户人家七八个捞纸师傅一起具保，再借顾家十担竹料开槽做纸，平息了此事。我因受了扁担伤，卧床休养。

过些日子，我自觉恢复体力了，刚出石头老屋，见一头牛拉着一车书来到我家门口。苏漫秋喜滋滋喊我长年哥。我就知道，他中意小年。他用手做成喇叭大喊：顾小年，你给我出来！

小年从溪里上来，篮子里是刚洗的衣裤。见牛角上挂了一盏水灯，苏漫秋鼻子上贴着白色橡皮膏，小年问：是不是又偷料去了？

漫秋手一指说：顾小年，全是书。小年说：我家不吃书，你拉回去。

漫秋小时在良溪石头屋避过难，他熟悉这里，就在良溪住下了。

伊菲拉

你叫我一声爷爷。他说,城里人都这么叫。你回来五天了,没喊我一声。我累了,如肯叫我一声,我先去睡,等我养好精神再跟你说大书。

我被老人逗笑:嗯……爷爷。

他笑了,说:在良溪,像我这样的老头,称呼老伯。墨枚要是活着,你得叫她阿婆。

我说:老伯。

他笑得欢喜,可仔细看,他在落泪。他抹一把泪,递给我一沓信纸,说他要睡觉补充力气,等我看完这个,他就醒来,接着跟我说老古话。

是一封信。很小的字,写在薄薄的纸上,信的背面是表格,表格里是一些植物的名称:芨芨草、红柳、骆驼刺、光棍树……小格子里有数字,表示风向、降雨量、成活率……

小年吾妻:

想起你在上海街头喊我的那声"漫澄",过去多年,是的,多少年过去,我仍然记得那时的感动。我苏漫澄何德何能,今生能与你共屋檐同桌炊饮。此刻,我在辽阔的戈壁,星辰微明,你若抬头,或可见我也曾见过的星光月影。眼下,同伴们都睡了,它们也安静下来。它们是戈壁的圣灵,植物,无声活着的飞鸟,风和云。今天我还得见了藏羚羊,它身子小巧,可它向前疾奔。在蛮荒的时间旷野,不会有人知道,它将在何时被撕咬被吞没,永远消失。我远远看着它,顿觉与它有一刻通了性灵。我也想像它那样,撒欢儿跑个痛快,管他活到几时。

这会儿,想起迎薰江上汽笛声在风里穿过,想到回流海潮的鱼腥味,心是安的。如果允许,我想给你讲讲我曾羞于想起的过去。

第一次吃鲥鱼是九岁那年。那日,渔民老许用木盆把鲥鱼端进苏家时,鱼尾溅起一片水花,鲜活活的鱼身在日光里闪亮。老许身后,跟着他闺女。那时我正在书房窗口,看到木盆里的鱼,也看老许女儿,她黝黑发亮的圆脸,毛糙的头发。她看起来多么愚蠢啊。

之后回家,自然想起那个午后,老许粗俗的言谈,赤裸的上身和双脚,以及女孩无知的样貌。有时我独坐书房读书,女孩站窗外看。我偶尔也试图跟女孩说话。她说大江、风云、天象、生死,这诸多事我却一句接不上。我问她在哪个学堂,读第几册。

她说没有学堂，没有书。我一时起怜惜心，送书给她。教她写名字，她叫许冬月。

随后十多年，我从教会学校，到省城商学院，经历过属于我的世事，尊父命回迎薰县城苏家大院担任司账。许冬月在我缺席的日子里长大——鬼使神差，我心里从未忘却这个渔民之女。我惦念她。

后来，家里为我张罗婚事，女子是迎薰县公务所长女儿。对做买卖的苏家来说，公务所长是庇护大伞。我大着胆子跟父亲提出自己已有中意的人，父亲自然惊愕，母亲问哪家千金。许冬月，说出这个名字时，我心里哗啦啦生出暖意。许冬月笑颜朴素，因劳作而健壮的身子，常年喝大江水，像鱼骨头一样透明干净的牙齿，一根粗实的长辫拖到臀部。想起偶尔的交流，许冬月单纯的眼神，我有难以启齿的倾慕。

但我扪心自问，除了这些实实在在长在身上并不讨厌的特点之外，许冬月身上似乎没有任何关乎心灵的东西，这让我吓得不轻。我这些年来对世界的所有认识，胸中有，心里在，以及新生的掷地有声的思想，也要一并交与她？

毋庸置疑，她在我心里某处沉默地待着。我孤寂时跟她在心里说两句，忙碌时我全然不记得情感里住着这个女孩。有时想到风浪里的许冬月，不禁生出慈悲。慈悲心不是爱，不是爱是什么呢？

直到裁缝上门来量婚衣，做长衫、小褂、西装，裁缝的小皮尺在身上游走，满脑子想的还是许冬月。

我回忆起仅有一次跟许冬月去江里抓鱼，大船开过，波浪从远处铺排过来，我们坐的船猛然晃动，我喊救命。但有欢快蹿上来。老许撑竿撒网唱渔谣：老子严江七十翁，年年江上住船篷。早年打败朱洪武，五百年前真威风。那是我第一次见识渔民的豪爽。老许依然粗俗，但不卑贱了。

我因即将婚配，心有沉沉负重。推门出去，跟弟弟漫秋撞个满怀。弟弟恭喜我攀了有权势的亲家，说迎薰城传开了，公务所长的千金进过新学堂，温柔贤淑知书达理。

我逃似的到街上，世俗迎面撞来。之前我出门少有步行，坐轿急匆匆到别的商铺谈买卖。买卖就要计算，或者算计。我身为司账竟无他好。细思须臾，我打个激灵，二十多年这一身皮囊，终究一个"算"字。悲切从心头蹿起，步子乱了。路过大药房、布店、米行、电灯公司、典当行、馄饨铺。再过去，是书局。浑浑噩噩过了书局，想不起要到哪里。过恩波桥，过茶楼，再过去是衡芜戏院，有人吃茶听戏。回到桥上，桥横跨在苋浦小江上。桥面光滑，这座明朝时期的石拱桥，石板砌围栏，围栏上睡莲柱子被摸得看不出花瓣纹理，耐看而温热。许冬月说她最喜恩波桥，恩波桥上看月，月亮伸手可得。可我何曾有过这时刻，卸下肩上担子，把时间交与水光潋滟。住在水边的我几时关心过这些？

夕阳里水波起伏，这等悦目。一只窄小的蚱蜢船漫游过去，我怀着大期待朝桥下看，期待看到许冬月。偏偏没有许冬月。

说起来我要求不高，只想在冬月走过的地方走一下，冬月呼吸过的空气里，鱼腥味不再难以忍受。有一年戏院老板买了一条三十斤重的螺蛳青，冬月跟老许抬进戏院。

这么想着我抬脚迈进衡芜戏院，刚露脸，门房认出我。问大少爷喝什么茶，听哪出戏，约了哪个包间。羞愧涌过来，抬手遮脸想出来，却误进一间小房，里面一女子跟一男子下棋。我刚要回出，一头撞到门框，女子笑说苏家大少您走好。

或许我再也见不到许冬月了。就在前几天，账房阿生包了银两给老许，说老爷太太暂时不吃鱼，不必再送鲫鱼。老许不肯要银两，推辞不得便走了。

迎薰老街孤寂，落寞击打我。暮色里，商铺开始上木排门，贫民习艺所内有人在地上铺草席准备睡觉。晚烟里谁家窗洞有人吹笛子。青石板街面上，碎花生壳，断红头绳，碎木屑散落。凤阳树大约活了三百年，翅果落一地，一个女佣模样的人扫进簸箕，倒在屋子门口。空气里飘过食物味道，油煎豆腐，响皮炖白菜，冬瓜虾仁汤，这些缥缈又具体可感的生活，在周身回旋。我忽然想到自己经历的人世，不过是时光里的微尘，多少人在我之前也过了二十多年，以后还有无尽量的二十多年。如此这般，思绪生出，顿感自己身处荒漠，一切都在正确往前，只有我这个即将婚娶的男子，踟蹰徘徊。不知什么时候泪水跌落，可伤感不是我要的。我原本是来洗濯的，江风，烟火，人间谈笑。我要的是一身轻松走进另一个命数。

苏家半条街都上了木排门，偶有一两个店铺还有营生，店老倌跑出来跟我弯腰打招呼：少爷。

很快回到原有的身份，我是苏家大少爷。

行至家门口，苏家大门已合，门把上挂了一只网兜，网兜眼熟，是许冬月的。网兜里有一包银两，两本书。书上"许冬月"三个字被江水溅湿过，有些模糊。嘴角咸咸的，我用舌头舔了舔，泪水原来是涩的。

婚礼如期进行，红绸挂了迎薰半条长街，苏家大院门口摆起八仙桌，桌上大盘喜果，花绿纸包糖，切成三寸长的甘蔗，红绿花生，红绿鸡蛋，什锦点心。路过的人得一把喜果，赞叹门当户对，郎才女貌。

小年，我结婚当天，长年哥带你一同来，你们随礼后就回了良溪，连一杯水都没喝上。你或许忘了？

如今我身处戈壁，离去轻而易举。只是以怎样的方式离开才合适？这样想着，我就又接着往下说了。

苏家从迎薰江上游来，苏姓后人乘坐小渔船顺江而下，过险滩九死一生。至迎薰县城水湾，但见风烟俱寂，天山共色，净扫旅途劳顿，遂停船上岸。"敦厚为商，不仕。"是迎薰苏家家训。"一根绳子三个饼。"背井离乡的苏家祖先，跟所有徽州人一样，成功者吃饼，失败者一根绳子上吊自尽，留下望眼欲穿的父母兄弟姐妹，还有早就婚配的小媳妇。十年，二十年，或快马来报喜，或一纸绝命书。孤寂一生的女子，化作一座座牌坊。像良溪石板老街边上那些牌坊，冷冰冰整天在哭。

徽人在迎薰做买卖不易。说到这里，我想起你二哥望年，要是他在，苏家大小生意都不用我操心。到底哪里出了问题，望年要离开苏家？从学徒，到头柜，到司账，最后在苏家仁成堂当经理，无论年薪还是日常，苏家从未亏待过他。我思忖会不会是上海的事——苏家要在上海设立富春苏家分店，望年分析当下局势，建议守业为上。我赞同望年，可苏家在七个地区开辟的市场，顺风顺水收益丰厚。上海十里洋场，是做买卖的好地方。为此，望年跟我爹有过激烈争论，未果。望年坚持只开一家西点铺。我爹未采纳望年建议，到沪上开出仁成堂分部，酱园、盐铺、米行、茧行，最后才开了西点铺。聘任经理，招学徒，我和望年在上海住了大半年，店铺顺利做起来了。但我俩从黄浦江边回到迎薰只三个月光景，望年就辞去经理，干干净净离开了苏家。

不到一年，局势紧张，暗杀，抓捕，店铺时时闭门谢客。聘任的经理、店员、送货工，悉数离职回乡。像是应验望年预测，除了蚕茧行和西点铺，其他买卖再难维持。

不久，我赶去上海处理蚕茧事宜。一早出门到东门渡乘船至南星桥上岸，坐人力车去闸口火车站，车过清泰门，人群纷乱，说造反了造反了。大刀明晃晃乱砍，城内警报拉响，封锁路口抓叛贼。我坐人力车到南星桥上船回迎薰，钱塘江上子弹飞来飞去，炮弹溅起的水花泼进船舱，有人落水。客船三个时辰才到迎薰江。我心急如焚下船，刚上岸，厚重的城门轰隆隆关上。

南门渡平台上人们搭起干草棚、芦苇棚、麦秆棚,白天拆晚上搭,来不及进城的人在此歇脚。我走下埠头,洗洗在杭城被踩踏脏了的长衫下摆,脚下一滑,慌乱时刻喊的竟是许冬月。疲乏,饥渴让我心慌,靠城墙站了好一会儿,心内平静些,才发觉一个圆盘样的月亮挂在天上,蛋黄似的。慢慢走下埠头,用手舀水喝,淡淡的鱼腥味,想到那个网兜,网兜里的银两,和许冬月读过的书。在这样的月光里悲伤一下,不算过分吧,就任由自己性情里脆弱的部分出来肆意。

已是子夜,埠头上却热闹起来,各处来的船只靠岸,船工下船。此时,草棚外早已席地铺了稻草,热乎乎的菜汤、糙米粥放着,一文钱一碗,船工端起就喝。

原来还有夜市!内心开解些,打算喝一碗菜汤暖暖身子。我走下台阶到埠头,端起一碗菜汤咕嘟咕嘟喝了,说声好喝,连喝三碗。果真暖热了,连忙掏钱付账,袋里空空。原来,杭城逃避时钱袋被人偷了。紧张,着急,主要是羞愧。急急摘下手表递给人家,说手表抵着,明日拿钱来换。一双黝黑结实的手从草棚伸出来,接过手表,戴上。接着,人钻出草棚,却是许冬月。她笑眯眯站在面前。

草棚狭小,跟冬月盘腿对坐,中间是伛偻的老许。问起近况,全挑好的说。知道不想教人难过,便都不说话。烛光下,草棚里暖意重。对坐着,我内心安宁,难得这一刻可以不想。坐待天明多好。半个时辰过去,忽听外面嘈杂,城内蹿起数十丈高的火焰，噼啪噼啪响，城门内沸反盈天。灰烬随风飘落，空气里一股浓重的烛油哈喇味，夹杂棉花焚烧的焦臭。我大惊，出事了。

战栗着扶住城墙，才知自己手无缚鸡之力。冬月解开船绳让我上船，摇船径直朝西门去，江风吹起，夜色里只觉得要有安慰，冬月放下船桨，我们俩拥抱在一起。就在这时，城内轰隆隆巨响，震得水面掀起波浪。

进得城内，街市那边浓烟旺火，燃烧时发出的噼啪声像枪响。我赶到茧行，蚕茧燃烧，成匹棉布烟熏火燎。火已蹿到屋顶，飞檐廊柱烧得黑亮。疾步往仁成堂奔，蜡烛工坊已是断垣残壁。

天渐渐亮了。仁成堂门口铺一排稻草，稻草上躺着烧得面目全非的十六个工人，另有两三个仗义救火的也命丧火事，家属亲人哭闹成堆。官府调集巡警奔赴西门外。原来，西门外沼泽地里，粗壮的桤木树上，不知何时搭起数十间草舍，住着上百个绿林好汉，他们昼伏夜出劫富济贫。他们自称"松鼠"，在沼泽地里来去自由，树与树之间他们用绳索勾连。他们不杀同胞。他们跟东洋人打游击，获得一些精良的武器。官兵赶到时，沼泽地已无人迹，扑了个空。

安顿亡灵，安抚死者家属，苏家散去大笔钱财。平静一些日子，我到南门渡，等了一宿不见冬月。跟夜市草棚里的人打听，说老许得病是饿的。前阵子打仗，江里掉落炮弹，大鱼小鱼死了一批，官府让渔民打捞死鱼悉数上缴。渔民没鱼打，老许饥寒相交，得了虚症。

草棚里的人又说城内失火那晚，"松鼠"们从草棚间跑过，在南门渡登船前，丢下几袋粮食给穷人，老许也得了一袋谷米。闻听此言，我心里欢喜，到底觉得劫匪不那么可恶了。

县城烽烟烧得厉害，苏家又被一支部队占用。我爹带一家老小过江到城外郊区老钱家住。我背着儿子，手提藤编箱，跨上船才见许冬月。她面庞黝黑，一根长及臀部的粗辫子不见了，只留一头短发。接过我手里东西安顿好。一篙撑开去，船至江心，小鱼游弋，触手可及。微风过，江面起了细碎波浪，像太平日子里一个舒适的午后。又像，像那天跟冬月在船上相对。心头万千巨浪劈面打来，眼角满出两行泪，冬月别过头，忽然哼出一句渔谣……不及唱完，早已哽咽。抬头看天，暖日头当空，深海一样的天，万古长青。终是过去了。

顾长年

咦，你怎么拿到这个信的？我给你的？坏了坏了，我原本要给你看二爷爷望年的手稿的。罢了罢了，不再精挑细选了。这三年来，死神每日都来会战。我身经百战仍然没有把握取胜，你知道，死神有时间辅助。可我两手空空。

我知道你疑惑重重，说起来，我如何爱弟弟，可你们连二爷爷的脸面都找不见。照片烧掉了。良溪原先有人画像，我让那人画过你二爷爷，但风声紧啊，不得已埋掉了画像。等我后来扒开泥土找不见了，我弟望年他成了泥土。

说起望年，就算我是他哥哥，也不了解他。他小时候话不多，你看他得的那个怪病，整天要泡在水里。我知道他中意苏家小姐苏皖了。在苏家金银铜箔锡的气息里，苏皖让他宁静。只要苏皖在院子里走过，他心里的阴霾就散了。

在苏家那些年，苏老爷让望年跟着在书房读书，可他不喜欢。他讨厌坐在课桌前听先生摇头晃脑谈四书五经，有什么用呢？在苏家，他敬重苏漫澄。漫澄说话简短明白，清晰温热。苏皖常跟漫澄探讨人生大事，这也增添了他对漫澄的敬重。

苏老爷喜笔墨丹青，我们家出了好纸，爹都让我挑一担送给苏家。有一次，苏皖送我出门，过迎薰街路过油饼店，她说想起望年刚到苏家当学徒，有天护送她去学堂，路过油饼店，她赖着不走要吃油饼。望年说你等着我去拿钱。拿了钱赶回油饼铺时苏皖已在吃第二个。望年只有一个油饼的钱，很窘迫。苏皖把咬了一口的油饼塞给望年，望年别过头，但油饼已塞进他嘴里，不得已咬了一口。苏皖从绣荷包里掏出铜板付掉一个油饼的钱，喜滋滋看望年付了另一个油饼钱。苏皖说她跟望年闹着玩，可望年记在心里，以后每次走过那里，连头都不转过去。苏皖要吃饼，望年说你苏家阔绰，迎薰城苏半街，想吃什么都可以。苏皖跟我说这个事，我嘴上怪望年，心里是知道的，我弟他是在维护什么。

苏皖说起她第一次到望年小屋，看到那个草编手镯，是她随手丢弃的，望年却像宝贝一样收着；又看到叠得方正的被褥，一尘不染。苏皖说她难以界定望年在她心里的位置：经验丰富的头柜？忠诚的总管？总觉得隔了一堵墙。

后来望年辞别苏家，跟迎薰县城西面乔家结了亲。这件事迎薰城里当故事一样说。苏皖有一天到良溪，什么话也不说，跟小年在良溪岸边走啊走啊，到夜半才跟小年回房睡，第二天天不亮就回去了。

迎薰县城两大巨贾，东苏西乔，像一副担子的两头，占了迎薰县城一条长街。乔家独生女乔禾有过一门亲事，战事起，未婚夫家躲避西南，抵不过天长日久，男方悔了婚。但又有人说乔家千金不会生育，夫君纳了妾，乔禾只身回了迎薰。

望年跟乔家结亲是在乔禾从西南回来一年后。望年去乔家结账，与乔父言谈中得知乔禾不如意的婚事，也不接嘴。出门时在庭院见她眉目清澈，十指精巧，作揖而去。隔两日，望年跟苏老爷告假，说有一私事要亲为。望年只身前往乔家，未进门，送上名片。他为自己做了媒，娶了乔禾。望年成为乔家顶梁柱，撑起电灯公司、米行、迎薰江里三艘货船、车行、轿行，还有矗立在恩波桥头最大的钱庄。望年不看戏，觉得此类场所多少跟风月有关，遂关了衡芜戏院。不久，修葺一新的大楼挂出招牌：顾乔百货。

婚后不久，翁婿下棋，说起县党部机关正物色一个财务主管，他们相中望年，乔父力荐望年入职，望年应承下来。

有个黄昏，苏皖从书局出来，过恩波桥碰到望年，两人站立桥上，都不说话。一只小渔船从桥下划过，苏皖看到船头站着许冬月，冬月挥手喊她，问：少爷可好？老爷可好？冬月也问望年好，问乔禾好。桥上两个人有些尴尬。苏皖感谢望年多年帮衬苏家……话未说完，望年说：这就是了，苏皖你从来把我当作买卖人。

望年他是有多疼惜爱怜苏皖，可缘分这个东西，谁说得清？

过了一段时间，县城大街上多了扛枪的人，两支部队在迎薰县周边交火，时不时有伤兵送到临时搭建的救护站。

有个夜晚，苏皖突然来到良溪，说望年出事了。她一哭，我就看出来了，她心里头有望年啊。但她也不说出来那个"有"，那个中意。我跟她连夜到迎薰县城,城西那边过不去,打听不到乔家怎么样了。到第二天晚间,苏漫澄打听到一点消息,说望年随县政府搬迁到上游小清江,县府被冲击,好些人下落不明。

我最后一次见到我弟望年,是在苏皖来良溪半年后。有个晚上,我翻来覆去睡不着,推开窗户,夜色里见良溪里有一个人,我以为打仗的落水了,拿了竹竿去救人,等走近了,才听到望年喊我。我那个惊喜啊,我哗啦啦下了水。我说:望年啊你好好的,你把乔禾跟丈人他们接来良溪住吧,良溪总比外边安全。望年蹲下去,只露出头,他说:哥,我痛。我也蹲下去,我抱住我弟,我摸他头,我给他捏手腕,我什么都帮不上。他只喊痛啊,哥,痛啊。我们说了很多话。很远的山坳里有枪声,我说望年,我去烧热水煮粥,你好受一点了回家用热水泡个身子喝碗热粥。你二爷爷抱住我不说话。我心里头又酸又痛,有很多话,可是我说不出来。我摸着望年后背,他在哭。

儿啊,我一生都忘不了这个哭,活了这一世第一次看到弟弟这个哭。我烧好热水,屋子里热气腾腾。我跑到溪边喊望年,只看到他一件白的小布衫,折叠整齐放在溪岸上,人不见了。

望年有心事,这个心事像他潮湿的陈年疾患,我当哥的看不透帮不上。我原来以为他的心事是苏皖,但我回头想想,我弟弟望年他冷清啊,他是来一个人,去一个人,冷冷清清在世界走了一趟。

隔了几天,我花力气在城西找到乔家,打听到我弟媳乔禾回钱塘照料她病重的娘去了。我挑着一担纸装扮成挑夫到了钱塘。

乔禾一见我就昏过去了，以为望年走了我来报丧。

我在乔禾家住了一晚，那夜乔禾跟我说了一些望年的事。

望年进县党部上班时，有一天，有人进门跟他借火。望年不抽烟，来人说跟不抽烟的人借火，似沙漠问甘泉。那人把烟丢进垃圾桶走了。这一句文不对题的话，让望年思虑，他起身目送，背影有些熟悉，在哪见过想不起来。下班出大门走上恩波桥，有人从他身边走过，说借个火，又快速离去。望年觉得很怪，都在借火，他返回办公室，抽屉柜门打开，早有人翻过了。垃圾桶里那根没抽过的烟已不见。

望年推理这一天遭遇，说怕是惹上麻烦了。乔父说吉凶不论，先避一避，让望年连夜动身。望年刚离开，侦缉队来了。乔父说望年外出采办物品，暂时蒙混过去。又来两个人问望年去向，乔父说家人也在找。有个晚上，望年全身湿淋淋回城西，换了一套干净衣服就出去了。出门前跟乔禾说等他安顿好了会来信。

过了一年光景，秋天里有个夜半，苏皖抱着襁褓到城西乔家，见到乔禾就下跪，把襁褓交给乔禾，刚满月的婴儿，他叫顾逸庭。乔禾听到这个名字，站不住了，问望年在哪里，苏皖说她会找到望年的。冬天过去了，春天也没消息。顾逸庭会喊人了，他咿咿呀呀叫乔禾妈妈。乔禾欢喜他又不欢喜他，想把孩子送去福利院，或者把他掐死。她既想死又想见到望年。孩子长出第十二颗牙齿时，望年回来了，瘦得不成人形。乔禾既惊喜又悲切，她等他说这两年的经历，等他跟她解释孩子的事，苏皖的事，或者请求原谅的话，可当他抱住她时，她就只要他活着。望年抱着儿子睡，亲他，疼他，乔禾妒忌孩子又心疼他。风声紧时，他们躲进地下甬道。第六天，乔禾在屋子里给顾逸庭缝扣子，针刺破手指，她急匆匆下到甬道，地上铺盖整齐叠着，望年已走。

望年的信藏在乔家电灯公司货物中，从水路运至迎薰，辗转到乔禾手里时，她已生下一对双胞胎女孩。他在信里说惦念乔禾，惦记儿子，他还说到苏家小姐，说苏皖救了他一命。他让家人放心，已找到地方落脚。乔禾想给他写信报喜，他们有了双胞胎女儿，现在他们儿女双全，只求杯水平安。但望年没留地址。再收到望年信时夹了一张照片，什么话也没有。收到照片的当晚，巡警连夜搜查乔家名下商铺、公司，检查所有货物。那时，女儿也会喊妈妈了。有个晚间停电，乔禾跟三个孩子躺在被窝里，他们看着电灯泡顾自说话，乔禾拉了电灯开关线打算睡觉。顾逸庭哭啊哭啊怎么也哄不住，只得打开电灯，灯一开儿子就高兴，叫爸爸。乔禾得了灵感，想起望年跟顾逸庭玩的电灯泡游戏，她跑进父亲房间跟他说了。父亲劝她不要多想，望年吉人天相。她不肯，定要去百货公司。从库房找出灯泡，望年的信写在三十个灯泡上，他在一些灯泡的说明文字里嵌入一个字。灯泡卖出大半，他们在灯泡上找字，找到八个望年的字：天、蚁、鸣、阔、咽、吾、勿、地。反复拼凑，"天地阔吾蚁勿鸣咽"。不知何意，不敢出声。望年活着！一家人又惊又喜呜咽至天明。

后来打听到消息，说望年在华北平原一个小镇，给店家当账房。乔禾抱着试试看的心给望年写封信，告诉他已有一对双胞胎女儿。她瞒着父亲去城西邮驿，刚进门就有人盯着，她东躲西藏还是有人盯梢。信寄不出去。此后，望年再无音讯。

大概一九四九年春，一拨人来问顾望年去向。有个人说，顾望年是个出色的情报员。又来另一拨人，他们说的完全是另一回事，说望年罪孽深重，要清算了。来的第三拨人说锄奸队不会放过他。这一拨一拨的人来，乔家不太平。他们让乔禾说望年的事，乔禾说你们把望年说成大恶棍，他也是我男人。他们把乔父找去问话。过一些日子，乔父回来，让乔禾带孩子们避到良溪乡下。没来得及动身，那些人将三个孩子带走，想以此引出望年。乔父让乔禾先去钱塘，谅他们不会对孩子动手。趁着夜色，乔禾搭乘货船到钱塘，躲到外婆家。

她在钱塘等父亲带孩子来，煎熬三个多月，收到父亲一封信，让她放心，他会照顾好孩子；强大攻势下，乔父将女婿写的信、照片、字条上交，告诉政府，女婿化名罗云，曾在一家印刷厂工作，但厂在哪里不知道。后又去了学校，具体不详。乔父希望以此获得宽大处理，他写了大篇幅的交代材料，并代女婿写下悔过书，获得对方信任，准许他带孩子回家。

此后，乔禾再没收到父亲任何信息，她几次设法回迎薰，未果。之后又抱病。一直到很久以后，她收到父亲的信：乔禾我儿，记住，你已亡。新时代初始，她才得知三个孩子坐船往上游去了。父亲音讯全无。

一九五一年春天，你二爷爷在毫无防备的情况下束手就擒，他们让他写下人生里的重要事件，他们拿出他岳父乔铨恩代写的悔过书让他重抄，按上手印。我设法打听到判决书，说顾望年新中国成立前夕有少许功劳，但不抵前二十余年剥削之罪。我想到望年在良溪里抱着我哭，我懊悔啊，懊悔自己从未好好去了解弟弟。我们两兄弟疏离太久。

这年冬天特别冷，良溪水潭结了冰。我弟望年死在看守所，死亡证明上写着"猝死"。顾家被通知去收尸。我本来以为应该在一块木板上，或者有床被子垫着，都没有。望年像陌生人，平躺在地，我都快认不出他了，他不是我弟弟。我跪下握住他的手，望年的手腕是断的。再一看，胳膊也断了。我觉得我要死了，我心痛啊。我说望年，病了怎么不带信给家里，好歹送点药进来。你在看守所与人打架了吗？我的儿啊，我多心痛我弟，他再也不能回我话了。

我跟人抬着望年走过石板老街，街坊都围拢来看。望年身上盖了一床被面，风一吹，被面掀开。我说弟啊，我们回家了。我们刚到坟地，鸟雀成群结队飞来，叽叽喳喳散落，飞起，回旋在坟地上空。几只不知名的鸟毫无顾忌地停到坟坑鸣叫。我们挥舞树枝驱赶，群鸟鸣叫一阵飞走。大冬天哪来这么多鸟啊。我至今还在想，那是不是望年化身成鸟，如果是，他的灵魂总算逃走了。

伊菲拉

老人在痛哭，我握住他的手，不知说什么好。我沉浸在纷乱的故事里，这些人和事离我遥远，但却像针刺入骨髓，痛得我难以自持。多伦多发来信函，如需继续居留，便要递交申请。我想了想，让老太太的法律助理帮忙办理逗留事务。运河边工厂退休的父母已亡故，在那里我没有兄弟姐妹。

关于我身世的事，没有人提起。我不会忘记在印度尼西亚时，我曾连续一周每天只吃一个馒头。的确，我需要一笔钱。如果遗产顺利到手，境况或许会改变。甚至，我可能愿意回到运河边那间住了十九年的屋子，厂子前两年破产。那里夷为平地前，我或许还能从屋子里找出某些记忆，一个笔记本，妈妈给我买的蕾丝花边裙子——运河边的日子。妈妈这个称谓，我曾那样情真意切地呼喊，现在，我竟有些喊不出口了。看起来，两边都是我的亲人，可为何我心慌乱，无着落？

顾玉生回来了。他一到家就进了老人房间。见老人抹眼泪，顾玉生对我表现出冷冷的客气。我仔细回想,从飞机落地开始,他几乎没有认真跟我说话,甚至连对视也没有。避不开要说话时,他用手语,似乎在提醒我是个失聪的人(可他明知我能流利地说话)。晚餐气氛并不好,毋庸置疑,我的到来,打破了什么。除了低头吃顾米用心准备的食物,我说出任何一句话都很尴尬。

我真的要一份遗产吗?突然而至的羞耻,使我面红耳赤。

石头屋传来声音,顾玉生跟顾米似乎有了分歧,能听到一些字眼:凶手、无辜、遗忘。我站在道地,百无聊赖,却看到石头屋的木门上,有一个圆孔和一朵刀刻的向日葵。

顾及

玉生忍受着煎熬。在他看来,杀害他妈妈的凶手就在眼前,但面对自己千辛万苦找回来的堂妹,他束手无策。

而我刚回归的妹妹顾一尘,正接受无形的非难,难道不是吗?她自幼被迫离去,如今被迫归来,没日没夜接受我们灌输亲情,让她难以适应。玉生呢,毫无疑问,他是带着怨愤在忍耐。是的,他在我小叔面前承诺,终其一生也要找到凶手。他曾经以为的凶手,无论如何不能跟眼前的妹妹联系起来。

我爸继续演绎他的理想人生。有段时间,他研究起种子来。因我爸妈的出奇古怪,我们一家饥肠辘辘是常事。可即便那样,我爸却想种一片向日葵而非稻谷。有一次他竟回忆第一次碰到我妈的情景,说我妈正站在一大片向日葵中。顾念问妈妈是不是这么回事,妈妈说那天她正在吃树根的红泥,她太饿了。爸爸的幻想已经无法无天了,良溪人把我爸列入空想家队伍。他们说,在中国,每个村里都有一两个空想家,良溪顾尚清的空想就算用天上全部的云也填不满。劳作之余,我爸蹲到溪岸,爬上树,或干脆在屋顶做他的试验,他还想让种子在空气中发芽。他梦想有一天,良溪人只要把种子撒到空中,那些种子便在空气里发芽开花。我爸给我们描绘向日葵美景:姑娘们,到那时你们只要随手一摘,就有一个太阳大的葵花盘在手里了。

我爷爷认真找我爸谈过。在爷爷苦口婆心的规劝里,我妈总结中心思想:你爷爷像根须拼力往良溪深土层钻下去扎根,你爸爸是抬头往上想飞离泥土,他们两个背靠背,拼尽全力背道而驰。但我爸到底是恭敬的,他同情、平和地听完爷爷全部的话,给他倒一碗热茶,看爷爷咕咚咕咚喝下,我爸开始表达,大概是,他其实信赖沉默的一切,植物、泥土、云彩,但是……爷爷打断我爸的"但是",让他收起乱梦,种瓜得瓜。爷爷说:土地是最忠诚的,你敬一寸它回一丈,就像我做纸……我爸听爷爷又说做纸的事,跳起来大声叫停。

我爸的意思是,顾家到他这一代,不能把希望寄托在这一张绝薄的纸上了。爷爷立即开导:顾家这一张纸,就算薄到良溪水一样透明了,但你看我试试。爷爷立即示范,用竹纸兜住一汪水,就像一个陶罐,晃荡晃荡倒进水缸,摊开纸,纸面晶莹透亮,无渗水,无破损。我爸也被折服了,赞叹顾家竹纸的独一无二。他偶尔生出敬仰心去纸槽屋站一会儿,摸摸槽桶边沿,跟看不见的先祖们说一番话,他觉得自己有一点理解父亲,甚至生出要去小琴坞看看的念头。但他又觉得新时代青年不能沉湎过往,前程在前方。

我爸的空想一度引发了我小叔尚明的共鸣。小叔参军前奉我爸为人生榜样，我爸那些飘在长空的理想让小叔向往。他曾鼓励弟弟与他共赴某个模糊的地方，过一种与良溪全然不同的不知道什么样的生活。小叔甚至打算逃避参军，用他的青春追随我爸。三年军旅生涯结束，他退伍回到良溪，被安排到棒冰厂。小叔惊讶地发现他不认识哥哥顾尚清了。哥哥生活在虚无缥缈里，小叔慌乱地以为自己脱离了生活轨道，花一两年时间试图跟上哥哥的思路和步伐，但他发现哥哥不切实际的想法以及表现出来的可笑行径远远超出他的想象。他跟我妈说过感受，他有意让嫂子规劝哥哥从云中落到地上。让他失望的是嫂子跟哥哥一样，不可救药地沉浸在虚幻世界，并把自己的灵魂交付。小叔每日目睹我爸的离经叛道，被良溪人同情耻笑。他从忧愤里脱身出来，跳开去，在面前划出一道鸿沟，从情感上阻隔了他跟兄长。

小叔参军前，有一年流年大荒。正月起下雨，滴滴答答延续到惊蛰。屋里再找不出能烧的干柴，爷爷忍痛劈开一张旧竹椅，竹椅四只脚发霉腐烂，竹纸引火，洋火受潮灭了。奶奶狠心剪下一根辫子，划去五根洋火才把头发点着。竹椅烧着了，锅里再没什么可煮。把刚从良溪里捞上的柴木放到锅里烤，奶奶安慰大家，我们有干柴烧了，不怕找不到吃的回来煮。

爷爷家门前的水沟暴涨，这条水沟从良溪分离出来，是稻田灌水的沟渠，被杂物堵得严严实实。漫上来的水蹿进爷爷家猪栏屋，冲走一个墙角，眼看猪栏屋保不住了。小叔自告奋勇清理沟渠，奶奶没有阻拦。小叔刚把一根横挡着的毛竹抽出，沟渠就被冲开大缺口，急水冲走了他。直到三个钟头后，我爸才在三十里外的一个溪滩上找到他，捡回一命。

那之后，小叔像变了一个人。他简直是赌气去了部队。从部队回来后，似乎开朗了些。知识青年小叶到棒冰厂后，小叔略有变化，但又说不出哪里变了。跟小叶结婚的日子定下，床是我阿太顾安律留下的雕花老木床。老床上有考究的浮雕：鸳鸯，喜鹊，枣树，柿树，寓意吉祥。就算穷到没有吃穿，就算要饿死一两个人了，顾家也不会把雕花木床卖掉。这个旧木床就像纸槽屋一样，是我爷爷的命根，也是顾家的来路。

结婚前些日子，小叔硬要把这个传家宝搬出去。不知哪来的力气，小叔独自搬了两天，将老床一块一块移出房间。直到结婚前一天，小叶婶婶跟我妈说，她猜不透尚明在想什么。尚明像要打破什么改变什么，但终究知道自己还得顺着一个方向过日子。

小叔少时聪颖又听话。我爸去外乡祠堂读书时，小叔跟去旁听，他背得出所有学过的科目。有一次，有个人追上我爸，请我爸替他写一篇文章，这篇文章如能得到先生肯定，他便可升到县城学校。小叔跟在我爸身后，说他想试试。小叔替人写的文章推送到上一级学校，文章被盛赞，那个冒牌的家伙迅速被保送到县城读书。算有良心，有一日他寻访到良溪，要给小叔三斤米、一本书。三斤米退回去，书收下了。到后来，那人写来一封信，说他姓戴，在迎薰县城中学读书，邀请顾尚明去县城嬉。

结婚当晚，果真没有床，拆了房间门板，铺上被褥。我爸写的一个红双喜，小叔没让贴上门。小叶婶婶问小叔因何不贴"喜字，小叔不说话，关了灯。

小叶婶婶茫然自问哪里出了错。下放良溪前，小叶婶婶在上海青浦一所中学念高三，闲时跟她父亲学山水画。有一次跟班里同学去城里游行，父亲让她到朵云轩买一支胎毛笔。店主熟悉小叶婶婶，说叶老师年年抽时间来朵云轩喝杯茶的，今年立秋已过，没见叶老师。叶老师才四十一岁，小时犯的哮喘尾随他十数年，中间好了一些年。这两年文化馆不让作画，上班的主要任务是写检查，他心绪不宁，未入秋哮喘又重了。

店主让小叶婶婶带回一刀竹纸给叶老师，说三十年绝品老纸，送给叶老师做个念想。老纸是有故事的呢。战时，朵云轩跑货倌从上海去杭城订纸，货船一到，跑货倌差人背到码头上货船，从运河到黄浦江。遇运河遭遇战，货船夹在两方战船间，纸被水溅湿或子弹打穿，这纸就算废了。有一年运道最不济，刚到杭城，北伐军打到西湖边，货栈被一颗流弹击中，烧掉一千多件纸。小叶婶婶听店家说纸事，惊心动魄，对纸平添一份疼惜。摊开看，见纸面丝帘纹理清晰，淡香弥漫，一只纸角上若干柳体字若隐若现。

叶老师一见竹纸果然爱不释手，说他小时听朵云轩店家赞叹此纸品，乡下山里人做，那个村子里全是竹子。

小叶婶婶七岁那年母亲病逝，父女俩一直生活在青浦小镇。高三时，学校不再上课，同学们轰轰烈烈去广阔天地。小叶婶婶是独生女，可到青浦居委会办的线袜厂。小叶婶婶没去，在家跟父亲习画，也练练毛笔字，有时父女俩对唱一段越剧。后来，小叶婶婶借闲书读，过的是小日子，外面大热闹，也不觉得跟自己有关。父亲去"五七"干校学习后，剩她一人在家。过了大半年，一个傍晚，家里来了十三个同学，窄小的屋子挤得转不过身，他们要去大兴安岭，来话别。

第二天小叶婶婶赶到校办报名去北大荒，已无名额。从学校出来，走到朵云轩门口，想到那个做竹纸的村子，心中怅然。有一次给笔友说起这份感觉，过了很久，笔友在信上留了那个做纸村子的地址，怎么找到的，笔友没说。

到次年春天，留在青浦的同龄人越来越少。她去看父亲，父亲不过四十二却已戴上老花镜，破了一个镜片，说左眼已不能用了。父亲原本双眼有神，像亮着的两盏灯。父女对坐，满胸满腔话像乱了的线团，理不出头。离开时，父亲被允许送女儿到门口，栅栏式的铁门，一个门里一个门外。小叶说：爸，我替你去看看那做纸的村子。

父亲说：也好，能做出这样一张纸的地方，人心古。

又说一会儿话，小叶婶婶抓住父亲探出栅栏门外的手，喊一二三，两人转身离开。走十来步，门里父亲唱：

未见先帝血泪抛，一见先帝心如绞。

唱两句哼一个伴奏，小叶婶婶熟悉这曲调，弦下调慢板。再唱两句，她没有回头，边走边哼伴奏，弦下调快中板：

把先帝东荡西扫、南征北剿、衣不卸甲、马不停蹄，挣来的三分天下、蜀汉江山，白白断送在今朝。

咬牙忍着不乱步子走出父亲视线，她找个墙角蹲下，把头埋进臂弯，抽噎着唱：

二皇祖！三皇祖！桃园结拜情义重，出生入死建奇功。扶助先帝登皇基，铁打的江山谁敢动？

小叶婶婶给良溪大队部寄来一信，洋洋洒洒写满七张洋白纸。大队部把信转给良溪第六生产队酌情落实，队长让我爸给小叶婶婶回信。我爸读罢信，顿觉神清气爽。我爸从未有此机会畅谈家国大义和生命价值。他心怀激情写就机智幽默又文采斐然的散文，连婉拒插队落户的措辞，他也写得谦逊有度。但队长否定了我爸的回信，他让我爸重新写一封"稳重一点"的信寄出去。

其实，我爸内心里希望村里知识青年多几个，他们说着好听的普通话，看书，拉手风琴，有时哭。这些都是良溪之前不曾有的新鲜气息，他一厢情愿地认定，他跟知识青年有本质的相似，这就有了惺惺相惜的意味。收工时，他们自然走到一起，锄头碰锄头，肩膀挨肩膀。有几次他们还探索星辰奥秘。

过了几天，我爸想起被队长否定的那封信，压不住自豪要读给我妈听：眉之你听听，有哪处需要修改的提出来，我相信你文学功底在的。

我妈挑着水担站在堂前，勉强答应水缸挑满再听。我爸迫不及待翻出作废的信，读起来：尊敬的叶偶然同志！

我爸大惊，瞪大眼往下读，才知寄出的是队长否决的文采飞扬的那一封。茶饭不思半个月，没见回信，我爸一颗心落了地。

十九岁的小叶像个不速之客来到良溪，良溪人发现一个秘密：小叶是香的。怎么个香？就是那种植物被揉碎后散发的又甜又脆的香。可你接近她甚至靠在她身上，却又闻不到。但当小叶走动时，那香就活了，在空气里流动。人们好奇地问小叶：你在吃什么？喷喷香。说上海人就是高级，用花露水的。

度过最初的新鲜期，小叶婶婶想念青浦时的孤寂。唱越剧，唱父亲最喜欢的《哭祖庙》，当作跟父亲对唱；又想起最后一次见到父亲，他那样一个儒雅的男人，到底容忍了只有一个镜片的老花镜。心头蹿起愤慨，爸爸清亮有神的眼睛被谁毁了？拳头舂？脚踢？痛成怎样？多久才能正视左眼失明的事实？……那天跟父亲话别时她忍着不问，担心自己撑不住。

心事堆积，胸口重起来，压沉沉地喘不过气。写日记，一晚上写半个本子，电灯一个月里亮三个晚上，其余时间断电。煤油灯，松明、竹篾做的小灯不够用，小叔给她备了一筐草芯灯。本子写完，小叔把竹纸剪裁得整整齐齐，用苎麻线穿成一个个本子送给小叶婶婶。

小叶婶婶在田地劳动大半年，其间发生很多插曲，大队部照顾她进大队棒冰厂，她进棒冰厂时，小叔已是白糖棒冰配料师傅。

小叶婶婶下班回知青屋，路过荒废的竹塘，看到我爷爷正在角落里掰料。嘘——爷爷打个手势。嘘——小叶婶婶会意。得知小叶婶婶父亲曾用顾家竹纸,我爷爷感动,忙不迭挑选一刀纸给小叶婶婶,让她寄给叶老师。

叶老师回信里夹了斗方,盛赞竹纸品相好,跟他在朵云轩买的一样,"诸多感动非言语能及,斗方一幅聊表心意"。爷爷凝神看画,水岸,孤舟,人伫立,苍茫的远方。爷爷不懂画,说我顾长年做这张纸,值。

我爷爷把叶老师的画作拿给我爸看,告诉他顾家竹纸不可小觑,方寸之间藏大天地。我爸果真被折服,大赞画作意境高远,有生命追问的意思。

我爸这个人如果有缺点,虚荣算一条。有一次,公社来人例行查看社员是否有越轨之举(传说邻县有人妄图瓜分国家土地被抓),我爸绘声绘色给公社的人谈画作。说者无心听者有意,斗方被带回公社,随后,一个长途电话打到青浦五七干校。他们这样解释画作:水岸暗示中国大陆,三个人,就是工农兵,他们即将坐上叛逃之舟前往那个半岛。

干校对此展开大讨论,个中情节叶老师不细说。小叶婶婶的信他原封不动退回,退过数十封后,小叶婶婶渐渐稀疏写信。叶老师从五七干校转到崇明岛农场养猪,有一年下半年瘟了几头猪,伙房煮了一大锅瘟猪肉,叶老师分得一碗,他拆开一包老鼠药倒进碗里,肉香不减;又找来三两荞麦烧酒,慢悠悠对月小酌到天明。自感大限已至,惊醒畏罪自尽会祸及女儿,身后名不好听,遂在内衣口袋里留了一幅画,权当遗嘱。翻出来看,一张米白竹纸上，新月夜，雪霁无声，大片留白。但见老者须眉皆白，竹杖芒鞋走向无尽——往宇宙深处去了。

收到唁电时，小叶婶婶正跟小叔请教赤豆棒冰配方。农场发来的简短电报，三句话概括父亲一生，何年生，何年死，死前做何事。小叶婶婶收了电报，从挂衣钩上取下工作棉大衣，把自己裹进去。小叔抱住她让她靠在肩头，小叶婶婶说：我热。小叔去倒水，小叶婶婶拉开厚重的冰库门，躲了进去。

隔几天，小叔把她送到船埠头，她坐上开往南星桥的客船。小叶婶婶离开后，良溪人说她不会回来了。就在那段时间里，另两个知青各找门路离开良溪。过半年光景，知青屋荒凉扑面，良溪人商量屋子派点别的用场，小叶婶婶竟出现在门口。良溪人便更欢喜她一点，总算小叶有良心，真心扎根良溪。她变了一些，又像没变，说不出的感觉。

结婚当晚，小叶婶婶惊讶地看到自己的婚房，四面板壁，楼板当中一床被褥。两人坐着不说话，等村邻走了，小叔关灯。明瓦透进夜色，她让小叔用口琴吹一曲。

只几个音符，她吃不消往下听。两人默默相拥半宿，不觉得是新婚。凌晨，天光透进明瓦，朦胧里看瓦上落下雨滴，绽开水珠，看得出神。她问小叔是否因为结婚换的新明瓦，小叔不说，抱紧她要了她。

小叶婶婶看着瘦瘦小小，韧性好，到年底生下一个男孩。她一心想生个女孩，又怀了一个。

有个傍晚，小叔从棒冰厂下班回来发现妻子不见了。他追三十里路到中埠渡船码头。夜已深,小叶婶婶抱着自己坐在石阶上。

有一次,小叔不小心发现她的日记,他慌乱地浏览。确切地说,她写下的每个字都透出慌乱,就像她对叶家命脉的诠释:父母相识偶然,结婚偶然,连她的出生亦属偶然——医生告诫先天心脏风湿的母亲不要生育。母亲偶然怀上,又被告诫不能人流不能引产。母亲生下她后心脏供血艰难,熬到她七岁那年过世。父母给她起名叶偶然,似是她人生注脚。

小叔在日记里得知妻子身世。他从来不知这个原本兴高采烈意气风发的女孩,藏了这么沉重的心事。

小叶婶婶第二次生产时小叔还在地里,她为新生的女婴接生,但婴儿得了脐风没熬过七天,来不及拥有名字就走了。小叶婶婶丢了魂。小叔给她做了一个布娃娃。婴儿活着时,小叶婶婶没有奶水,可婴儿死了埋了,她的奶水却充裕起来。她每天挤出一盅,让顾念端给我喝。我从福利院回来后不久,妈妈被产后抑郁缠绕,再次送去医院。小叶婶婶去看过我妈,回来后她什么也不说,把我妹妹一尘抱到她家,自那之后,我小妹就像小叶婶婶的女儿,在她怀里接受抚慰。

我心情复杂,喝小叶婶婶的奶水觉得背叛了妈妈。妈妈生下我和顾念时缺奶,干瘪的胸部不像产妇,如今她在医院接受医生问询:你有病吗?你觉得你有精神方面的障碍吗?

已是春天,溪水哗哗,柳树绽出鹅黄嫩芽。菜园子里,蜜蜂嗡嗡钻进菜花芯子,风在木槿树丛穿梭,山村安然。我家楼下,小叶婶婶左手抱着小叔做的布人娃娃,右手抚慰着我妹妹顾一尘,她刚给一尘喂了奶。屋外纷乱吵闹。不一会儿,有人冲进来大叫:小叶小叶,你去劝劝尚明,他背着枪啊。小叶婶婶像没听见,安安静静抚摸我妹妹的脸蛋,还跟她两岁的儿子顾玉生说话,拿布人娃娃跟他玩。见此情形,他们抱了我妹妹跑出去。小叶婶婶还是安安静静哼曲给布人娃娃听,眼里全是爱意。

砰!子弹穿透木门射进她太阳穴,小叶婶婶歪倒在地。坐在一边玩耍的儿子顾玉生被巨大的声音震昏,也歪倒在地。

在所有能梳理的线索里,良溪人最终给出一条脉络。起因是干农活时,村邻一次偶然的闲聊,说小叶刚到良溪时曾受到生产队长言语挑逗。比如,你雪白的手臂像塘里的藕,藕炒炒吃,你的能不能吃?另有一次,妻子——那时还不是尚明妻子的上海知识青年小叶一件内衣不见了,生产队长在派工时,裤袋里拖出一截雪白的棉布,有人扯出来,是女人的小布衫。小叶婶婶躲在知青屋哭了一天。第二天,肿着两只眼睛出工。生产队长跟她道歉,没办法啊小叶,太香了。大家跟着哄笑,小叶婶婶觉得又被羞辱一次,再不能出工。大队照顾她,让她到社队企业棒冰厂做棒冰。

小叶婶婶很少开口说话,跟小叔交流用书面语言,写信。他们两个像笔友一样,在文字里交流。有一封信小叔最感动,她在信里表示她爱良溪一草一木,爱清澈见底看得见小虾米的良溪水,爱整天流淌不知疲倦的迎薰江。但重读三遍后,小叔跳起来,她爱草爱木也爱水,爱良溪天地,独独不说爱良溪的人,包括他这个丈夫。这让小叔想起她前些年遭受的羞辱,她不爱良溪的人,是因为有生产队长这样的人渣。

小叔气坏了，他要教训队长。

他冲出门时正遇上队长和社员们欢腾而来，他们刚刚击毙一头野猪——野兽出没，上头默许队里适度干扰野兽，保护庄稼。此刻，队长正指挥两个社员把野猪抬到大队部。小叔惊愕地盯着野猪从眼前过去，吓得急忙后退几步。队长嘎嘎笑了，说死猪有什么好怕的，尚明啊尚明，刚才你要在场，保证你细胆吓破，屁滚尿流。"细胆"是小叔打小获得的绰号，良溪人热衷给人取绰号。

队长的讥诮，将小叔刚熄灭的火苗重新点燃，想到小叶婶婶的日记，气愤给他壮胆。他大喝着队长的名字，说你给我出列。小叔难得的大嗓门镇住了那些人。他们停下了。队长挥手让大家往前，继续戏谑：尚明，不是我说你，你总是退伍军人吧，让你跟着去打野猪，你倒躲进你小娘们的被窝呱唧呱唧去了。

小叔一个箭步，指着队长，大喊：立正！

大家一听都笑了。队长端起猎枪说：你个细胆，让我立正，我叫你射击呢。

小叔怒喝一声夺过队长手里的猎枪，他一会儿指着这个，一会儿指着那个，他被自己的胆魄吓着了，全身颤抖。有人说尚明今天吃了豹子胆，嗓门都开了。队长叫嚣着：你个细胆，我倒要看看你的狗胆有多大。小叔用枪托砸了队长的鞋帮，队长吃痛，立马唯唯诺诺求饶。他检讨自己以权谋私，鸡蛋、白糖、豆腐干、头发油，这些东西他都收过；也摸过一个新媳妇的胳膊。小叔越听越气愤，他让生产队长举起手来投降，矮个子队长倏地从人群里出来。小叔原本想吓唬他教训他几句，生产队长却不知好歹跑了，边跑边鄙薄小叔：有本事你开枪，啪，细胆吓破。队长冲在前，小叔乘胜追击。他身后跟着一长串人，有人大叫着跑去找顾家人。

小叔不想追了，他让队长站住。

可生产队长哪肯停，人们的呼叫追随让他兴奋。他一边跑一边学小叶婶婶第一次在信里写的：敬爱的良溪人，我就要来到美丽的山湾，跟你们一起，喝良溪水，沐良溪风……队长哈哈笑着说：小叶来良溪是要跟细胆生个小细胆……小叔几乎哭出来。良溪人拥进村巷。有人喊我爸，我爸那天去医院接我妈，没在场。有人说杀人偿命啊，你顾尚明上有老下有小，他们都要靠你了。小叔把枪扛到肩上，他气恼地大声辩解，让他们统统闪开。良溪人第一次见识顾尚明胆魄，他们七手八脚来夺枪。

有人抱着我妹妹一尘来了，他们将一尘塞进小叔怀里。他们喊：顾尚明你不要发昏，看看你家侄女，她要你抱她呢。

砰！

小叶婶婶之死，除了小叔，良溪最难过的是我爸，小叶婶婶生死攸关时他缺席，对此我爸自责不已。我爸认为真正的罪魁祸首是他写的那封回信，这件事无人知晓。我爸一直担心队长得知寄错信，忐忑不安。小叶婶婶第一天到良溪，当晚，我爸鼓起勇气想跟她换回那封信，但看到她清澈明净如天空一样的目光，顿感安慰。之后再没想起信的事。

我爷爷心绪难平，他把良溪人的闲谈抽丝剥茧，从蛛丝马迹里觅得草蛇灰线：纸！一张纸走出良溪，经过杭城过运河，从黄浦江上岸到上海街头。偏巧叶老师喜欢顾家竹纸，又偏巧小叶婶婶循着纸路找到良溪。爷爷惊愕地想起在苏家私塾时先生说的：我不杀伯仁，伯仁因我而死。爷爷再不敢说"我顾长年做这张纸，值"。原来是纸杀了小叶婶婶，往深里想，是顾家杀了她。爷爷说，顾家有罪啊。

小叶婶婶被抬往山湾时，良溪弥漫起莫名的香。草木山峦溪流，都像是小叶化身，良溪每个人都惊叹：叶偶然还活着！可千真万确小叶躺进棺材埋进土里了。我觉得自己的魂灵跟着小叶婶婶躺进坟墓，泥土覆盖在我脸上，我闻到层层叠叠浆果的香，感受到良溪层层叠叠灵魂的抚慰。我睡了过去。

顾念说我睡了三天三夜，醒时居然能坐起来，顾念喂我粥汤。新煮的粥汤和小叶婶婶的奶香相融，我喝光粥汤，喝光一碗奶水。妈妈说我出生到现在，第一次吃这么多。我想看看妹妹是不是也睡了三天三夜，可是，没有妹妹。我妹妹顾一尘不见了。

妹妹失踪这件事，在良溪成为秘密。不知什么时候开始，大家攻守同盟，从枪声响起，都说没有人见过我妹妹。我每天哭，想她。

小叔比之前更沉默。他在小叶婶婶坟墓边搭了一个草棚，整天躺着，良溪人都认为这对夫妻要同生共死了。这个情形持续了大半年，大队里照顾小叔，将养蚕的事交给他，相比农活，养蚕比较轻便，按照最高工分算。但蚕房在知青屋，人们担心他睹物思人，毕竟小叶曾经在此鲜活过，好在小叔接受这个安排。睡了一夜,第二天,蚕僵死一片。有经验的人说,蚕这种虫看着软头软脑寿命短,但对空气要求高,顾尚明呼出的二氧化碳里有悲伤,它们是被伤情感染而亡。

顾念拗不过我,背我到蚕房。推门进去,屋子里沙沙响,像细雨落在溪面。小叶姆姆睡过的床上搁了一个长匾,蚕在吃桑叶。很快,它们就要吐丝做茧,成蛹化蝶。知青屋是平房,水泥地面,玻璃窗户,抬头看到斑驳的石灰屋顶上,有依稀的字迹。顾念搬来一把吱呀作响的旧椅子,踩上去,读给我听。

> 每当我害怕,生命也许等不及
> 我的笔搜集完我蓬勃的思潮,
> 等不及高高的一堆书,在文字里
> 像丰富的谷仓,把熟谷子收好;
> 每当我在繁星的夜幕上看见
> 传奇故事的巨大的云雾征象,
> 而且想,我或许活不到那一天

小叶姆姆的字娟秀,透出稚嫩,但又藏了力道。总之是我喜欢的,但心头涌上悲切,泪水滑落。顾念自言自语说:小叶姆姆晓得自己要死在良溪的。

我想,小叶姆姆把我妹妹带走了。

那段时间,悲伤笼罩我们家。一夜之间,一个死去一个失踪,冥冥之中的那只大手,到底在哪里?

良溪人回过神来,他们记得那个女囡子在惊吓中如何死命抓住扳机,顾尚明如何试图掰开她的手指,那发致命的子弹如何爆发出震耳的炸响后穿过木门击中知青小叶。这些,眼尖的人看得清清楚楚。公安局派出刑侦人员蹲点良溪,但良溪人从未这样精诚团结。个别问讯,集中问话,良溪每个人都疑惑地告诉刑侦同志:我不知道自己会开枪,我欠小叶一命。

那把猎枪呢?搜遍良溪每个角落都不见枪。那把结束小叶婶婶生命的枪,消失了。我们的妹妹,也消失了。

良溪自此陷入迷雾之中,猜测,怀疑,判断,谣言充斥。我妹妹的忽然失踪,让人们变得客情、谦逊,欲说还休。人们说表姑妈占卜到一些什么。

我爸有些宿命的意味了。他回想起当年,写好回信,当即把写坏了的信还给队长,队长随手放到柴灶门口,打算做起火的媒头纸,我爸趁队长上马桶时把信塞进裤袋带回了家。这封信像小叶留给良溪的遗书。遗言那样美好,这让自诩乡村知识分子的顾尚清思绪复杂,他想把信还给小叔,但时过境迁,显然不合适。我爸有时悄悄打开小叶婶婶的信:亲爱的良溪,我将与你们一起,扎根泥土。

我爸惘然,跟我妈探讨世间不可知的部分:你说这个世界,小叶算是美好的象征了吧,偏偏以这样的方式与世诀别。我爸想起当日小叶歪在堂前的情景,免不得难过一次,跟我妈叹气:眉之,你说小叶她被打碎了脑壳,灵魂能完整不?

我妈闻听此言,忍住悲痛要跟我爸探讨肉体跟灵魂的关系,我爸不战而败，也疏于谈论理想之类的话题。他觉得在死亡面前空想，不人道。我爸转而向灵魂追问。

他跟我妈唱诗篇，赞美诗唱多了，仿佛人也不再那么入世。他在石板老街走过，有人刷标语，一长条石灰刷到墙面。得知我爸识字，大刷子递过来让写一条，那人去抽烟。我爸写：智慧胜过愚昧，光明胜过黑暗。

伊菲拉

泛黄的背景里，混乱中，我看到有个女孩，羊角辫，她端着一把枪，正在扫射。倒下一大片，他们齐刷刷起来，个个端着枪向我步步紧逼。他们的脸全部蒙着，我在惊吓中醒来。

不敢入睡。我要离开良溪。多年来，我不敢想起的地方，果真不与我友好。一刻也不能待了，我敲了敲顾玉生房门，门虚掩着，我进去，见一个消瘦的老头躺着。他起身，迷迷糊糊看着我。我第一时间认出来，他是顾尚明。

他说：你是一尘，你回来就好了。他语调平淡，没有久别重逢的喜悦，甚至没有让座。

我问他玉生在哪。

他说：玉生回迎薰了，你接着睡吧，才一点。

我说：我想回去。

他说：你不是回来了吗？

我回到房间，拨通顾玉生手机。我在电话里哭了：你带我回来，想说明什么？

他说：不怕，没有人会伤害你，你已在良溪了。

顾玉生这么一说，我的泪水唰地涌出来。回想那些难熬的动荡日子里，有个信念总是鼓舞我：走投无路时，良溪是我最后的归宿。但此刻，我深感无助，没有亲人，没有安全感。

顾及

小叶婶婶的死让顾家人度日如年。人们窃窃私语，他们认为那个小女孩手无缚鸡之力怎么可能扣动扳机，其实是顾尚明起了杀心，他怀疑小叶要回上海，用一颗子弹将她留在了良溪。有公安穿着便衣去平原我外婆家找人，不知找我妹妹还是找换糖佬，一无所获。传言更多了，这种议论让我们家重新陷入流言蜚语的泥淖，顾米顾念出门都避开人群。有一次，顾念问妈妈：那个杀人犯在哪里？公安局的人怎么那么笨，到现在还没抓到？那时，我们隐约听说妹妹去了平原，我们甚至嫉妒她在平原外婆家吃葱管糖，穿新鞋，还有很多甘蔗吃。还有一种传说，换糖佬交代是他开的枪，去自首，被赶出公安局大门。

挨到冬至前一日，奶奶说，顾家要像原先一样做人。大方一点，走路不要低头，不要贼头贼脑，就像我们顾家全是凶手。

当晚就给小叶婶婶烧纸钱，请祖先回来吃饭，拜托他们在阴间照顾小叶婶婶。小叔也过来了。爷爷拿出最好的纸，奶奶给小叶婶婶念佛折元宝，衣服、饼、纸包糖，纸折的祭品装了满满一脚箩。奶奶费了大心思折出一个人的模样，代表小叶婶婶。又用纸折了一件衣服穿上，衣服的式样是小叶婶婶刚到良溪时穿的，小翻领，双排扣，两只翻盖口袋，栩栩如生。又让顾念在空白的脸部画出五官，说画了眼睛鼻子嘴，小叶婶婶的魂灵就有了。可顾念画得一塌糊涂。奶奶生气，责怪顾念不上心，顾念哭了，说小叶婶婶是人，你要我画魂灵，我画不好。

小叶婶婶是在我们石屋里走的。奶奶认为要在石屋里烧纸她才能收到。我被安放在一张椅子里，妈妈用大手巾捆住我免得我瘫软。妈妈说：你小叶婶婶就是坐在这张椅子上走的。奶奶接着说：小叶疼阿及，坐坐这张椅子，小叶婶婶保佑你病好起来。

椅子就在堂前窗下，白天能看到窗外青山、云彩和叽喳飞过的鸟雀。五步开外是木门，木门上的枪眼还在，我爸几次说要用木板钉上，没有行动。

我想起小叶婶婶黑刘海下那双温和善意的眼，眼底的笑，笑时的两弯眉。有次小叶婶婶亲吻我耳根说：等你病好了，小叶婶婶带你坐船，我们的船嘭嘭嘭从良溪出发，嘭嘭嘭开到迎薰江，再嘭嘭嘭开到钱塘江……我被小叶婶婶的亲吻镇住了，好久才回过神，接过她的话说，我们嘭嘭嘭开到黄浦江。我们俩笑啊笑。后来，只要我们想笑一笑了，就会说嘭嘭嘭开船，这是我跟小叶婶婶的暗号，也是唬住一尘哭闹的法宝，每次她哭闹，我们就说嘭嘭嘭开船啦。妹妹就笑了。

祭品焚烧，火光里家人念叨小叶婶婶的好，种种良溪人不曾有的好。但我知道，我们有一部分眼泪，是心疼不知去了哪里的妹妹。因为传说不断产生，说妹妹被一户人家收养了，请人给她起了个洋气的名字。那户人家从妹妹懂事起就对她隐瞒身世。我们还听到另一个奇怪的版本，他们在换糖佬的挑担里看到奄奄一息的婴儿，换糖佬可能得病了，他祈求他们给婴儿一口水喝。那户人家给婴儿喝了水，婴儿笑了，他们被婴儿的笑镇住了，他们想收留婴儿，被换糖佬抢回。过了一个星期，那户人家追上换糖佬，抢到了婴儿，还给了换糖佬两块钞票。换糖佬跟他们厮打一阵，被赶出那个村庄。等换糖佬身体有点力气时，他找到那户人家，却见那门上了锁，他们搬去别处了。

祭奠小叶婶婶时玉生没有哭。我们都很生气，他像外面来做客人的，坐在火盆边上，看我们烧纸钱。奶奶递给他一块手帕，我们都认定他要号啕大哭。可是他看着那扇门上的枪眼说：妹妹把我妈妈杀了。

火光映衬下，木门上的枪眼有了层次。我确信，我看见小叶婶婶了，她的眼睛，圆弧好看的鼻子，唇线分明的嘴，白萝卜似的牙。小叶婶婶对着我笑。

心里充满欢喜，我想唱歌，哼小叶婶婶哼的那个曲子。欢欣的笑跟着来了。我的心先笑起来。不由自主，我晃荡无力的双腿获得力量，对着枪眼，我笑了。解开捆住我的大手巾，没有任何预兆，我站起来了。我盯着枪眼里的小叶婶婶，慢慢靠近木门，小叶婶婶从孔眼里进来，她一身干净的明镜蓝衣裤，齐刘海，弯腰来抱我。我踮起脚尖，张开双臂，我已经摸到小叶婶婶温热的掌心了。可我的家人惊叫，抢过来抱我，他们大叫着说阿及站起来了。

我挣扎着看木门，枪眼黑森森，小叶婶婶不见了。我双腿软软地倒在妈妈怀里。妈妈惊喜地看我的双腿，她疑心是幻觉。因为我刚才的笑，妈妈歉疚地看了看小叔，小叔追随我的目光，朝木门看。他蹲下问我小叶婶婶穿什么衣服。我比之前更瘫软，刚才的站立耗尽我全部体力。妈妈把我抱到楼上，问我看到的小叶婶婶，背后有没有两扇大叶片。我说不出话，但我知道妈妈说的大叶片指翅膀，天使的翅膀。

我闭上眼，穿过隧道，那天的情景重新回放，很多很多手举起来，砰！我在回忆里惊厥，似乎看见谁扣动了扳机。

我抽泣着，想念妹妹。她在我被窝里睡过多少个夜晚啊。可是，她被抱走了，她在哪里？

第二天是冬至，奶奶做了几个米塔饼，烘缸红红火火暖着，大家围在一起烘脚、烘脸。我被烘缸火烫伤过，不想下楼，我更愿意好好睡去——最近的梦里，我能走路，能蹦跳，我有长长的麻花辫。

嘈杂声传来时天已微明，我还在梦里，吵闹声把我拉了回来。顾念跑到后房间，在她颤抖的叙述里，我拼凑出昨夜发生的一件事。

小叔趁大家围坐在烘缸边烤火，从爷爷房间搬出所有的纸，拆散，一刀一刀，每刀一百张，他像砌田塍一样，从枪声响起的地方，左右两侧排列成一条路，一直排到小叶婶婶坟前。夜深人静，小叔用一根火柴点燃了他用纸拼成的路。黑黢黢的山村，一条蜿蜒明亮的火路，闪耀在幽暗夜色里。小叔张开双臂，奔走在这条亮路上。他奔跑时带起的风，让火忽而蹿起，忽而伏地。

最先发现这事的是我妈。她夜半梦醒，见明瓦上一闪一闪。推窗一看，两条火焰飞舞。我妈在火焰里看到一个身影在动。她叫醒我爸，我爸跌撞下楼，听到口琴声，才知是小叔。

烧了纸就像将爷爷的灵魂烧没了。事后，爷爷卧床不起。前三天他支撑起身子，打自己巴掌，后来没有力气打自己，跟奶奶要吃的：给我冲一碗纸灰吃吃。奶奶果真冲一碗纸灰给他，爷爷咕咚咕咚喝下，倒头再昏睡一些日子，到年三十前一天才像从阎王殿回来。等体力恢复一点，爷爷回想起纸槽屋来，他找到一切罪恶的根源，扛了锄头扒掉几根柱子一堵破墙，哗啦啦屋子塌了一半。

一些怪事也发生了。次年仲夏，良溪像被吸走了水，所有的地方都干干的，没有一滴水。原本浑圆的良溪，瘦了，春天时还能挑回一担水，到夏天，只能用脸盆。上游有人拦了石坝，打架了，见血了。

顾念在堂前看到一条蛇，她一边发抖一边形容：雪白，雪白，雪雪白。奶奶慌神了，家蛇，顾家先祖出来告诫了。良溪有古话：家蛇出，半数殁。家蛇出来，天要灭人了。

有个破解之法，在家蛇出没处撒白米、茶叶、白石灰，叫"请米茶汤"，一边撒一边念叨，以告慰先祖。我妈首次闻听此法，上楼跟我念叨，说那是愚昧无知的做法。上帝在头顶，我们做什么他都看在眼里，是人心馊掉了，上帝要惩罚。

奶奶一边铺排请米茶汤一边念叨：祖宗阿太，上面年成荒，你们饿肚皮了。你们放心，人间日子好，每日白米饭吃吃。上香请一番，奶奶把米撒成一条线路，从我家堂前起，从桌子底下拐个弯往楼梯下绕了一圈，又沿着木楼梯上楼，到墙根，在我后房间最里面一个角落停下。奶奶设想这条米线就是祖先出来的路线，她希望白蛇祖先沿着请米茶汤线回到阴间。

伊菲拉

良溪第五天。

寂静的山村早晨，鸟声清脆。我刚下楼，顾玉生的车就到了。我心里塞满了委屈，不知这种感受从何而来。见到他，我鼻子酸酸的。他神色平静，问我睡得可好。

我说不好。每夜入睡，我都感觉自己醒着，在一个说不出的地方，就像我还很小，但又像长大了，或者说，是长大了的我，回到小时候的良溪。

他说：穿越，挺时髦的。

我鼓起勇气告诉他我想回多伦多了。

他说：你想好了吗？

我说我感觉自己很可笑。

他问：什么意思？

我说我像乞丐。

他说：没人强迫你接受良溪。如果你可以剥离良溪，今后不必因想起这个地方而夜不能寐，四处躲避，我现在就可以送你去机场。

说话间，顾米来了，她拎一袋玉米，让顾玉生带去迎薰。顾玉生接过袋子说：走吧一尘，小年姑婆等你几天了。

小年姑婆家在迎薰县城臧家弄一个小院落里，院门上爬满凌霄花，那些橙红的花朵，开得热烈而骄傲。进门，葡萄架下一张石头茶几，四张竹椅子随意放着。小年姑婆坐在一边，她盯着我看，就这样盯着。我稍稍用力挣脱她握着的手，随后，她又不管不顾拉起我的手说：你吃了大苦了。

不知人们怎样传我的身世和我成年后的生活。眼下，相认后的他们，都觉得我过得并不好。事实上，二十三岁之前，我的生活很平静，没有灾难。

小年姑婆带我进到一个房间，是一间温馨的女生卧室，粉色系，玩偶可爱，风铃随着我们带进的风，叮叮当当响。她说：姑婆早给你准备了房间。听到你考上大学，我想你成年了，你拥有成年人该有的出走自由了。是不是？可是，我等了好多年。我以为等不到你了。

老人顾长年主动出击，他让顾玉生带他来小年姑婆家。他用嫉妒的语调说他等在良溪多么着急。他多么希望每天看到孙女喜乐乐的脸孔。几乎不容我们论及其他，他延续前一天的话题，让小年说说另一个消失的青年——苏家苏漫秋。

顾小年

苏漫澄、苏漫秋和苏皖三兄妹是苏家大太太所生。漫秋曾是省法学院高才生，权势践踏民众，法官贪图享乐，军队在打仗，使他对自己的学业有了质疑。学生上街游行抵制洋货，嘲讽他的长衫，拥进校长室要求校长引咎辞职，这些在漫秋看来，着实幼稚。就学一年，他脱了西服丢给同学，只穿件雪白的衬衫，坐上回迎薰的车。他跟哥哥漫澄说他不读书了，要改变社会，迎薰这个小县城要大变样了。

就在那年，他拉一牛车书和一盏水灯在良溪住下。我们相爱了。

苏老爷的轿子来过，漫秋避而不见。苏老爷再来时，他发现父亲老了，每日里参汤滋补，也不能让他脸色红润。老年斑占据整张脸，手背胳膊也布满斑纹。一日，老钱来报：老爷病重。他这才决心返回苏家。

苏漫秋走后，战火烧到乡间。大哥挑纸出门，刚到老街，有人抓他扁担，不由分说让他去打仗，大哥九死一生逃回家。保长上门来报壮丁数字，我们家三丁抽两个，明晨八时到石板老街八台门集合。我爹问保长:前山后山都是扛枪的,这是哪里的兵?保长说政府军吃了败仗,兵力不够,要补上。

但凡家里还能喝上一碗苦菜汤的,哪边都不去,照看田地。人们知道,土地不会因为当兵的来来去去,就自动生出粮食来。白天两支部队乒乒乓乓打,种田种地的人躲进深山。夜晚停火了,良溪人回来拔稗草,松土种番薯。

日子不再寻常,保长隔三岔五敲着大锣鼓来派丁,东家去一个,西家要两个。壮劳力四处躲避,宁愿跟着"猎人"游击队赤脚杀敌,也不听信保长天花乱坠吹嘘说跟着军队吃饱饭,穿新衣,领军饷。后来,远远听到铜锣响,人们四散,捉迷藏一样。保长循循善诱:乡亲们哪,在家饿死不如出去留个种。

有消息说,从良溪翻山走三十里,有个人叫大胡子。他开了十多家槽产,只要到他槽产做一个月活计,一宿两餐管吃住不拿工钱,领到一张印有大胡子像的纸,可免去派壮丁。大哥深夜出去,过三个月又在深夜回来。路上全是岗哨,封锁线很长。分不清什么人,都有枪,有的哨兵和善,见人放行,有的要掴巴掌用枪托砸。的确有一个叫大胡子的,但没见到人,在他槽产做工,那里都是青壮年。大哥吃足苦头回到家,从鞋底摸出细纸条展开,果真印着大胡子像。保长再来派丁,我哥拿出大胡子像给保长看,保长说以后不再来催了。

我大哥从大胡子那边回来时被枪托砸了腰,卧床休养。我挑了两件纸去轮船码头卖,路上遇见好多逃难的。我就想,我们国家这么大这么多年轻人,怎么会保不住自己的国家?我恨不得放下纸担扛枪去。正胡思乱想，苏漫秋翻过山岗来了，像个多情少年。我怪他又来找我，怎么就没有大事可做？他说：穿过枪林弹雨来良溪就是大事。我说：良溪都是讨饭兵，良溪也不安生了。他安慰说：会好的。我生气说：可你在卖纸，要是大家都在卖纸，国家怎么好起来？他换个肩膀挑，说空有一腔热情，可叹报国无门——他被相思折磨。

我们黎明时赶到船埠头集市，饥寒缠身，久久无人买纸。偶尔有人来问可有黄烧纸，漫秋说这是上品好纸。人家说纸太好了，烧不起。荒年遇上打仗，死人多，黄烧纸缺货，顾家专用于书画的好纸没人要。

一会儿说船上来的兵要烧杀，一会儿又说上游一支小分队来堵截。我俩四处逃命，没卖出一张纸。挑上满担纸回良溪，大路不能走。翻过山头见前面有人走动，陌生口音。漫秋让我躲进柴棚，他挑着担子下坡，被人喝住。搜身问话夺下一担纸，让他滚蛋，漫秋迫不及待滚蛋。子弹嗖嗖飞过，打到石块反弹进柴棚，升起一缕烟。漫秋亡命跑，身后枪栓哗啦一响又让他站住。原来伙夫死了，漫秋被抓了丁充当伙夫。我趁着夜色逃啊逃，刚到家不久，漫秋也回来了。他是跳进河里才逃过一劫的。他说河水冰冷刺骨，心里却生出热望，铁定要做点什么。

不久，同学引荐他去驯稚小学当老师。在那里，他接触了一些新思想，这让他热血沸腾，像投身洪流。

有一日，老钱到驯稚小学找他，他从老钱眼里看出内容，他叮嘱老钱将布袋里的书籍本子交给老爷，让老爷知晓他虽没在省城读书，但依旧在著书立说，或许能得点安慰。

老钱说怕是知晓也不得安慰了。漫秋知是临终了，更不敢多问，匆忙往小路去，说还有件大事要做。老钱力气大，追上来横在漫秋前面：少爷，天下大事有天下人扛着。话音未落，一枚炮弹落到校园，掀翻两人。老钱拉了漫秋跑，漫秋挣脱拉扯，捡拾散乱的书本簿子，逃难的人群踩踏而过，漫秋又把布袋丢给老钱，顾自往另一处跑。穿过村道，迎面全是难民。等他跑到木屋前，已过了约定时间，敲三下，再敲两下，未见动静。有人过来说情况有变小屋不能进了。漫秋随那人往江边走，进了小渔船，得见熟人。对方握住他手称他同志。庄严的宣誓声盖过羞怯与彷徨。他庆幸自己惘然时遇见他们。

过了一星期，他赶到江南岸简陋屋子里，父亲弥留，回光返照时，伸手要过漫秋的本子读，点头称好。又让漫秋坐到床上，老年气刺鼻，难以忍受。想到这是父亲在人间的最后气息，渐渐觉得亲切温和。父亲清醒一阵，想喝一碗江水。家人煮一碗端上，未送到嘴边，父亲摆手说这碗江水添过烟火了，不地道。老钱跑去江边拎来一桶，漫澄舀一勺喂，父亲张嘴含住，也不落肚，只留在嘴里一点一点渗。长叹这是纯迎薰江水，从新安一路浩荡而来，好喝。示意两个儿子尝一尝故里来的水。漫澄喝了。漫秋啜一口，咽不下，嫌腥味重，含在嘴里打转，咕噜咕噜响。漫澄看他，他假意出屋子，噗的一下吐了。又看一遍远山，晴天里，春山薄雾，看不出颠沛，新发的树叶缀满山湾，它们沉默，不知屋里的亲人要去了。痴痴想了一些辰光，只是不忍进屋。再进去时，父亲已合眼。他又羞惭懊悔,想到如此光景竟不肯遵父命,心里生起大悲切。

当夜将父亲落殓停柩,大灯未敢亮。原本要做道场,但不敢请人念佛经唱拜忏。只觉悲凉无着。天微明,材夫抬着棺材小跑到墓地。父亲一生积德聚财,临了一床薄被盖身,两手空空。仓皇在墓穴烧一把稻草"暖屋",漫澄下去踩两圈以示屋基扎实,他刚出墓穴,麻绳吊着棺材落下来。

五七时,兄弟俩在门前烧一堆父亲遗物。焚香洒酒,告慰绕梁不走的魂灵。随后的日子,漫秋整日端坐书案——檀木台面,樟木桌腿,隐隐的陈香。这书案父亲用了一辈子,这里那里留着他的痕迹。漫秋奋笔疾书,昼夜不分,读古书写文论,积攒了一世精气神,都耗尽了似的,每每累极睡去。等到七七四十九天,带了父亲珍爱之物去坟前烧了。自此,父亲的灵魂与肉身融到一处,任是千般留恋,人间亦是不能待了。阴阳两处,幽冥永隔。

立夏当夜,传来消息,日寇已占据迎薰县城。过些日子,漫秋收拾行装。漫澄问他去哪,漫秋想想说:妹妹有信来不?漫澄摇摇头,说:我当哥的不该啊,我没护好妹妹,有人在小清江见过苏皖。我思忖她跟望年在一起。漫澄说:我以为苏家能护着你们两个的。说起来,漫秋自小多病,十二岁前,进出苏家大院的郎中多至百人。直至后来,一个郎中开出的方子里,有一味药:亲血三勺,吞服。漫澄见此,拿刀割破手腕,接一碗,让老钱喂给弟弟。老钱嘴碎,说:小少爷您喝了这碗病就好了,漫澄少爷的血。漫秋闻听吐出一口血,色乌黑。至此,身体奇好再没生病。

之后,他面容清秀,骨骼清奇,迎薰县城常传说,苏家二少非人间俗物。

漫澄腕间的割痕清晰,每逢天气有变,他全身血脉酸胀,常被折磨得面无血色。

漫秋背着布袋出了门。漫澄相送,说:我虽懦弱,总守在家,以后日子,不论几时你回来,哥哥我都在的。

那几日,日本士兵手持火把,蜂拥至乔家,见大门气派,雕刻精致,烧了几间屋宇,恩波书局、顾乔百货、恩波电力公司幸而还残存,未被毁尽。

有个夜晚,我二哥望年潜回迎薰城。借夜色从恩波桥下攀缘到乔家后边小山包,此处正好能见乔家院落全部。汽油灯下的乔家,日本人在院内走动,吵骂,伤兵哭喊。乔家院落已惨不忍睹。二哥避过岗哨到苏家后门,苏家没亮灯,灰砖清水墙面,月光下分外凄楚。没有见到苏皖。他刚走到船埠头,一束光照着他,二哥被抓了去。日本人认定顾望年手里握有实权,给他不菲许诺。后来上了刑。他们要利用我二哥当诱饵引出迎薰方面重要人物,如能一并引出另一支中国军队,那就一石二鸟。二哥在地牢度过四十多天后,日本人决定枪决他。临刑前一天,一个女子来到地牢,她身穿和服,当着日本军官的面,打了二哥几个耳光,突然从军官腰间拔枪射向二哥。二哥被丢进迎薰江。

我二哥是在一只小木船上醒来的,有个女子在帮他清理伤口,他认出是许冬月。二哥在上游一个渔村养伤,过了一些日子,苏皖来到渔村。他们在小渔村生活,不久,二哥又走了。

这年秋末，一支部队痛击日军，夺回迎薰县城主要街道、山包。他们修筑工事，恢复被炮火摧毁的炮楼岗哨。躲避在外的迎薰人喜出望外回到县城。

一日，我在书局门口遇见一个女军人，也许只是普通女兵。她穿着洗旧的军装，但干净整洁。在见过破衣烂衫的士兵后再看到这支军队，他们的装扮，他们青春勃发的样子，全部吻合我对于军人的想象。我呆呆地盯着她的军装。要是我也有这样一套军装，会不会很好看？我想到这支部队是打日本人的，平添了敬意。部队要西撤去一个叫於潜的小镇，那边驻扎了日军一支精锐小分队，新一轮抗战箭在弦上。我没有犹豫，跟随部队离开迎薰。事实上，遇见女兵这天，我跟漫秋约了在书局见面，我们打算为这个国家做点什么。从上午九点等到下午两点。漫秋没来。临走这天，我写了便笺托书局交与漫秋：生逢其时，青春终有托付。那时年轻，天真，不曾想到，我离开迎薰时，漫秋正在小屋里侍奉他父亲归西。

我做梦也想不到，我们以这样的方式各奔前程。没错，那天苏漫秋没来。我失望，认定他胸无大志。

事实是，别过兄长苏漫澄，他赶往迎薰县城与我相见。在城厢一处田畴，遇见领他宣誓的上级，他们正筹划一次特别行动。据情报说，日寇正谋划大规模反扑，县党部有人图谋里应外合，汉奸偷偷提供粮仓位置、船只，有人甚至已在县党部给日本人准备了一张茶几，茶几上是整个迎薰县城山脉、河流、村庄的分布图。上级决定在特别行动时端掉汉奸老窝。苏漫秋被任命为特别行动江南片区组长。他终于有了上级。领受任务，急速到我老家良溪组织人马。其实他是来见我的，他想告诉我他在为国家做大事。他看到便签，才知我已从军。他很失落，连夜去找上级要求另换他人当组长，他要寻找恋人。上级批评他冒失，让他摒弃儿女情长，鼓励他别小家为大家。然而，等他们一切准备就绪，却走漏了风声，他们被扣上"反抗日求和"帽子，省里派出一船士兵来抓捕。特别行动失利，省里发布的抓捕名单中，苏漫秋作为首要犯排在抓捕令的前三位。

经过几次化险为夷的躲藏，饥寒交迫的他来到石屋前。台阶，街沿，熟悉的木门，他扑在门上颤抖。我哥冲下来开门，他进门喊：长年哥，我冷。

不能在屋里睡了，我哥把他带到纸槽屋，每日给他送饭，他担惊受怕之际借读书打发时光平息恐惧，又写了一些文论。一个多月过去，村庄恬淡闲适，风声平息下来。七月初，良溪有人去赶集，回来说迎薰城里买卖兴隆，人挤得脚碰脚。恩波桥头，长街上全是人，轿子都抬不过去。漫秋决定来找我。临行前他要到石屋住一晚，大哥把他带到我的房间。睡到午夜，狗吠尖厉，屋外火把熊熊亮着。他开窗往下看，数十人黑压压挤在道地，团团围住石头屋。知道是来抓他的。大哥把他拉到自己房间躲进被窝，我嫂子墨枚刚做产，老底子有习俗，陌生男人不进产妇房。

楼下的人敲开门，直冲上楼，挨个房间搜。他们闯进我房间，伸手往被窝一摸，大叫还热着。他们进了嫂子产房。漫秋抱着襁褓，在婴儿脸上亲了亲说：漫秋叔叔要走了。

顾长年

我爹说漫秋在顾家被带走,顾家来救。顾家卖掉仅有的一个山湾筹措到一笔钱。我挑着金圆券、土纸、食盐,还有一只樟木箱,到小清江县政府赎人。有人同我说,被抓的人没在小清江,都往省里押送了。找到一家铺子,拿一刀土纸换得信息,说找大胡子才有活路。土纸、食盐和樟木箱典给当铺,朝奉挂着脸努努嘴让我开箱,拿竹棒翻挑土纸,说出的价钱那个贱啊,叫我吃惊不小,真是人情凉薄。

我弯腰拿扁担时口袋里的纸印滚到地上。说起来,顾家人在这个纸印上耗尽心血,我慌忙捡起纸印放进袋里,朝奉问我纸印当不当,怎么可能当掉纸印呢?我捂住口袋急急朝前走,生怕朝奉来抢。朝奉报出的价格很高,我加快逃走。

我爹又托人说情,花光活钱,能抵押的也都搬走了。再卖出一些家什去打点,打听到消息,说案犯目前在省城一处教堂关着,一天喝一碗稀饭,吃点皮肉之苦。再接下来,就不知道了。

这一天,我爹找出宗谱在阳光下翻开,一页一页晒,一页一页看。连续三天，三本宗谱翻到最后一页，他重新装进书套放进布袋，交给我。我就出了门。你奶奶问我多久回，我说赶在年前回良溪，其实我哪知道还能不能活着回来。

我背着家谱在苏北一个叫东台的县城找到一房顾姓，又从东台访到一个种满槐树的大村落。大村落有个顾姓后人在这边省里担任官职。这一个来回，已经过去很多天，我在省城找亲眷。可是，他因插手案犯的事丢了官职，被打发回原籍去了。

我继续在省城寻访，当掉家谱，最后一件长褂换得消息说，三天后犯人要送至西南关押，部分流放至北边荒原，余下五名重犯就地处决。五名重犯里，苏漫秋排在第四。怕有人劫囚车，明说三天后，暗地里两天就将处置所有案犯。这个消息像一个榔头把我打得快死了。我靠到墙上，后背钝痛——那三扁担留下的旧病。我想我可能要死在省城了，比苏漫秋死得早。我想带鸡毛信给我爹让筹钱，可身上除了一个纸印，就一件小布衫，鞋子已换了一口吃的活命。我赤脚往前走，听得有人说：这位先生面善，哪里见过？我想回头看看，头越发昏，站不牢要倒下，那人扳紧我肩膀，认出是"良溪顾先生"，此人是李庄大槽户李管家。当年，他手下留情没把十八棍砸到我后背，丢下一句：良溪顾家欠李家一笔。

我两天水米未进，吐出一口清水。站立不稳，裤袋里掉出纸印。李管家捡起看，称纸印到底是好东西。说当下年成荒，李家也早不做纸，他在省城做了"包打听"。讲到那次特别行动，他一五一十说一番。我跟他说苏漫秋也参与了，他说这事难，省里主抓的案子，凡有说情讨命的，都落不到好结果。他拿着纸印爱不释手。我拿回纸印，说这纸印道光五年成，黑牛角，跟皇帝圣旨轴柄同质。若能救苏漫秋一命……包打听把纸印接过去，答应去打点。我说纸印是顾家身家性命。他走几步又回来塞给我几个铜钱，让我买点吃的。

他说：明晚，子时，此去东三十米兵马司巷等信。又问我苏漫秋是顾家什么人。我说是我弟。包打听说：不就是那个偷料贼吗？我说：苏家漫秋是书生。

往东走三十米，果见一巷，巷口馄饨小铺飘出热气。只吃了一只，便不能再动筷，心里空落落的。我爹有教诲，纸印即命，非命绝，不落外。此时，纸印离身，我魂魄散了。

终于得见漫秋。身子瘦了，神态气色也不一样。一见我就问小年消息。说了一番。又哭了一通，只三分钟，又给拉走，只在铁栅栏门内喊小年。过一个月，传来消息，死罪可免，活罪难逃。漫秋关进一座监狱。尘埃落定后，我爹却像燃尽的油灯，在风口晃动随时要灭。我跟墨枚悄悄商量后事，我爹又亮起来，热切切吃下一碗番薯粥。他在等望年和小年啊。

忧心忡忡度过一整年，最后一点麦壳糊了野菜充饥。除夕这天才记起过年了，屋里颗粒无剩。你奶奶墨枚舀一满锅水，坐到灶门口烧。我说：晚饭烧熟了先给爹盛一碗，再给儿子一碗。

墨枚说她在煮水。我就不明白了，她为甚用一个时辰烧水。我爹说街坊邻居看到我们的烟囱冒烟，知道我们在生火做饭，就不会可怜顾家了。

来年春天，我爹恢复了些，能出门晒太阳，拄着拐杖跟人聊庄稼。有一日，我做完农活陪他在石头屋边享太阳哼调子。忽然，调子里多出一个声音来，哥啊伯伯啊叫着。漫秋回来了。我爹手搭前额眯眼看，说：是望年啊？望年回来了，小年也回来了吧。说着说着睡过去了，头靠在石头墙上，阳光照着他戴着的线帽，手里的火熜在风里一闪一闪。我爹这样离去，他是不瞑目的。我的弟弟妹妹都流落在外啊。

漫秋给爹守孝，他在房间里书写，狱中他写下十多本，出狱前被收走了。凭着记忆他逐字逐句还原。零星枪声传来，他跳起来找地方藏，他真胆小。那段时间，他回过迎薰县城，苏家院落早已变了样，虽说买卖继续，但光景已不再。回到良溪，他穿上墨枚做的布鞋，腰间系着大手巾，带上一点干粮上路。翻过龙门山沿溪走三十里。蝙蝠一样昼伏夜出，披荆斩棘十五天终于踏上通往於潜的古道。

有个挑脚的女子叫阿凤，挑了一担纸从山那边过来，在古道边茅草搭的草棚里歇脚。阿凤说：小年轻，我花木兰从军，跟你去打仗。路边草舍做买卖的几个青年，也跟了漫秋，说横竖都是一个死，不如到部队扛枪杀敌。还有一个十四岁男孩也跟来了。总共十二个人。等他们到於潜，部队已转移。有说往北边走的，有说往西北走的。漫秋循着蛛丝马迹一路往北。

一个晚间，他们刚到江滩，扫过来一排子弹，躲避不及，两个中枪当场去了。两个受了轻伤的逃出芦苇荡，几个人走到农户家讨水喝，安顿伤员，才知此地已是皖南。漫秋只知祖籍在新安，他从未回乡。打听到大部队一部分过了小江,眼下应在前三十里一带。

漫秋追上部队,已在长江边上。打听部队里有没有叫顾小年的,打听两天,遇见渔船上带他宣誓的同志,介绍他穿上军装加入新四军队伍。夜晚,漫秋梦见小年红衣盖头端坐黑屋,料想不祥,遂跟上级吐露苦衷。上级说,根据情报获知,小年在江南一部,那一部为杂牌军组合,於潜激战,歼灭日军精锐小分队,建了奇功。上级派漫秋前去探情报,见机带回顾小年。待要动身已是腊月。之后,我就再也没听到漫秋的消息了。

顾小年

　　应该就是那段时间，有一日，漫秋别过同志，翻山走半个时辰，有同志追来，说军令来了，部队要奔赴长江以北，他随即返回云岭跟随大军急行北移，行至茂林地区，密集的枪声响起。炮声、厮杀声逼近，才知军队被围袭，敌军竟是国人，漫秋这方不过数千人，却被敌军七个师八万多人像铁桶似的围住。四面受敌，战友成批倒下。举荐他宣誓的同志也倒在血泊里，托付漫秋给家人递口信，青山埋了忠骨。

　　漫秋与几个同志九死一生突围，幸存下来。突围后苏漫秋来找我。行至一个村落，意外得知渔民没日没夜捕鱼是要送到军队，说军队在两三里路外镇上驻扎，鱼全数卖给他们。他们要办喜事了。

　　漫秋问军服怎样的，老渔民掀开床铺，稻草下铺了几件军服，是他打鱼时在江里捡到的，洗洗晒晒垫在床上。漫秋认得军服。随老渔民送鱼到部队。搜身，盘问，进到驻地。一派和平安宁景象，全然看不出刚经历一场生死鏖战。漫秋悄悄留在驻地，他找来一套沾满血迹的军服，洗去血渍，湿漉漉穿在身上。一个年长的士兵从於潜跟随部队来到这里，说家里没人了，跟着部队饿不死。漫秋离我越来越近了，但我们都不知道。他得知是连长要娶亲。於潜老兵告诉他姑娘死活不依，说是老家有对象。

现在，说说我的事吧。在迎薰恩波桥看到的新四军女兵叫骆小千，她举荐我进部队。部队不久前击溃驻扎迎薰的日军，战士们个个骁勇善战。我跟随他们离开迎薰到於潜，我们与日军残敌激战后往北走。我们这支杂牌军，连长姓钱，因他说话嗓门大，都叫他钱炮仗。钱炮仗跟骆小千是邻居，自小一块儿玩，十六岁那年从辽河平原一路逃荒，碰到部队抓丁就入了伍。

骆小千说她第一眼看到我，就打算带走我。战火中成长起来的她，女子的温柔不是没有，但当丈夫大声训斥她时，她没有废话干净利落拔枪，说一粒子弹足够解决问题，少嚷嚷，你死，我亡，你挑。在钱炮仗的世界里，打，杀，是最大的人生命题；暴怒是他对战争本身的宣战。我第一次看到钱炮仗，以为到了土匪窝，实在说，也的确像土匪窝，但事实上同人们个个是杀敌英雄，他们都有一腔报国热血。只有我是因一套好看的军装来参军的。钱炮仗一见我就说世界上还有一个人穿上军装这样好看。这对夫妻我一点也不了解，骆小千神秘，像在执行什么任务，她常失踪，连钱炮仗也常常不知她去向。每一次她失踪，钱炮仗就发誓这是最后一次了，骆小千再不辞而别，他就杀了她。这次，骆小千离开营地，钱炮仗把我叫到他跟前说：卫生员，我要娶你当婆娘。气得我发抖，我抓起他桌上的木块砸过去，他嬉笑着说：你没当场撞墙死掉就算答应了。

他派人看管我。我想结束生命以求清白。於潜老兵救了我，他让我忍耐等候时机，佯装答应钱炮仗，再作打算。

我受困于此，内心慌乱，罪恶感咬噬我。我想到刚结束的这场恶战，我们接到命令紧急会同其他军队包抄一支正在北撤的部队。当时大家都以为是日军，直到炮火呼啸中听到同乡的声音，我们一边喊你是哪里人，一边停止开枪。钱炮仗大喊见了鬼了，遂下令后撤，有个战士从包围圈冲出来，钱炮仗打了他一枪，又让卫生员给他包扎起来。那场战役你们肯定听说过，皖南事变。我回想起那一天，我们满脸尘灰退守到长江边上，很多人哭了。庆幸自己不曾开枪打同胞，我们都想搞清楚发生了什么事，但钱炮仗狂叫哪个吃了豹子胆的敢乱说，他就给他一粒子弹。这样，我们谁也不敢多问。我们被禁言了。

钱炮仗的凶残令我害怕，为了脱身，我说我对象正追随我来，我二哥也快到了，他们都有枪。钱炮仗一听，将枪往桌上一拍说：枪炮能解决一切问题。我抓住枪指着这个草莽说：十恶不赦的东西，明知是同胞突围出来，你还打他一枪。钱炮仗打了我一个耳光，说：臭婆娘我那一枪是救了他的命你不知道？他嚷嚷着说撞见鬼了，谁愿意围攻自己人啊，他表弟是新四军……但他很快说打仗哪有不死人的，不是他死就是我们死。这时，骆小千撞开门拿枪顶着钱炮仗说：你若敢动她一根头发，我打崩你脑袋。钱炮仗反手抓住骆小千手腕，夺下枪，打了她一巴掌，命人关起来。我后悔，懊丧，竟被一套军装迷惑。我就要不明不白死在这里了。

我没想到，参军是这个结果。

我不能硬碰，答应钱炮仗成婚，条件是放了骆小千。我跟於潜老兵商议逃跑，带上骆小千。婚礼前半个钟头，官兵嚷嚷新郎新娘发喜糖，官人娘子闹洞房。漫秋举着双手出现在屋门口，他大喊我的名字，为了避免钱炮仗暴怒，他谎称是我哥哥。他喊着，小年，我是你哥哥，我来救你了。

我们分别那么久终于见面了。可他的出现打乱了计划，钱炮仗把我跟苏漫秋捆在一起。我们嘴里塞了袜子，黑夜里看不清对方，只有哨兵举着火把过来，我们才盯着看。惊愕，惊喜，不能用言语表述。我们头挨着头，漫秋用脸贴我的脸。我多么想他啊，我抽泣着想就这样死了也认了。夜半时於潜老兵过来救我们，漫秋抱紧我，说我们生死要在一起。我们商量怎样逃跑。我让漫秋走，钱炮仗未必会杀我，漫秋一听我要留下，他高声嚷起来，他说他是我未婚夫。他想引出钱炮仗，可直到天明，才等到骆小千两眼红肿走来。她打了漫秋两巴掌，又踹他骂他来送死。太阳升到岗楼顶上，钱炮仗醉醺醺来了，他端着冲锋枪，说给我们三十秒，让我们滚。

我知道我们不可能这么容易逃脱，我说漫秋你快跑，我能找到你。我们拥抱在一起，钱炮仗开始数数，一，二，三……我很快回身，果真，骆小千正瞄准漫秋，我冲骆小千跑过去，张开双臂挡在她面前，我喊：来吧骆小千，送我回良溪！骆小千收了枪，钱炮仗对着空中一阵乱打。漫秋跑过荒岗，消失在树丛。不久，我们部队奉命"清剿"，混乱中骆小千带我离开部队，住进一个小村落，我们隐姓埋名在那里住了二十多天，随后我们遇上了一支军队。

漫秋出逃后找到部队，追随他们去了苏北，在那里做文书员。后被提拔为军需官，大家都称他漫秋同志。在一次长途跋涉后，漫秋跟随一支小分队到达长江北面一个村落。他们奉命停驻整休。没有任何预兆，漫秋的军需官职衔被撤去，他接受较长时间审查。他的出身以及他在钱炮仗营中逗留的事实带给他诸多不便。迎薰县城那次未遂的特别行动也给他蒙上阴影，同志们反复问：监狱因何放了你？有没有写交代？有没有暴露相关同志？敌营如何脱身的？

被关了禁闭，那七天，漫秋对今后的人生做了梳理。国家动荡，他这样的人如漫漫长空掠过的飞雁，稍不当心便是孤雏，猎枪在前，眨眼丧命。他决定来救我。数月来，他捕捉到一些不祥信息。在他被迫写材料的夜晚，暗处窥视他的眼睛让他深感不安。

云层遮住月亮，线路他反复推敲过：出营地，上山包，滑到另一边的旱沟渠，顺着河流往下，一只破旧的皮筏已经修补扎实。他解开绳子坐进皮筏，嘈杂声响起，狗吠，人声，还有枪栓的哗啦声。他举起手，示意没带枪。对方大声吆喝。

他说我是苏漫秋。有人说：他想跑。他说他是苏漫秋，不要开枪。有人问：苏漫秋是谁？

他们开枪了，子弹穿过左胸。搜身，被抬走。士兵把他丢进坑里。那个夜晚，我随着骆小千也来到江岸边。有人认出我，说曾在迎薰县的恩波书局看到过我。我们感叹时局。我不知道，就在离我不到两百米的地方，苏漫秋正在流血，就算他活着，也爬不出那个坑了。我们又奉命前行，路过那个坑，黑黢黢的夜里，什么也看不到，只有我们杂乱的脚步踩飞的灰尘。

当年我穿上军装，觉得自己是良溪最有出息的，如今想来像儿戏。我这一生，欠了漫澄的。说起来像是命里定的，如果我二哥不离开苏家，漫澄不用到上海，我们或许就不在一起了。我二哥顾望年促成苏家在上海的西点铺，犹太人避难上海时，面包房生意兴隆。等新战役来时，经理辞职回淮安乡下，漫澄不得已到上海处理面包房事宜。战后，犹太人陆续离开，面包房无以为继，好在新青年拥上街头，喝下午茶，唱玫瑰玫瑰我爱你。他们用雪花膏，吃巧克力，喝咖啡，面包当点心——苏家面包房又回了暖。

漫澄到上海打理营生，在面包房门口碰到商学院同学敬东南。

毕业后他们再没见过。敬东南拉他进面包房，塞给他一本书，说他被盯上了，让漫澄把书送到园西路碧湖书店。漫澄糊里糊涂接过书，问敬东南这些年都在做什么，敬东南将漫澄推出门外，让他快点去。漫澄刚出面包房，一辆黄包车过来，他上车兜兜转转很快到碧湖书店，一切按照敬东南说的进行，没什么不妥，漫澄甚至觉得敬东南过于紧张。敬东南被盯梢，他这些年都在冒大风险？走出书店，黄包车过来，上车后才发现拉车的是敬东南。

坐在黄包车上，漫澄跟他说刚才的一幕。他进书店走到一壁书橱前，有个戴礼帽的人问几点了，漫澄看一下手表，说昨晚忘记上发条了。放下书解下手表，一边上发条一边走到柜台边问时间，收钱的指指壁钟说这台钟快一分钟。漫澄对表后回到刚才那地方拿起书——书已被换过了。

敬东南背影结实，像拉黄包车多年练就的身板。他在上海杨树浦电厂工作，多年前就已是地下党，这让漫澄吃了一惊。省城读书时，敬东南胆小，谨慎，少与人搭腔，戴一副破损的眼镜。拿不出钱买制服，拍毕业照那天躲在寝室不出来。漫澄借他制服拍毕业照。那个请来拍照的人说还有最后一张胶卷，免费给你俩拍个合影吧。

毕业后，有过两次书信往来，说读书的事，说合影，两人都避开眼下的生活琐事。后来再无联系。

黄包车穿过两个街区，敬东南把他正在做的事说完。得寸进尺，要漫澄替代他进入电厂。敬东南不能在电厂门口露脸，他的名字在捕杀名单上两年了。

多年不见，乱世里偶遇，敬东南对他毫不设防。漫澄疑心敬东南一直在等他。敬东南告诉漫澄，要确保上海解放时电厂主要设备完好，城市不间断供电。按计划敬东南要到电厂控制室上中班，控制室是整个供电系统的核心部位。但盯梢一直跟着。

漫澄说他帮不了忙，敬东南要借漫澄衣服。他俩在僻静处换了服饰。漫澄按他意图拉着黄包车去载客，在上海街头转了两个时辰，拉错客人，被训斥，拿不到车钱。回到面包房，连脚都迈不动了。

我随解放大军进入城区，接收这个大城市的军管会，做宣传工作。上海还时有爆炸。一天下午三点多，我出去寄信，从邮局出来时下了大雨，我没撑伞，用报纸遮雨跑，在马路上遇见漫澄。

当时我以为是漫秋，我心跳得快要死了。漫澄撑着伞，我们俩在伞下说话，很高兴。漫澄说在迎薰看到过妹妹苏皖……但没有漫秋的消息。我申请返回原籍，在妇女联合会工作。漫澄陪我去苏家坟地，坟前竖着木碑，墨汁写着"苏漫秋之墓"。我胸口一震，我说：漫秋还活着，你们怎么给他做了坟？

政府给我在臧家弄安排了一间小屋，独门独户，是战前慈溪人的房产。漫澄每天都来小院看看，带来煤球、洋油、柴炭，给小院剥落的墙面刷石灰。第二年春天，我炒了小菜请几个人吃一顿饭，两个人端正坐，接受祝贺。到春江照相馆拍结婚照，我转头看漫澄，以为是漫秋。我说：漫秋，你看着相机里那个点，不要眨眼睛，拍出来的相片我们俩的眼神就一致了。漫澄靠近我，拍照的说：太近了，分开一点，再分开一点。

这年隆冬，有人送来通知单，让漫澄整理衣服物品，明日一早在善长弄汽车站集合。说要去西北边。

如果我开口说个情，说漫澄为国家做过一件事，他或许就不用去了。但我有私心，我觉得漫秋还活着，他会回来的。我说：漫澄，国家让你去，你就安心去，最多一年就可回来的。

漫澄去那边后，杳无音讯。我写去的信他不回。十一年后，我收到敬东南的信。我看到"吾嫂小年"四个字，昏了过去。以为是漫秋来信。过了几天才敢看信。敬东南信上说他已离开格尔木回家乡。他跟漫澄同处十一年，情同手足。但有一事他不解，在戈壁滩十年头上，政策允许回乡探亲，可漫澄从不在探亲书上签字，不知何故。敬东南让我去信给漫澄，让他申请回迎薰。我便写信，写了三年书信，还把漫秋之前写给我的信誊抄给他。他一封也没回。第四年我写信给敬东南，收到回信说，敬东南因病申请返回故地，不到一年就过世，葬在他老家密林——已有四年。

我又翻出敬东南的信。那年，敬东南接受安排去西北，在城站火车站又碰上漫澄，敬东南说终于找到你了，又跟漫澄说了上海后来发生的事。

那天，换了衣服的敬东南进入电厂，一直守在控制室，以防敌人破坏。中间确有人试图进入控制室，但敬东南死死守着。熬了好长时间，终于得知市区人民电台已经开播。又传来"解放区的天是晴朗的天"，歌声嘹亮。三天三夜后，随着杨树浦地区的最后解放，敬东南走出厂门。敬东南说漫澄有大功劳，当时他联系不到漫澄。此刻再见面，激动的敬东南热烈握住漫澄的手，不肯松开。漫澄让敬东南不要再提这事了。睡吧，路远着。青海一起十一年，只字未提上海的事，就像从未发生。

伊菲拉

在他们的叙述里，我对苏家兄妹产生了巨大的好奇。苏皖和苏漫秋他们如今在哪里？他们还活着吗？顾玉生说：我带你去见一个人。

顾玉生的公司在迎薰江边上，一栋名叫"放马沙"的屋子，像家庭影院。影院的强制沉浸让人迅速进入无我状态。投影上是相片，一张一张，缓慢翻过，随后定格。画面是一个年轻女孩的照片，她双眼明亮，面容沉静，她在看世界。她叫苏皖。

画外音响起来，一个苍老但宁静的声音。

苏皖

想必你们知道，我苏皖在迎薰县城臭名昭著，迎薰人都想杀我，因为我委身日军做他们的玩物。迎薰县野史在传的卖身求荣千刀万剐永世不得翻身的歌伎，是我。我给徽州苏家添了奇耻。我曾在路上碰到过我哥苏漫澄，他没有认出浓妆艳抹的妹妹。但我下耳垂的大黑痣让他看到了，大黑痣里染过指甲花，半黑半红。他惊愕地看着我跟其他军妓在一起。我路过他身边，担心他认出我喊我名字，他真的喊我了。苏皖，妹妹？他来拉我。我打他耳光，让他滚开。我哥被一个士兵踢，他们挨个打他耳光玩乐，我知道他们很快就会开枪打死哥哥。我浪笑着喊他们，来啊，来摸我啊。我迅速扯下上衣，露出一个肩膀，再露出一个肩膀，然后，我露出了上半身。士兵们蜂拥上来，他们的手伸进我身体任何地方，他们架起我往前。我看到我的哥哥苏漫澄倒在地上，鼻子破了，眼睛肿了，我能看到他念叨着我的名字，他不相信这个在迎薰县城赤身裸体的妓女，是他妹妹。

后来，他们又抓了几个人，给他们上刑，要处死他们。我不知道这些人在做什么事，我想到他们是我街坊，跟望年一样在做大事。或许跟望年有交集，也可能跟我二哥漫秋是同学。我用身体换他们的命，在鬼子开枪前，我让他们把那些人丢进迎薰江作为处死方式。我想迎薰人将凭着水性活下去。冬月救起一两个，也有几个下落不明，还有一个伤势太重，过几天漂到对岸沙洲，他死了。

驻扎在迎薰县城的日军决定扫荡小清江的计划，我是在无意中得知的，那时我知道望年在小清江，二哥或许也在那边。有个夜间，那个日本军官还没回来，老许来送鲫鱼，日本兵规定渔民抓到鲫鱼必须第一时间送来，不然机枪会把江上渔民全部射死。当夜，老许跟乔装成男人的冬月上岸送鱼，我设法将情报交给了冬月。那份情报顺利送到小清江抗日救国会，避免了大伤亡。

望年被丢进迎薰江后，我给日本军官跳木屐舞。蚕桑学校有个日语老师，我跟他学过一些平假名，少量的日式口语加上我优于其他妓女的机敏，让我得以存活下来。他们咬我，我身上留着那些畜生的影子，我也是畜生。一个春天的午后，我光着身子，没错，就是光着身子跳进迎薰江。那天，那个日军军官喝的最后一口酒，是我用嘴喂他的，我在酒里掺入了鬼打墙。这是一种迷魂草药。他睡了，他必死无疑。我的身子脏，迎薰江也洗不干净，可我只能跳进去以求一死，是冬月摇着船把我送到了上游小渔村。我跟望年在渔村过了一些日子，那时他身体刚刚恢复。小渔村没有战乱，没有畜生，远离硝烟。

有一天，来了一个人，一身短打，头戴笠帽。望年与他说话，同志啊，转移啊，说有重要情报要送出去，关系到迎薰很多人的性命。我猜到望年在给好人做好事——我只想到这点。

望年要我在渔村等他，直到我生下儿子顾逸庭，他还没有回来。一个深夜，我将儿子托付给乔禾。我伤了乔禾，但我没有选择。

我打听到望年可能去了川南，我决定去那边找他。出行路线早已拟定，临走，传来消息，铁路沿线有日军盘踞。改走水路。惊蛰这天，冬月撑船到苏家船埠（已满目疮痍），我上船。冬月问我去哪，我说总之要离开迎薰了。国军接管了迎薰县，迎薰恢复日常，人们从四处回家。我问冬月是否有大哥漫澄消息，冬月说在江南坟亲家病了一些日子，现在身子骨硬朗一些。我想让冬月带个口信给我哥，但没有勇气，我不能面对他了。冬月一篙撑出一丈远，春风里，江水倒映青山。可山川像随时会被毁灭，我羡慕冬月，她干干净净在世上活着，我这样一个脏身子，有什么脸活着，又有什么脸去见望年，苏家我是断不能踏进去了。想到我的儿子，有一天，他会知道他的母亲是个卖笑卖身，而且是给日本人做事的吗？越想越羞愧，我跳了江。可我死不了。冬月让我索性哪里都不去，跟她一叶扁舟，就在江上，向大江要活路。我不愿。只有远离才能忘却。火车启动，人群安静下来。轰炸声突然传来，车厢内尖叫声哭喊声充斥。为躲避扫射，火车每每急刹车。冲出封锁线，车内爆发欢呼，人们相拥而泣。

我麻木地看着他们悲喜狂热，觉得自己是这个时代的叛徒。在火车上，我意外遇见蚕桑学校的同学，他们问我分别后在哪里，我跟他们说我在丁香渡渔村教流离失所的孩子学知识。我撒谎，不要脸。星光下想到儿子，不知今生能否得见。哭了一阵，心里舒畅了。

我们入住的旅店挤进逃难的人，已不能躺下，大家背靠背打盹一宿。第二天，我忽然不能站立，呕吐，发热，旅店老板给我安顿到柴房席地躺着，吃稀粥咸菜。

同学们已离去。我睡了六天，略有好转。早不见汽车，说公路沿途已被战火烧得满目疮痍。到车站窗口询问是否有车去南站，窗门紧闭。旁边有三位青年正在商议行程，得知他们要去奉节，原来是去读书。我几乎忘了自己还是一个学子，决定与他们同行。

四天里我们辗转行走数百华里，抵达西南一处小镇已是夜晚。我们找到一家天主教堂，神父问我们何处来，有何事。情急之下我从袋子里拿出火车上捡来的《圣经》，谎称是教会学校学生流落在外。有个学子用英语跟神父交流。神父同意借宿。

我非基督徒，但这一夜，是我离家后难得的安宁时光，就着灯光翻开《圣经》：一个若赢得世界，却失去自己的灵魂，即自己的良心，对他而言又有何用。读到这一句，我心震颤不已。离开时，我把《圣经》交给神父，恭敬感恩，无以为报。

四人辗转至奉节，当夜借宿铁路宿舍，次日凌晨各自分开。我去打听火车往哪开。一列火车停靠，我看到担架上躺着的军人，左侧胸骨外露，血像泉水一样涌出来，止不住颤抖。我抬起担架，跌跌撞撞奔向战时医院，一排排躺着伤兵，有的已死去，抬出去安葬。在医院八个多月，我写了好些信，给上海的望年，给迎薰、徽州各处亲友，三个月后接到大哥漫澄来信，收到汇款。

我想我爸爸、哥哥，想我儿子。大哥在信里说迎薰会变样的，他说，妹妹你回来，学校需要老师。我打算回迎薰，离开临时医院沿铁路往南，在一处荒凉的平原地遭遇阻击战，我躲进农家，从灶台进到地坑。一股恶臭冲过来，地坑里，横七竖八躺着伤兵，都已死去。蚊蝇翻飞，我忍受不了往外爬，听到地坑有响声，有人还活着。

屋外枪声大作，我滑进地坑。枪声过去，我钻出地坑，在一块破瓦缸里找到一汪水，我喝了满口水跳进去。摸索到尸体边找活口，底下一只手抓住我的裤腿。我拨拉尸体，把活着的伤兵拖到一边，平摊在地，挖开他牙齿，把水一口一口吐进伤兵嘴里。

躲了十一天，每天出去找吃的，浆果，未成熟的玉米棒，炸飞炸煳的番薯。有一天，我拖回一条炸断的马腿，在地坑里烧火烤着吃。枯草树叶搬来点火燃烟，驱散死尸臭味。伤了一条腿的士兵退了烧，吃下一些零碎食物，站起来一瘸一拐走路。我问他，他不说话，只呆呆看着从地缝漏进来的光。再钻出地坑时，村民走动，逃难的也陆续返回。人们拉出伤兵，他们拿水泼他，血迹冲掉，他们大喊着扯他，打他，我才看清他穿着日本军服。人们揪住他衣领，日本兵对我鞠躬。他们也来抓我，我一边呕吐一边逃命。人们用铲子拍他，铁锹敲他，他们把他击倒在地，他们正在打死他。我捂住耳朵，逃离平原。

我让自己流了一次泪，心绪稍稍平复。密集的枪炮声响起，我跟随逃难的人一路往东，到了一个村子。在那里，我遇见好些当兵的，询问中得知有人见过苏漫秋。我惊喜不已，原来我跟二哥在同一地区，我四处寻找，果真在一个偏僻的山湾，见到我二哥。

乱世里见到亲人，我们高兴坏了。山湾很安静，飞机大炮似乎有意避开。一所学校照常上课，课堂有时在猪圈旁，有时在坟堆边。我在学校当勤杂工，印传单，大家叫我交通员。我跟二哥决定等时局稳定一些就回迎薰。但我们却时常因为观点不同吵得面红耳赤，那段时间，家国大义接管了亲情。我们赌气，互不理睬。

有个夜里渡河时我们被偷袭，我跟二哥失散了。

好久好久之后，我跟随一支小分队来到宁善村剿匪，在一个石洞口发现一双晾晒着的布鞋，鞋底被子弹打穿。那是我二哥的鞋啊，我给补过的痕迹还在。我大喊二哥，苏漫秋苏漫秋，你出来。那一刻，我发誓，若二哥在，天崩地裂也不与他分离。

我在洞内石缝里找到一沓信。那年，北平改为北京。有一封，是写给我的：妹妹，当时只道是寻常。

我不敢多看，藏起信件。过一些日子，我回到迎薰。苏家已四分五裂，我抱着大哥狂哭，怪自己不该跟二哥争执，心中羞愧，觉得自己没脸活着。老钱来了，一进门就跪下：二少爷寄回百多封信，我都收着。

我的兄长，未语泪长流。

每日里刀光剑影，常忆兄长良苦用心，我曾不能容你迂腐、庸碌。我们在先生处共读孟子。他人有心，予忖度之。夫子之谓也。夫我乃行之，反而求之，不得吾心。夫子言之，于我心有戚戚焉。

我不识世间愁苦……犹记兄长发怒，是因我与老钱在长工床上闹，我们一头睡，共穿一条裤。兄长教训我，男子立于天地间，随心所欲不逾矩。另一次，小贩路过家门口，我买他一柄纸扇，扔于水沟随水漂去，小贩嚷着打捞纸扇，被我阻止。兄拿龙骨扇打我掌心，说辱小民者不可恕。

立秋，凉风至，白露生，寒蝉鸣。大吉。

苏皖，哥要是多了解你一些，多好。等着，立秋，我定归家。

二哥在信里写，那次他被丢进大坑等待死去。午夜时一队人马经过，有人掉进坑里，大喊有鬼，他获救。康复后随军，换上军服，扛了枪。攻克日军碉堡时，他立了功，获得一把手枪。随后又负伤被安顿在川南一山坳养伤。

后来，在一次激战中，二哥被一个将军救起，加入到抗日队伍里。关于他的身世身份，将军问过多次，他都如实相告。

兄，我从未想过今生可以一身戎装为国家效力。我以为迎薰是世界。我以为苏家有田地商铺有金银有众人便是成功。如今我一身伤痕，土匪的大刀，日军的弹片。脚趾上的伤是蛇咬的，那次我们攻下山寨，土匪养了一窝毒蛇用来防御……

哥，我写几样草药给你，两次霜降后让老钱去采来晒干，用稻草扎紧密封进陶罐，来年夏天熬着喝……稍可缓解腕间创痛。

哥，我找不到小年。哥若见到她，替我护着她。

再后来，二哥拥有一支五百多人的队伍，他依旧是将军部下，但他不再被信任。他被认为是富家小子丢了自己的女人，没真本事，被人看不起。

二哥也给老钱写了信，问家里情况。老钱识字少，自言自语权当回信：漫秋少东家，苏家依然兴旺，田地商铺一应房产安然无恙，随时等你回来——事实上，苏家已散。

漫秋又写跟我的遇见和分别。二哥跟我失散后，他与几个散兵找到一户人家借宿。往南走，他凭着良好的地理知识，很快找到一条最短的路线，他回到迎薰县城。苏家驻扎了部队，他不能回。二哥从来呵护容颜体魄，如今骨瘦如柴，毫无风度，自觉太过狼狈。在镇上卖柴炭的铺子找到活计，把自己养回来。等身子骨硬朗些，再打听小年和我的消息。得到微薄的工钱悉数用来买纸、邮票，给小年写信。

　　老街上鞭炮响，脚步声匆忙、密集。江面上出现一长排船，船上站着穿制服的军人。他闪进屋子，把藏在筐底下的布包挖出来，塞进鞋底。深夜，他用一麻袋木炭换了一趟过江渡。上岸，他一瘸一拐走三十里路到良溪。后来，我在山洞口看到那双烂了的布鞋。

　　有很多年，我接受各种拷问、审讯，他们揪头发，扇耳光，让我讲出那段经历。很多罪名叠加在身，我都接受，那是他们需要的，也是我该受的。也有人给我正名，说我只身入敌营是为了救革命同志。那是他们的善意维护。妇女组织呼吁给我治疗隐疾，她们奔走呼号，认为一个弱女子即便犯过九十九条罪，都是可以改造好的对象，何况她救了众多革命者。如果我可以诚实地讲出来——到如今，我已不必隐瞒不必撒谎，我只想真真切切告诉你们，我的亲人们，我所有付出的一切，唯有一个目的，救出我的爱人。或许，你们会觉得可笑，污浊的身子救出爱人，有什么意义？

　　望年在看守所离去时，我已在西南的天主教堂。神父将我留给他的《圣经》归还给我，我在那边生活了几年。后来，教堂受到冲击，我离开了。我是在去格尔木的路上被抓住的，那一天，我跟随那些朝圣者，一步一步去往高原，感受到圣光照耀。可在快接近大哥那个农场时，我被发现了。我现在回想起来，这似乎应验了大手理论。我年轻的时候，听二哥讲过，良溪嫂子墨枚说，我们头顶有一只大手，我们无论做什么，全在大手里。我们以为逃得很远了，远到天边了，却发现仍然还在那手掌里。有一天，大手合起，五个指头捏碎掌心里的一切，终结我们千奇百怪的一生。

我住的那个监狱是农场改建的，为了顺利进入那里，我做了很多事，很多出乎他们意料的事。我最先的刑期是十二年，在我锲而不舍的努力下，终于获得终身监禁——命运多么眷顾我！这座监狱在草原边缘，荒漠中的屋子，我在其中拥有一席之地。监狱后来恢复农场建制，我成为农场普通一员，我拥有的自由跟年轻时一样。在这里，每天能看到草原，那里的苹果成熟时，风就送来甘甜了。你们知道，农场每年接受当地政府安排的慰问，他们尽力满足老年人心愿。我们可以将心愿写在民意调查表上。我的心愿被驳回二十三次，第二十四次时被采纳（我只想要一个冰糖心苹果和一张便签）。随后，我收到一筐来自阿克苏的冰糖心苹果，随着果香一起来的，是一张便笺。

苏女士：山高水长。假日愉快。顾第谣

巨大的安慰使我悲喜交集。我儿顾逸庭已有后，生生不息的顾家血脉。那一刻，我真真切切听到望年在喊我。苏皖。他在喊我。或许你们已经知道，我多年的努力，终于有了结果。在最靠近亲人的地方，我可以呼吸新鲜自由的空气。额尔齐斯河流经他们的果园，带着我亲人的生命的气息，浩浩荡荡来了。

我有时想，人们一个个来到人世，究竟要获取什么？或是要交出什么？我至今不能参透。我常求助于时间，希望它左右我的某些决定。我还想，如果迎薰时光能重来，我是否愿意再次化名——为救爱人献身？捐躯的意义何在？我无力思考。我已疲倦，是时候安睡了。这真令人愉快。

伊菲拉

我长久沉浸在苏皖的回忆里,难以自拔。

老人顾长年又去了医院,他将接受一瓶白蛋白和葡萄糖的帮助。他信誓旦旦:我的孙女,明天,我顾长年——你爷爷又像好汉一样坐在你对面了。

毋庸置疑,三年来,顾玉生凭他一己之力努力挽留老人生命。

高额医疗费、护理费,他承担着诸多负累。

小年姑婆给我安排的房间,在二楼,迎薰江一览无余。护工一天两趟来照顾她和另一个离休干部。两位高龄干部享受照料、体检和度假待遇,一年三次接受媒体采访,谈烽火革命历程。少先队员来看望,妇女组织慰问,一切都无微不至。前不久,另一位离休干部去世,小年姑婆成为迎薰县硕果仅存的抗战老兵。关于小年姑婆的从军史,新中国成立后,不可避免接受诸多拷问,最终认定她历史清白。何其幸运!

人们希望她好好活着,她说出的每个字,都是珍贵的历史。她客厅的柜子里,厚厚一沓证书,各种荣誉堆积。年轻时为解放全中国献青春，如今垂垂老矣，仍然作为一本活字典发挥余热。

我讨厌活着。小年姑婆讨厌讲述历史，她意识到生命被再次征用。但时代多么美好，好死不如赖活。活着就是胜利，这与战时别无二致。

我不知道何时入睡。夜半，或许已经快天亮了，谁在喊我？惊醒后，一种强烈的情绪占据我，我如此想念顾及。

顾及

我渴望活着，可我左右不了自己。祖母撒了请米茶汤后，有个晚上，我被粥香吵醒，顾念端着白米粥蹲在我面前。我吃了一口，不，像没吃，因为我的舌头还没咂出味道就吞下了。顾念又挖一勺送过来，我大口大口吞，满满一碗粥，浓稠的粥，像小叶婶婶给我的奶水。我摸摸肚皮，饱了，我知道里面都是粥，雪白、雪白、雪雪白的米粥。

顾念把最后一勺塞到她自己嘴里，舔干净碗。她说天亮后，她就要死了。顾念说她把祖先回去的米线阻断了，偷吃请米茶汤的人要受天刑。就算没人打死她，她自己也会死掉。顾念还没说完，爸爸从前房间过来了，妈妈也来了，顾米羡慕地看着我们，她抢过碗舔了一遍。

我吃了一碗粥，力气从脚底升上来，到胸口，到嗓子口。我想说我知道白米粥是什么味道了。可是，我挤出全部力气，说不出，只发出啊啊啊的声音。我的舌头再不能把我的话送出口。白米粥太好吃像毒药，把我毒哑了。不仅如此，我全身绞起来，像顾念给我编的绞绞辫一样。我的抽筋病又犯了。痛啊，活着怎么这么痛啊妈妈。我在心里喊，妈妈，让我死吧。可是妈妈，活着真好啊，你能抱着我亲我脸。妈妈跪在楼板上，抱我，可是她怎么抱得了呢。妈妈在哭喊，阿及啊，早知活着比黄连苦，当初你在木盆里不出声，去了就去了。

纸包不住火，人们列数顾家奇事。小叶是良溪第一个被枪打死的人，顾长年这个典来的野种，偷偷做纸。顾尚清呢？满村坊找小孩说大书，已经讲到《封神演义》了。他正把"空想"这个病传染给良溪的孩子，已经有孩子提出良溪旷古未有的问题了：蝼蚁跟人，哪个有智慧？木星有卫星吗？人类有信仰否？大人们被问得哑口无言。这都归罪于顾尚清。顾尚清黄蜂似的在田地转悠，在竹林游荡，带良溪孩子上到山头看远方的迎薰江，看过迎薰江的孩子已经不相信大人说的"良溪是世界上最大的水域"这样的谎言了。顾家人青天白日地折腾，不知道要走到哪里去。这回，顾家戏文台上来了第四代，颠三倒四的双胞胎，竟然吃了请米茶汤，已经惹怒地下魂灵了。

过去一些日子，上村一户人家的粪桶底下盘着一条白蛇，那一家带上包裹衣衫出门逃难去了。据说要逃出方圆五百米才能活命。隔三四日，村中美娣家灶台上盘了一条白蛇。又往后几天，夜归人发现村路上一个白胡子老头和白头发老太手搀手走着。远远看去，像两蓬移动的白棉花。

良溪人认定白蛇为先祖性灵集合体，出来警醒世人。请米茶汤路线，原可引领先祖重回阴间，但顾家违逆千百年来的惯常条规，吃掉茶米切断他们回魂之路，他们将在村里游荡，他们已是心怀恶念的鬼魂，正伺机吞噬良溪。良溪人家家户户点起火把，白天黑夜燃烧，大旱让所有物品变得又干又脆，一碰就碎。火星子随风飞过干涸的溪床，落到山坡晒干的草丛，瞬间蔓延，那个叫青湾的山林迅速燃烧。火苗蹿上，跟橙红的天连接在一起，轰隆隆的声音不像是火在燃烧，而像是水在咆哮。山火烧了两天才熄灭。

良溪人的耐心被消磨殆尽，他们站在大路上咒骂，词汇丰富：狗畜生，钟头不准的十三点，乌龟王八贼。

顾念不敢下楼，她被良溪人问得哑口无言。他们给顾念取了绰号：请米茶汤。他们见到顾念就恶狠狠地问：请米茶汤什么味道？雪白、雪白、雪雪白的蛇会不会笑？夜里困觉织的什么梦？他们碰到我家任何一人，像躲避瘟神一样逃开去，大叫着大白天遇见饿鬼了。他们在顾家人身后"呸"。

我表姑妈都站在了他们一边。她得出一个惊人结论：顾一尘这个不祥因子，不仅克亲人，也将在暗处克掉良溪好风水。

"请米茶汤"事件后，我爸说，等人们看到我的研究成果，就会对顾家刮目相看了。他要让他们看到顾家人在天空翱翔的样子。他的自制飞机已有雏形，他诚恳邀请妈妈去观摩。可那个被我爸称为飞机的怪物，像什么呢？连一贯支持他实现梦想的妈妈也忍不住了，她在我们良溪最开阔的被砍光新竹的空地上看到我爸的飞机，差点晕过去。我妈用尽全力克制自己不崩溃，支撑着身子回家，捂着嘴尽量不让哭声出来。我第一次听到妈妈怀疑她的上帝，她抽泣着问我：女儿，我是不是信错了。上帝在哪里？他总比我先看到吧，你爸他这个样子，上帝应该告诫他。我们家节衣缩食忍受羞辱就为给你爸做实验，我们在小队里欠的账，向邻里借的钱，小店赊的盐钞票，花掉多少啊。他怎么也应该给我们一点希望吧。他总是爱护我们的吧，可他做了什么啊。

连续几天，妈妈没有下楼，她跟我说外婆家的事，跟我说她做姑娘时遇见的顾尚清是什么样的。有一天，我妈在讲述里睡去，我也睡了。我爸站在床前，轻声说：眉之，你一直明白我们能走到哪里，对不对？经过几个夜晚突击修改，飞机已有改良。我爸怀着爱意扶起我妈，还背上我，又叫醒顾米顾念，让我们全家都去看他的成果。可我妈再无勇气面对爸爸的理想了。

从那之后，我爸像爷爷封锁纸槽屋一样封锁他的飞机场，他一心一意跟村里人说话，附和他们瓜分土地的想法。给他们出主意，勤快地在小队屋的外墙刷了黑漆，不定期在黑墙上写诗句、格言。偶尔地，他记录梦话，等待获得启示。

我爸还写了一副对联，贴到小队屋门上，用的是红纸。这是我们村里第一副对联，以前贴在门上的是红元宝、红铜钱、红纸剪的猪。这次，两条红纸上写了两行字：月移花影过蘅山，风送谷香归良溪。良溪读过书的人认出来，不认字的也勉力去认识那些字。他们似乎已经忘掉那架被称为飞机的怪物，他们由衷赞美顾尚清与他们走在了同一条道上。他们愿意原谅顾尚清，假以时日，相信他会更加正常。

我爸积极加入良溪男人的行列，他们一起做农活，砍柴，斫竹，清理溪坎，累得快要断气了，大家也都觉得顾尚清出了最大力气，活计又做得好。可等到记工分时，却又不肯给他一样的，要减去一分半分。再比如，我们家的地跟邻居挨着，邻居的锄头在我们家地上扒拉泥土，扩张他们的地界，我们家的地越来越窄，泥土越来越薄。我妈跟我爸说这事，我爸去地里一看，邻居的侵略行为明目张胆。读过书的爸爸跟邻居理论，他一厢情愿地认为礼义廉耻这些为人准则足以给对方痛击。然而邻居举着长柄水勺，轻描淡写地吐出一串：哦，戏文开场了，良溪顾家唱调头，生四个丢一个，枪杀一个抽一个。断尾巴龙，让开，我要浇菜地了。

在良溪，断尾巴龙就是没有男丁、绝后的意思。愤怒的爸爸脱去上衣，露出两排肋骨，他打算用武力解决纷争。他拍了拍手掌说：来吧，有本事杀了我。良溪人围拢来看，气氛紧张一触即发。我妈闻讯赶来，我爸一见我妈，急忙穿上衣服，他为刚才的鲁莽举动害羞，他笑笑对邻居抱拳说：君子不与。

我爸接过我妈肩上的担子，两人并肩走回家，他们探讨世界的声音传到围观的人们耳里。他们抱着深切的同情，散开去。

村里开始放电影了，良溪人惊讶地发现，失踪很久的换糖佬骑着脚踏车，放映机搁在后座，在良溪小队屋门口的广场上走来走去。他来到我们家道地，没有进屋，站在门口欲言又止。我爸抓住他问妹妹的去向，换糖佬掏出一张相片，我们看到相片里一个女孩梳着童花头，眼睛盯着我们看。我妈定定地看一会儿，就倒下了：我的心肝我的心肝你活着。我爸也坐到了地上。换糖佬用他摇拨浪鼓的手来搀扶，我爸甩开他，让他抓紧时间逃命，不然，我顾尚清就要动手了。我妈这才看清那个蒙面换糖佬，这会儿，他的面罩已摘下。面部皮肤被他的蒙面布分割，看起来像新戴了一个米白色的面罩。我妈思忖一会儿，问我爸：这个人是不是在哪里见过？换糖佬要来搀扶我妈，我妈像被点了穴，不由自主伸出手，换糖佬一同扶起了我爸我妈，说他要去放电影了，逃一样离开我家。

换糖佬跑开后，我妈上楼问我想不想看电影，我想去。但要不要去看电影这件事，我爸挣扎许久，还给我们全家开了个家庭会，我爸说虽然换糖佬给我们带来了一尘的消息，但我们顾家要提防这个人。我爸说：一个不敢把面孔亮在天空下的人，心思必定很重，我们不跟这样的人交朋友。我爸叮嘱，不要跟换糖佬讲话，不要吃他的糖。

放映机吱吱转动，幕布亮起，良溪人哦哦地叫起来，这才是西洋镜啊。我爸鄙夷地跟我妈说：你看看良溪人的见识，短视。他用眼神告诉我们不要跟着起哄，顾家人要有自己的独立判断。可电影开始没多久，我就吐了。妈妈背我回家。电影散场时人们热闹的议论声传到楼上，我和妈妈躺着，我想象幕布上放了什么。可妈妈却像在说梦话，说换糖佬乔装成这样到底为什么。即使他伪装了，可她好像认识他。

很快传来消息，换糖佬又不放电影了，他也不在良溪露面，这个鬼鬼祟祟的男人，从不讨良溪人喜欢。我爸去找过，无功而返。之后，我爸把露天电影的时间地点打听来，鼓励我们只要走得动，就要去看电影。他把电影当作外面世界的窗口。幕布上的故事、对话、主角的发型穿着，让爸爸心驰神往。勇气一点点回到爸爸身上，"世界要变了"，爸爸认定变了的世界讲究礼仪文明，有信仰，人们懂得仰望星空。他的荣耀倚傍于此。

　　家家装了喇叭，喇叭里播放的是越剧，讲农业种植、副业养殖的要点。爸爸每晚在洋油灯下把白天从广播喇叭里听到的知识记下来，说这些都可以用在我们自己的地上。爸爸对自己的书写满意，但多年生活积累起的教养，使他保持谦卑。他崇尚学问，曾经梦想当个教书先生，或者是小队屋里说大书的。但用武之地太少，只有村里十五六个无所事事的孩子像他子弟，他们只要有空，就跟在他身后问：《家》什么时候再放？觉慧和鸣凤他们吃的什么？他们对南斯拉夫《桥》的观后感是：如果有人来良溪炸桥，我们用锄头扎他们。

　　双抢过后，队里抽调人手去田里地里丈量，划来划去一些日子。户户人家获得一本小册子，分田到户了。我们拥有九分三厘水田，还有几分自留地。我爸不肯相信这是真的，说良溪人还没做好准备。

　　我爸站在田头，跟我妈说：眉之，我们拥有这么多田地，天地宽阔，你想种个天上的父都可以。

　　不久，外公过世，爸妈去奔丧。过几天，他们徒手带回一捆甘蔗、一袋落花生、一竹箩红糖、四条用报纸包起来的冻米糖。外婆也来了。我爸一点一点指给小脚外婆看：岳母大人，泥土上长的每一样东西，都是你女儿的了，你女婿家有自己的田地了。你女婿我可以睡在自家泥土上做梦了。我爸终于把自己的理想归结到土地上，这让我妈既高兴又失落。

甘蔗背到楼上我睡的后房间，在窗台下横放着，上面盖了稻草。妈妈说甘蔗太甜，不能随便吃掉，等重要的日子吃。有个晚上，妈妈把姐妹们召集到楼上，说吃甘蔗的好日子到了，隔壁谷溪大队屋门口放电影，我们把甘蔗洗干净，一节节斩好，卖给看电影的人。

不是我们吃甘蔗的日子，是别人吃甘蔗的日子！顾念问：妈妈我们什么时候吃甘蔗？妈妈说：卖完甘蔗，用赚来的钱再去买甘蔗，我们就可以吃了。妈妈叮嘱：不要叫卖，悄悄问要不要吃甘蔗，有人给你钱，你就给他们甘蔗。

谷溪大队治保主任的儿子买了第一节甘蔗，他穿明镜蓝四只口袋的上衣，同色裤子。那条裤子的裤管太大，浪费布。这个人出毛病了，黑夜懵懂还戴一副乌黑的眼镜。

甘蔗篮放在大队屋台阶上，台阶前面是电影场，别人看电影，顾家女儿看甘蔗。戴乌黑眼镜的青年从人群中出来，四面看看，头皮挠挠，走到篮子边上，掀开毛巾，他惊叫一声：啊，甘蔗！从裤子袋里掏出五角钞票，顾米不敢接，顾念接过来一看，吓了一跳，五角钞票！太多了，她把钞票还给青年。

青年说他不白吃人家东西。顾念告诉他甘蔗五分钱一节。那人回屋拿来一角钞票，顾念还是不要，没有零钱找给他。没办法，他又买了一节，咬着甘蔗，拖着大裤管，扫地一样进了人群。他的甘蔗招引一群想吃甘蔗的人，他热情地带他们到篮子旁，好意给他们普及：甘蔗要吃中心段，梢头不甜，蔸头太硬。中间段很快卖光，梢头也卖光，最后一节蔸头卖光后，顾念生气了，她管不住甘蔗，连甘蔗渣都没剩。

电影还没散场甘蔗就卖光。那晚回家，顾米将口袋里皱巴巴的钞票挖出来，一分两分五分，一角两角五角。顾念叫妈妈快来。妈妈把钱捏在手里，一块五角钞票！我的姑娘们，你们出息了。阿门。

妈妈交代大家，不要跟隔壁邻居说，不要跟同学说，不要跟割草的人说我们家有钱了。

第二天，我家凡出门的人，穿上比以往更破的衣服。顾念的裤子外婆刚给补过，她出门前，用力扯掉几根线，补上去的一块在膝盖处一晃一晃。她回来说：妈妈，有件事我想不明白，家里有钱了，为什么要穿更破的衣服出门？

因为家里有一元五角钞票，全家人反而提心吊胆了。妈妈在地里做活，中间丢了锄头回来看看钱在不在。这真费神。

冬至过后，顾念说我的腮帮上有肉了，捏起来像刚打好的年糕，柔软有弹性。但我脚底麻木，人蜷缩，用无力的指甲抠脚底，没有知觉。

顾念翻开棉被，四处寻找坏了馊了的东西，我呜呜喊，让她走开。我不做坏事，能干活时我勤快，不能干活了我吃得少，痛了我忍着，伤心了我熬着。我尽力了，我只能做到这样了。恶病找恶人。村里有人闲谈时这么说。

我得的是恶病？如果是，怎么还不死？

霜降那天，一封信送到爷爷手里，他妹妹顾小年从迎薰县城老街寄出。按辈分排，我们叫她小年姑婆。

信里说，姑爷爷——就是小年姑婆的丈夫苏漫澄已从青海回到迎薰县城，过两天就要到良溪来。姑爷爷远去他乡三十年才有消息，而且是好消息，他要回来了。就好像，死了三十年的一个人，突然活过来了。亲人总得一见。过年前一个星期，爷爷奶奶忙得惊慌失措，不像顾家亲人归家，而像一帮盗贼要来。

我爷爷紧张啊，连话都说不利索了，主要是激动。就在我们等待姑爷爷来良溪的某一天，爷爷被通知去一趟公社。他猜不到有什么事，问奶奶会不会是望年的两个大本子，他问我爸两个本子放好的吧。我爸憋不住了：爹啊，我有疑惑，天地都翻新了，顾家还在翻旧账，你说这是什么道理？难道，我们头顶这双看不见的手，狡诈阴险的手，真的要将我们捏碎吗？爹啊，你们要是一直支持我的事业，支持我到空中去看看那手，说不定……

我二爷爷顾望年的大本子放在布袋里，布袋被老鼠咬出两个洞，纸页嚼去一些。爷爷带上本子去公社。他说万一国家重新追究，就把本子拿出来烧掉。

回来后，爷爷给我们描述事情经过：

我一到公社，治安办小陈给我登记姓名、出生日期、成分、家里几口人、家庭关系。在填写家庭成分时，我说我们顾家啊，外面敲铜锣，屋里喝稀粥。定成分时，顾家早已败落了。

小陈觉悟高,问我是不是不服气,说国家不冤枉人民。我说我相信国家。

是日本人找到良溪来了。我慌了,我想,我们顾家成分不好,但再怎样追究,里通外国这种事我们绝对没有。但我一说出,就住了嘴。我爹说过小琴坞顾家四散,难不成有人去了日本岛?

我问小陈日本人来做什么,为何要找我。小陈不响,撕下介绍信:兹有本公社良溪大队第六生产队社员顾长年,前来接洽日本友人买纸一事。

是来买纸的,来买我顾家的纸。我一听,太阳穴怦怦跳,想起年轻时,我是怎样做纸的,我把纸当作我的骨血在养。如今我老了,手指已不灵活,顾家的手艺在我这辈要丢了。小陈同我去,说这个是外交。

翻译说了一堆中国话,小陈一一记在工作笔记本上。小陈提出八条:一、日本国如何知道中国这张纸?二、中国造纸的省份众多,如何认定是迎薰县良溪顾家竹纸?三、日本国用这种纸打算做什么试验?四、日本国用纸做的这个试验跟战争是否有关系?五、任何关系到国家安全的贸易,迎薰县将上报更高级别的政府核查。六、日本友人在良溪打算住多久?(这期间不允许单独跟顾家任何人私下往来。)七、日本友人对顾长年家庭背景的了解有多少?八、如果贸易谈成,必须支付人民币。

我问：你们日本人从哪里打听到我们顾家竹纸的？小陈纠正：称呼日本友人。

日本友人叫清稻，听过翻译后连忙起身，给我鞠躬。我慌忙接上，也鞠躬。小陈拉住我，让我注意礼节，中华民族表达友好是握手。

清稻从公文包里取出档案袋，袋面贴了白纸，写着：良溪顾家竹纸。昭和二十年。他戴上白手套，小心地从档案袋里取出一只包裹着的纸袋，纸袋打开，又是纸袋，再打开，是一张土黄色的纸。

簿坯纸！要知道，在所有元书纸里，簿坯纸是最难做的，新竹长到多高，光照，水分，气候，哪怕有一个方面的要求达不到，出的纸就不完美了。

事情终于明了，日本兵占据迎薰县城时，一艘帆船驶入良溪，下来的人径直到顾家纸槽来买顾家纸，买家是开在小清江老街的一家丝绸行。这之前，掌柜偶然看到顾家竹纸，爱不释手，决意囤货。他是日本商人，卢沟桥事变前已在中国经商。他认为迎薰县甚至整个中国早晚都将是日本的领土。但纸是中国手艺，他想象战后一派繁荣景象里，纸是必不可少的物品。但我没有卖——只送了三张纸给他。战后，商人将竹纸藏在刀鞘里躲过搜查，直至回到日本。

商人书香人家出身，父辈经营书店，也出售纸张笔墨。战时，家人先后被燃烧弹烧死，留下废墟上的店铺。战后重建期，日本国召集工匠，恢复档案纸的生产。他把这三张纸交给国家，随后接到大量供应的命令。不久，商人得病，卧床时给儿子讲了三张纸的来历。他儿子——眼前这个人，作为文书官来到中国。他信誓旦旦保证，他是经过中国政府严格审查才得以到达良溪的。

我激动啊，说：当年的顾长年就站在你面前，要说竹纸，我能讲三天三夜。趁现在我还活着，只要国家同意，我可以重新把手艺捡起来。做纸，最重要的是心气，纸的好次，最能看出师傅的品性、德行……我还没说完，小陈拍了桌子，他说：顾长年，你几十年前就跟日本商人勾结！我一听，头都昏了。我忙对小陈表达忠诚爱国之心，为表赤胆忠心，我作势要撕掉清稻手里的簿坯纸，我们拉扯起来。一想到我们吃过的打仗的苦，我忍不住咆哮：侵略者还有胆量来中国！

小陈将他们（其中一个外事办工作人员）驱逐出招待所，外事办工作人员让小陈冷静，但小陈坚定地告诉他，我们良溪公社良溪大队社员绝不当卖国贼。他俩起了争执，小陈连我弟弟望年都讲出来了，我看情形不对啊，一紧张，我肚子痛了，捂住肚子出了办公室。

回家的路上，心里头有一万句话要说，想我顾长年，年轻时凭着一股疯劲，做出了多少好纸啊。那个日本人手里的纸，比刚从泥煽笼上揭下来时更有韧性。纸寿千年嘛，好纸像好酒，在时间里走得越久越好。可如今，我顾长年还在为一门好手艺提心吊胆。这是怎么了？

在爷爷的心有余悸里，小年姑婆和姑爷爷来了。那是我第一次见到姑爷爷，怎么表述呢？在我所有认识的字里，肯定找不出一个词来形容姑爷爷的特别。他瘦长脸（奶奶说他端方脸），眉毛跟头发的颜色相当统一，灰白，枯燥，像掺杂了棉絮。嘴唇呢，像寒冬腊月在冰天雪地冻了很长时间，血液凝固了。不是白，也不是红，是那种煮熟后的猪血色，暗红，掺杂着灰。爷爷说姑爷爷唇红齿白，看来，爷爷奶奶对姑爷爷的记忆全盘是错的。

奶奶曾说，良溪里的水全部聚拢变成苦的水，就是你姑爷爷吃的苦。对这点我也有怀疑。因为姑爷爷目光透露出的情绪，或者说他的眼神本身没有任何内容。如果有，那就是温和。这真叫人伤脑筋。你说，一个吃了这么多苦的人，眼里怎么不留一点涩？姑爷爷抱着我，疼爱地抚摸我的脸。我猜想姑爷爷的温和单留给了我，毕竟我是病人。可把我交还给妈妈后，他的眼神没变，还是那种心无旁骛的温厚。我在姑爷爷眼里看到心甘情愿。是的，心甘情愿。

奶奶说：你姑爷爷离家三十年，在茫茫戈壁上，一把镢头掘土三十年，都没有把盐碱地开掘出水来。你姑爷爷为什么不写信给家里，为什么？因为他要留下一丝一毫力气阻止自己死去。

但我对小年姑婆有看法，不管怎么变，她总是我爷爷的亲妹子，是我们的亲姑婆。可她全身透出冷。她每月还拿工资呢，衣食无忧却一脸怨愤。

在这之前，我总共见过小年姑婆两次，一次是在一张黑白照片上。那时她跟解放大军刚到上海郊区，部队驻守城外破庙待命时在一家照相馆拍的。照片里的小年姑婆眼睛晶亮，抿着嘴仍然看得出笑意，那顶缀着五角星的军帽把她的脸衬得越发耐看。

我第二次见到小年姑婆是有一年清明上坟。干部不作兴搞迷信祭祖，小年姑婆在她父亲顾安律坟前放了一捧鲜花，双手合十拜了拜就走了。我当时在妈妈背上，看到小年姑婆眉目清秀，虽然比照片里要成熟得多，但眼里有让我舒服的东西。

眼下，我第三次见到小年姑婆，如果可以说实话，我想说，小年姑婆已经不像良溪人了。她全身上下甚至从头发尖里，露出城里人的优势、傲慢、不屑，看穷亲戚一样看每一个人。

四周安静下来，可我睡不着。当年拉一牛车书给小年姑婆的，是苏漫秋，战乱里跟小年姑婆相依为命的是苏漫秋，说要娶顾小年的是苏漫秋。可为什么苏漫澄成了我姑爷爷？不对不对，一定搞错了。

小年姑婆给我们留了一笔钱，让我们造一间新房子。就在我们造房子的那段时间，顾念被打了。这是那个夏天发生的第一件大事。

对，顾念吃了苦。为了晒谷地的事，她被阿泰打了。阿泰是良溪山边上一户人家的大儿子，他们家四兄弟，个个练拳。看到他家的晒谷垫被移到一边，二话不说就把我们家的敞垫掀翻了，谷子撒在沙地上。顾念呼喊，人们三三两两走来帮着说理，阿泰当众掴了顾念巴掌，又用胳膊肘在顾念背后顿了顿，顾念吐出一口血，倒在地上。

顾念只能趴着睡了,赤脚医生配了退烧药,妈妈把顾念安顿到我旁边。顾念整夜呻吟,发冷发热。一个星期过去,她的背还在痛。她清醒时跟我说话,迷糊时蒙头睡,睡梦里哭喊。我敢说,她经过的所有苦楚,这些天我都在一点一点承受。顾念说我们是一体的。我相信了。

有一天,妈妈上楼问顾念:阿泰打了你多少记?顾念说:捆了一个巴掌,后背敲了一记。妈妈犹豫着问顾念:阿泰有没有摸你?顾念问:摸什么?

妈妈难以启齿,扯开去说楼板上有蛀孔,说明瓦亮晶晶的真亮。但她还是问顾念:阿泰他有没有摸你这里,这里。妈妈用手在胸前比画,又在肚子下面比画。

顾念吓一跳,用被子蒙头:没有没有没有。

顾念流泪了抽噎了,歇一会儿再哭。从晒谷垫被丢到被打,顾念没有哭过。可是妈妈的比画,给她找到哭的理由。

到第二个星期,顾念要去割草,她还没下楼,顾米上来,让顾念不要出门。顾念偏要去割草。

顾米说那随便你。走到楼梯口,顾米终于忍不住说:他们说阿泰摸了你,他是流氓。他要去坐牢监了。

顾念惊叫一声躺下,又不下楼了。我们心事重重又害臊,不敢互相多看,好像流氓阿泰摸了我们两个。字典不敢看,因为里面有"流氓"。顾念脾气变了,有一次她愤怒地吃掉一根油条,油条是妈妈特意到石板老街饮食部买来给二爷爷做阴寿的。

说到二爷爷,我特别想知道那两个本子里到底写了什么。不知道有没有写到苏漫秋和姑爷爷苏漫澄的事。两本东西够沉的,顾念抱上来,一下甩到我面前,吓我一跳,这种粗鲁的动作我们顾家人从不做,顾念变得我都不认识了。她有时胆小如鼠,有时胆大包天,我不适应她的性格脾气,我觉得她很陌生。当她生气时,我就想讨好她使她不生气,她不生气才会陪我说话。她要是突然生气了,就算兔子饿死她也不去割草。她又吼我,你到底什么时候好起来!我被她的音量吓着了。我不知道说什么,天知道我的羡慕有多少!我羡慕人们走楼梯,羡慕他们到田埂拔草,羡慕他们在电影放映前在广场上你追我赶。我说:快了,很快我就要好起来了。我这么一说,顾念坐到楼板上说:阿及,我觉得独自一个人很孤单。我说:顾念你在讲笑话,你有爸爸妈妈顾米还有我,爷爷奶奶小叔加玉生,我掰着手指说,你有这么多同学,你每天都可以出去见人只要你乐意,怎么会孤单?顾念说:你忘了,我们两个人是一体的,你的身体有一半血是我的,我有一半血是你的。你病了,我就生病,我觉得我只有半个人在世上。我俩你一句我一句说话,顾念忽然说:阿及,我爱你。听得我眼泪下来了,我说:你不要说傻话了,我受不了。的确,我们都不善表达情感,顾家人羞于这样表达亲情。我从未领受过妈妈哪怕有一次对我说"阿及,妈妈爱你",可妈妈慷慨地把爱给上帝,她说:上帝,我爱你。

两个大本子并排放着,封面是毛笔写的字。一本上写:三十年离散空惘然。另一本上写:一百年迎薰与流水。两个题目的下方,都署名顾望年。

有一次，顾念说：那个换糖佬，你还记得不？他真的不放电影了，在山上搭了一间草屋。

我们好奇他从哪里来，他不是良溪人，死掉了葬到哪里？他是野人吗？有一次，顾念回来跟我说：换糖佬变得很老了，他已经揭下蒙面的布，他看上去像鬼。有一次，顾念在路上遇见换糖佬，换糖佬招呼她，顾念抓了一块石头跳起来砸到那人额头。顾念变得那样粗野，这件事叫我害怕又失望。

我们家新屋外墙里墙都未粉刷。六十个平方，把我们家的油盐钱也榨干。我爸爸脸上荡漾自豪，即便紧巴到一日三餐都要向邻居借米下锅，他还坚持要有一个晒台。晒台宽四尺，一丈八，水泥栏杆，外侧贴了红白相间马赛克。没有钱做楼梯，爸爸用杠杆理论自制一台升降机，升降机垂下两根粗壮的苎麻绳，扎住一块木板，荡秋千一样。去晒台只要坐在木板上，摇动手柄缓缓地就升上去了。爸爸让我们全家人体验一次不用翅膀往上升的感受，爸爸说飞翔比这个还要令人振奋。

我也坐过一次，升到二楼，顾念把我抱起来到晒台，跟我说晒台的结构、样子、颜色。我记住了往上升的感受，悠悠然，轻盈，欣悦。如果离开人世是这样的感受，我是向往的。可我的眼睛很模糊，不太看得清，顾念让我摸摸水泥栏杆，因为有了晒台，我们家在良溪显得富有了。我们家暂时获得敬重。

可良溪人见自家孩子不肯读书跟着我爸追求虚无缥缈的事，他们对我爸生出新的怨恨。他们认为顾尚清败坏了良溪整个风貌，他们的下一代不再对田地抱有忠诚，孩子们妄想顾尚清描绘过又求不得的那个远在天边的模糊不清之地。如果之前良溪人吃不饱饭不知道自己将走向哪里，那顾尚清不着边际的幻想还可以谅解，因为他是被饿昏了。但现在，良溪人谁都知道，只要躬身土地，土地就会长出人们需要的谷物、蔬菜、钱财。而顾尚清呢，竟然还不死心。他们这样刻薄他：心比天高，命比纸薄。断子绝孙。一堆丫头侍女。孤老头五保户。

另一件大事发生在夏日黄昏。我们都等着吃晚饭，可顾念还没回来。天色暗下来，我们开始担忧。尤其是我，我想到前不久顾念跟我说：总有一天我要做一件让良溪人刮目相看的事。我问什么事，她说总是震惊良溪的事。会不会人命关天？正胡思乱想，高音喇叭响了，我们等着喇叭播报新闻和报纸摘要节目、农业生产知识、如何防治病虫害、天气预报等等。然而，高音喇叭扩音器里响起一个稚嫩的女声：

鼓起勇气来，顾家人！

我们愣住了，洪亮的声音在良溪上空流转：

活出你的样子来！明天，所有人都有明天！

那声音怎么这么熟悉又陌生。我们好半天才想起那是顾念在高音喇叭里说话，这流利的、振奋的、解气的声音，是我妹妹顾念的：

我自己创造了一个希望，我下了决心要不顾一切地向这个希望走去！

这声音迅速在良溪扩散。人们端着饭碗走出门，所有人都听到了。

最后，顾念说：我有我的人生！

那之后，顾念在良溪像女英雄，人们对她刮目相看了。

终于回来了，我的妹妹。只是我要走了，这次将是彻底离去。死亡，就是永远永远永远没有了。是执念。第一次产生这个心念，是在大约九岁的一个黄昏，煤油灯下，顾念在读《黔之驴》，她说着柳宗元生平，公元七七三年到公元八一九年。我问妈妈：柳宗元是不是死了？妈妈愣住，盯着我问：你说谁？

顾念说柳宗元死了一千多年了。

我听见脑袋里滴答一响。我问：那柳宗元现在在哪里？妈妈朝上努努嘴说：凡是上帝的子民，都在天上。

我问：柳宗元是不是没有了？

顾念说：人死了，就永远永远没有了。

我问妈妈：人都是要死的吗？

妈妈又摸摸我的头，说：是回归，回到上帝身边。

顾念说：回归就是死。死掉就没有了，永远永远永远，没有了。

那么，我们都一样，最后都要消失——这个念头刺痛我，摧残我，撕烂我。它是没有来路的恶念，在胆边淤积，堵住血脉。你有过这样的时候吗？当你想到人是要死的，死了之后什么都没有了，并且永远永远永远地，没有了，会不会抓狂？

立冬后，我被安顿在楼下堂前，堂前铺了小床，确切地说是木板搁在两张长凳上。我的亲人从四面八方会聚,在即将死去的人跟前说活着的话题,或者说另一个亡人生前之事。他们很愿意缅怀一个死去的人,垂怜他们种种好,良善,节俭,不碎嘴。顾念说因为人死掉就永远见不到了,想跟他说话也不可能,时间长了就要忘记,永远永远忘记他的相貌声音和穿的衣服,所以人们总是在人之将死时去看望。

我问:永远是多久?

顾念闭上眼,想了想说:永远,可能是闭上眼睛看不到了,不管别人在说什么,都看不到了,也不痛了。这个,可能就是永远。

邻居也来了,他们之前或许鄙薄过我的病体,冷落轻慢过我爸妈。但此刻,他们团团围在我身边,替我惋惜,说我小小年纪,原来多么白净机灵的女囡子,还没经历人世好时光,现在顿顿能吃白米饭了,她却要走了。他们带来白糖、金枣、雪饼、芝麻糕,坐着说话,等我死去。

等了这么些年,我终于能飞了。我以为魂灵很薄,云雾一般轻盈。错了,我错了!我像被切成碎片,刹那间,无以言说的痛遍布全身,像有千钧之负重压着我,我拼尽今生全部力量,才飞起来。

几乎跌撞着飞到房梁,此刻,我俯瞰堂前。那么多人围着我的肉身,我惊愕地看到自己面容消瘦,牙关紧闭,原本乌黑晶亮的双眼,蒙了纱。

顾家人被悲痛击打,他们肝肠寸断。他们向来希望我能像正常人一样蹦跳，欢笑，长大，生儿育女。此刻，我看着他们，而他们一无所知。他们忽略了我的魂灵，他们祈求我苏醒，跟他们待在人世，再分别死去。他们给我清洗，我想穿上小碎花罩棉布衫，但表姑妈却脱去我的衣裳，说花花人间花花魂，不宜带去阴间。表姑妈是我的噩梦，她像人间某种灵异的化身，掌管着看不见的权杖。

我很快会被埋进土里。千万年前落下的树叶、浆果和黑暗，它们会接纳我的肉身。我将在地下游走，与祖先相见，以另一种形式骨肉相认。我的爸爸顾尚清，他从来不知道自己的下一个理想是什么。但是，他从未放弃追寻。明瓦晶亮，夜虫整夜鸣叫，门前枣树已开花。明年，我的姐妹们会打下一箩筐甜涩酸麻的青枣。但我已吃不到了。我跟顾念说：你替我好好在人间活着。如若一尘归来，要托秋鸿传信我。现在，顾一尘，我的妹妹，我们团聚了。我曾经历的十二年人世，和盘托出，我将它交与时间。

下卷

伊菲拉

电话响起时，我全然忘记自己在哪里。顾玉生说是爷爷。爷爷，他又睡过去了。

他的确要好好休息了。我在良溪七天，他似乎将一生重新活了一遍。他又像三年前的某一天那样，沉沉睡去。我们围在他的病床边，顾念急匆匆赶来，身后跟着一个男孩。

叫阿姨。她对男孩说。

男孩看看我，再看看他妈妈，嘴里嗫嚅，几乎听不清声音。顾念扯他衣服，责怪他八岁了还不懂礼貌，见到客人不招呼。孩子被她训斥，鼻翼翕动，低了头。顾念推搡他让他出去，不要碍手碍脚的。男孩用力抓住病床，滑轮床被拉得颤动。他说他要看看阿太，嘴角一扁，委屈地喊了几声阿太。顾念抓住他的臂膀出了病房。

我的泪水下来了。我不确定感受到了什么，一种难以说清的情感,这个双眼紧闭面容苍白的老人,积攒了三年的精神气,在我到来的一周里消耗殆尽。我握住他苍白的手,这双手几天前还热切地抓疼过我,此刻,它们柔软,妥协,像放开了某些东西。像是某种感应,我似乎听见顾及一直在跟我说话。此刻,我又遏制不住想念顾及。我没法知道这种感觉如何产生。如果可以,我想抱住顾及,跟她一起放一只白色的绵羊,用红头绳帮她梳好看的辫子。这些场景曾在我梦里出现。

我想着,抽泣着。顾米的手搭在我肩上,轻声安慰我,说爷爷累了,睡了三年刚醒来,又说了这么多话,现在他要睡觉了。

我跟顾玉生随医生到办公室。医生说:你们知道,奇迹不会经常出现。他随时都会走,有可能我们说话的这个时刻,他走了也说不定。

我狂奔到病房,老人呼吸平稳,我能听到他呼吸里夹杂的深睡眠才有的气息。我想,他早已明了一切。他比我们任何一个人都清楚自己走到生命的哪个时段。他已做好充分的准备。

只是我们不知道。他的晚辈还蒙在鼓里。

昨晚,顾玉生推着轮椅离开小年姑婆的屋子时,他说:嘿嘿,我孙女,我赚了,我赚了大宝贝了。

我说:嘿嘿,老头儿你赚到什么了?

他说:这是秘密。

我说:我送你。

他摆手说:我的孙女,我不要你送我去医院。

我一愣。老人乐呵呵的样子,像开玩笑:顾长年,你爷爷,我留机会给你,到时,你送我最后一程。

我一时没听明白。我学他样啊呵呵笑了笑,说:嘿嘿,老头儿,回见。

他一听,跟我击掌相约:明天见啊我孙女。他握紧拳头,做了个力量倍增的手势。

我笑了笑说:良溪好汉顾长年。他跟我挥手:再见了我的孙女。

顾念

　　排起来呢你得叫我三姐，我的名字你总知道吧，是的，我是顾念。见鬼！你提顾及做什么！她……没有坟墓。上香就算了，她也不知道。你觉得她一直在陪着你？不用扶我，我就是有点头晕，死不了。我就不明白，那么多年你从没想到回来看一看？哦，这就是了，你不是疑惑，你是恨。你恨良溪。你在另一户人家生活，觉得顾家亏欠你。可我们留在良溪的呢，我就不明白当初怎么不把我塞给人家。

　　你真以为有遗产？别解释了，谁不喜欢钱。你别哭了，告诉你吧，就算老头没睡着，也不会有一分钱遗产。

　　你在多伦多养孔雀好好的，回来做什么！在哪死都是个死。我当初还答应爸爸留在家里的呢。可我唯恐自己跑得不够快，快啊，跑啊。我多希望当年被说成克星的人是我。那样，我就可以远离此地。

　　你大概也想听听我是怎样逃离良溪的吧。我第一次决定离开良溪时，顾米抓住我，她说：良溪有什么不好？袋子破了，顾米毫不含糊扯起来，破口更大，衣服，两本书，一沓竹纸，牙刷，毛巾，散落一地。当夜，顾米坐在灯下缝补布袋，她像奶奶一样用顶针，拿针在头发里滑过，咬断线头，说良溪人白眼归白眼，心里对我们好。我说：良溪只能给我们屈辱，你忘了自己跪在人家门口乞讨了吗？

说起来那是顾米的血汗钱，可她为了拿到它，给人下跪。顾米的晒纸技术在良溪最出色，很多人家请她晒纸，但都是欠账。我们的爸爸顾尚清比顾米更害羞，他是多么窝囊！可这回不一样，我们要送钱去医院救罗眉之——她是我们的妈妈，那个生下我们的苦命人。顾米在记账本上找来找去，每户人家她都不好意思去收账。爸爸想了又想，让顾米去老齐家。

老齐是爸爸初小时的同班同学，常有往来，他是爸爸仅有的知交（顾尚清永远一厢情愿）。已是黄昏，顾米到齐家门口，他们刚吃过晚饭，坐在道地乘凉。齐家夫妇没有如顾米期待的迅速站起来，以万分的同情请她进屋坐一坐喝碗茶或者吃根白糖棒冰。他们摇着扇子驱赶蚊虫，报以同情：尚清作孽啊，眉之作孽啊。

顾米又说明来意。

老齐看他老婆，他老婆说：不巧啊，刚买了料，买了烧碱，外面的纸款也讨不进，手头没钞票。

顾米又说：妈妈在医院，我们想妈妈，妈妈没钱配药了。

见顾米哭了，他老婆说：不要哭不要哭，过一个礼拜你再来。顾米没法，她跪下了。

暮色四起，夜虫在空中翻飞，路过的人停下来跟齐家人说话，玉蜀黍品种哪个好，番瓜秧有没有。空气里弥漫着香泡的香。顾米跪得膝盖酸麻，最后，她拿到两百块工钱。老齐妻子恼怒地说：你们顾家人都是藤做起来的啊，死劲的韧！

我提醒顾米在良溪遭遇的屈辱。顾米说这些都会过去，良溪人低头不见抬头见，见多了，不舒服的事就会消磨掉。可在迎薰县城走过一回，像被脚踩过一遍，筋疲力尽。

我们头挨头交换进城心得。黄昏的迎薰汽车站，戴红袖章的清瘦高个子在值勤，顾米被挤到队伍外面。那人拎起顾米丢到队伍最后，说他找不到理由原谅，乡巴佬太蠢了。那人穿白短袖制服，皮肤白，双手看不见骨头，可出乎意料地硬。后来在迎薰县城善长弄口看到他，顾米抑制不住发抖。

顾米贴着我后背，让我说说进城经历。我本想遮掩，可那些场景不受我控制跳出来。那一次，我坐堂叔的拖拉机到迎薰县城恩波桥头买锄头，拖拉机在广大隆布店隔壁的酒酱店门口停下，堂叔替人装货。我坐在拖拉机车斗里，看得见布店竖排着的布匹，有个营业员出来，穿白色的确良衬衫，面容清秀。她斜眼看我一眼，再仰头看看天，说我要是县长，拖拉机全部消灭，农民全部……她用手在自己颈脖上比画一下，接着说：几代以后中国人种改良，都是上等人了。

我十六岁的青春时代，衣着寒酸，头发枯黄，坐在脏乱的拖拉机车斗只为了节省八角钱车费。我们这样的人，该被消灭，或自我灭亡吗？

良溪给不了我们好日子。

我翻身抱住顾米，她身子瘦小，双手粗糙有力。我说：顾米，我想让家人过好日子。顾米不说话。

顾米每天盯着我，我暂时获得平静，良溪有什么不好？

有个黄昏，顾米摘回一袋野柿子，说用棉花胎捂几天就熟了。她没注意到我放在门背后的布袋，等她进柴灶间，我抓过布袋冲出门。穿过田塍，快到石板老街时，大巴车远远地开来了。我站着回望，苍茫暮色里，顾米站在村口枫树下。她没有追上来。

我二十三岁逃离良溪，在城西酒厂后面丁婆弄六号二楼租房。房东说：有个老头租住在一楼，老头买了美国股票，天天说发财就在眼前，七块钞票一个月的房租欠了三个月。房东赶走了他。房东让我马上决定。

我说租十五块一个月的二楼房间。抬眼看，楼梯烂了两条横档。如果他肯减去三块房租，我能忍受爬着上下楼。

房东指指楼梯，说定下后他就来修好楼梯。他让我不用担心，房子不会坍塌。

我找过迎薰县有出租屋的所有片区，摸着良心说，丁婆弄一带房租顶便宜。顶便宜的丁婆弄里，猪圈前这一家的房租最低。我说房租不算贵，缺点是门前一间猪栏屋太臭。

交了房租。房东告诉我一楼租住的卖菜的妇人晚上不回来，今晚让我在一楼睡，明日他来钉楼梯。

丁婆弄漆黑的破屋里，我独自在木板上躺着。已是十月，蚊蝇飞舞，撞我脸，潮湿腐酸的棉被蒙上头。折腾至夜半不能入睡，想点一把稻草熏蚊蝇，没有火柴。没有水，没有电。坐起来，靠在黄泥墙上，一团蚊子雨点样落了我一脸。我狂跳，蚊群散去。待我停下，它们又绕着我。我想象它们齐刷刷伸出尖嘴吸我血。逃出门，过通道跑到江岸。此处有菜地、小鱼塘、玉米地。捧了一把水洗脸，江水竟是冰凉刺骨。跌撞回身，鱼塘边一个亮点明明灭灭，料想是管鱼塘的在抽烟。跑了几步，对面手电筒扫过来：谁？

不敢应声，钻进玉米丛，躬身往前，穿过菜地，一路狂奔，身后踢踢踏踏追来了：谁？偷鱼贼！穿过通道，黑地里我撞到柱子，两眼更黑，冲进屋里，关上门，钻进被窝。才发觉鞋子掉了一只，另一只穿在脚上的，沾满猪屎。额头火辣辣钻出一个大包。我咬住嘴唇，骂自己眼泪不值钱。

造纸厂废纸车间，棉纺厂扫地，砖瓦厂挑泥，服装厂剪线头，最后一份工作是啤酒厂洗瓶子。兜转一年，糊了口，甚至有余钱给自己买回白衬衫、黑色涤卡一步裙、黑面高跟鞋。到秋天时，我又在水汽氤氲里应聘去。码头排起长队。我应聘文员，招工启事描述：年龄十八至二十五岁之间，高中毕业，有一定文字组织能力，迎薰城区有固定住所。我的头发湿答答粘在额前，衣服湿淋淋贴在身上，我刚刚学会穿的胸罩在湿了的白衬衫下明白显露。我牙齿打战，拼力打开双肩坐直身子。面试我的是一个年轻女子。她说我是铁主任。回答完一系列问题，铁主任又问我在哪里住，我把出租屋的门牌说一遍，她略一停顿，说船运公司这次招工，要求是在城区有固定住址的适龄青年。

我填了小年姑婆家的号码。铁主任说我条件不错，让我回家等消息。

感激不尽走出办公室,下楼时,我脚下一滑,骨碌碌滚下楼梯,又骨碌碌滚出去几米。人们扶起我,膝盖鼓起一个乌青的包,掌心蹭掉一块皮。裙后摆撕开一个口子,白衬衫上沾了青苔。二楼窗口,铁主任的脸在玻璃后,她定定地看着我,嘴角动了动。本想跟她点头致谢,可膝盖火辣辣痛,羞愧不能让我再抬头。

我一瘸一拐走出公司大门,才发觉皮鞋底掉了。

过一个月,没有音讯,我去江边问询。船务公司铁门关着,边上一扇小门偶有人进出。第四天,铁主任从小铁门出来,我迎上去搭讪。铁主任问我是哪位。

我做了介绍后,铁主任像看木偶戏一样盯着我哈哈笑了,说:你就是那个滚下楼梯的?

我点头。原来,文员一职在我骨碌碌滚下楼梯的第二天就已确定人选。此刻我像获得一份好工作似的,千恩万谢铁主任给我这个噩耗。

后来,我在一家饮食店找到工作,一个月试用期,发生活费。第二个月,我已是熟练工,每天包一千只馄饨。到第三个月月底,我领到上一个月的工资。老板把该付的奖金用馄饨作抵,第四个月,我可以在店里吃二十碗馄饨。第五个月时,我要吃光四十碗,依此类推。

馄饨吃到我想吐,我辞了工。

老板付清工资。但我的奖金是六十九碗馄饨,离店视作放弃。随后半年,我再没找到合适的工作。

房东在楼下喊：欠三十块！

我躲在房间里不出声，谢天谢地，蜡烛前一周就已用完，漆黑的房间便于我装死。

隔几天，房东再来。他不再咆哮，只砍断两档修补好的楼梯。我探出窗洞说：谢谢房东。

熬到第五天，一楼破门上贴着一张白纸：欠债还钱！后面是一个鬼骷髅。

不能回屋睡了，我偶尔去小年姑婆家窝一晚，有时半夜蹿回房间，没有灯火让我安宁。有个深夜，房东喊：死了吗？要不要给你超度？

我推开窗：房东，我病了。

又过几天，房东扛了梯子接我下楼。他塞给我一块五角钞票，说：去吃碗阳春面，汤不要浪费，喝掉。别死在二楼，收尸不方便。

我逃离丁婆弄。

搭便车，走路，回良溪借钱。我离家两年，妈妈住院出院，再住院。她刚回良溪时，人们以为来了一个陌生人，一个收玉米的人认出了她，良溪人奔走相告：罗眉之回来了，但那个人不是罗眉之。她体型庞大，浮肿的脸庞，目光呆滞，像来自另一个世界的妇人。她在医院进出的那些年，爸爸的思想发生大变化——他去黄浦江边看霓虹了。

屋子空空，我在挂着的淘箩里抓了一个饭团，多久没吃到白米饭了？一切都是自找的。我在丁婆弄煤饼炉上烧面条，葱花面、猪油面、榨菜丝面、盐花面。胃酸泛起时我问自己：良溪有什么不好？

白米饭！妈妈，给顾及一碗白米饭！这个声音自我踏进老屋就来纠缠我。堂前空空的，顾及曾躺在这里。往事又赶来，我踉跄走出屋子，站在道地上喊妈妈。

我在村里转了一圈，碰到后山坡上洗衣服的阿美。阿美说：你妈妈叫了耕田工。耕田工资是二十块钱，她向小队会计借，小队会计说：尚清哥文武双全，二十块钱拿不出？

我问阿美有没有看到我妈妈。阿美问：你妈妈为什么躲起来哭？

顾及离去时，妈妈哭倒在堂前，爸爸劝慰她，他认为顾家流掉太多泪水，洪水一样把顾家运气冲走。随后，他提议：溪沿、茶蓬、竹林，无人之地，眉之，你可以畅快流泪。你天上的父知晓。

我退出屋子。我已不敢跟妈妈相见。她的出走……她出走过吗？她的病，她古里古怪的平原口音，带给我那么多无以言说的尴尬。在我急需帮助的时候，她却因借不到二十块钱躲出去哭。我二十四岁，被她养育至今，未曾给她安慰，却两手空空回来搜刮。我活着就是为了出丑吗？我站在道地上咬紧牙关，抬眼看到屋后山腰的高音喇叭，那个喇叭早已废弃。一个声音突奔下来：我自己创造了一个希望，我下了决心要不顾一切地向这个希望走去！

稚嫩的宣言简直是笑话。

我逃似的跑过土路，穿过石板街，良溪再次被我甩在身后。暮春的下午，阳光打在山峦上，绿意苍翠，透明晶莹。植物散发的清香扑面而来。良溪这样美好，而我却在逃离。我所有的努力，是想给良溪顾家一份荣光，但我却要以永远的离开为代价。我们刚度过食不果腹的日子，如今却要丢弃父辈抵命获得的土地。姑娘们，忍耐啊，顾家哪一代不都是在忍耐中过来的！年幼时，爸爸这样鼓励我们。可多么荒唐啊！

跑到三岔口，还没回过气，姐夫印成福追上来。他跳下脚踏车，从车斗布袋里挖出一个坑边纸包，装着南瓜子，车篮的网兜里有五个热腾腾的番薯。他说：顾米刚焖的，趁热吃！

我说我不饿。

顾米如何知道我回来了？她怎样张罗了吃的让她丈夫送来？她要跑多快才能赶上我逃跑的速度？姐夫问我在哪里住，我轻描淡写说城西那边。

他说：顾米总念叨你，心痛你在外面吃不饱。

姐夫从裤袋里掏出一个塑料包，塑料包翻开，是钞票。

我说我不要。

姐夫把网兜、纸包以及钞票塞进我背着的黄书包里。顿时，我瘪瘪的书包鼓起来，一百元立刻给我安全感。我没好意思再推辞，怄气似的说：我会还你们的。我不会永远落魄。

事实如此，因为过了一年，我就嫁给城里人了。

我的结婚新房在商业城旁边造船厂宿舍，门上橱柜上贴了大红喜字。道喜的人一走，我新婚丈夫赵勤富把我横抱到床上。他松裤带解裤扣，露出小半截身子。我不知道结婚要仓促接受这个陌生的身子。我说等一等。可一张嘴压过来，一双手伸进来。衣服多余，被子多余，床多余，只要肉体。折腾半宿，赵勤富歇了手。我半身麻木从床上起身，赵勤富一个横虎跳翻过来：谁睡过你？

我摇头。我不知说什么。

他一个重拳捶到自己下身，他忍着痛，撑起身子说：我赵勤富好歹是工人，看在你高中毕业有文化，人长得齐整身子骨匀称……认了。

可他还没准备好接受一具已经被翻动过的身体。是这样吗？良溪顾念受的罪还少吗？如今我已嫁到城里，我不能再窝囊。我跳起来，也打了自己的下身，我说：是要自虐吗？来啊，看谁狠！

我起身到厕所，扑在洗手池上呕吐，像五脏六腑跟着出来。肮脏的东西散发出腥味，又吐一次。赵勤富又抱起我，再次用身子扎扎实实教训我，伴随他的进攻节奏嘴里不间断地吐出四个字：乡巴赤佬。粉色床单上终于渗出血水。我的呕吐物跟血水混杂在一起——来吧，对，就这样把我凌辱致死，重生的我，将拥有另一个身份：城镇居民。

像个废人躺着，醒了，又睡过去。天亮过一次，又黑了。等我睁开眼，妈妈站在床前。我试着合拢双腿，像很多钝刀在割拉，未曾经历过的所有的痛都汇聚在我身上。

妈妈摸我额头：怎么刚结婚就病了呢？

要落泪，要哭死才够，可我从良溪嫁到迎薰县城是来过好日子，不是哭哭啼啼叫人看笑话的。我想放任自己号啕，哭光眼泪，以后我就坚守顾家家训：忍耐。然而这会儿，我没有一滴泪水。抬起手背擦眼睛，干涩，刺痛。这才想起，这几天一直在做梦，梦里的泪水淌成河。我对妈妈笑了笑，她被我的笑冲撞，急忙捂住胸口。

他发现了？妈妈问。

一口饭卡在嗓子眼，噎住，我憋红了脸说：妈妈，我一个农民……哪能白白在城里享福，总得要死过一次才能讨得一命活下去。

一口饭堵在嗓子口，妈妈涨红了脸。

我大口吃饭，给妈妈夹菜：罗眉之，你要活到一百岁，等我接你来城里享福。

送她到车站，临上车，妈妈要说什么，看我神色混沌，她说：回去再睡，睡醒了才有力气咬紧牙关。

城镇居民赵勤富家在广福寺岛，那是一个沙洲，在迎薰县城近郊。他父母是铁路工人。他出生在某一节车厢，自小跟父母在铁路上来回跑。赵勤富高中毕业后招工进造船厂，第二年分得一套职工住房，七十七平方米。过一些年赶上房改，职工住房正式成为赵勤富的不动产。

夜间，赵勤富带着恨意不间断要我。事后他抽烟，追查凶手一样追问我的风流史。在他眼里，我是个不检点的女人，我有义务接受盘查：有没有谈过男朋友？被摸过奶子没？下身呢？没有被碰过，那你处女血呢？

我的血在八岁那年流走了。那是秋天，顾及想跟我们一起上山，这是她难得的好时光，我们兴高采烈。我跟顾米轮流背她，堂弟顾玉生唱着歌。我们欢乐，因为顾及看起来很好。我们把顾及安顿在一块大石壁下，垫上枯草，她可以靠在大石壁上晒太阳，但顾及举起柴刀宣布，她可以跟我们一样，砍柴，捡枯枝，摘浆果。

然后，一声野猪的嗥叫震碎我们的胆魄。我们慌不择路连滚带爬，我从大石壁上跳下时，一屁股坐到竹茬上，石壁下的细竹是顾及斫掉的。这些参差不齐的竹茬，是锋利的刀尖，戳进我身体。

在简易病床上，赤脚医生的手在我肚皮上按，轻轻敲打，又翻我眼皮，说不影响生育。

我要穿裤子！我大喊。

我童年受的所有屈辱叠加，也不如这次彻底。我光着下身躺在散发腐酸味的医疗站床上。

顾念没穿裤子，医生摸她奶，消息迅速传遍学校。妈妈容忍医生的手游走在我腹部、下身。我恨。

跟赵勤富谈朋友时，他手伸进我衣服，我汗毛竖起，阵阵发冷。他用城镇居民的笃定安慰我：找对象都这样，都要摸。乡下人营养不好，屁股瘦奶子小，多摸摸就大了。

婚前对赵勤富双手的抗拒，婚后恰到好处诠释我身子不干净，赵勤富总结：不干净的东西，你忍着熬着等这一天，将破败的身子躺到城镇居民的床上。

结婚多年我依然感觉寄人篱下，赵勤富每喝点酒便用手指着我鼻子或者某一处——平心而论，他指我鼻子属无意识行为——说：我赵勤富，迎薰县城老底子谁不知道赵家。你们顾家……余下的话用摇头来补充。

一个锅里吃饭，一张床上睡觉，我们的儿子上二年级了，儿子是我跟赵勤富的婚姻见证。我从农业户口摇身一变成为城镇户口，给我带来多少荣光！结婚头几年回良溪，村人老远招呼：顾念，居民老爷了。

我不满意他们如此恭维，我想听到的是：顾尚清罗眉之两口子福气好，女儿嫁到城里，当工人阶级，吃穿不愁。

事实上，我跟赵勤富已分床数年，我在房间打地铺。腰椎间盘突出，不能睡软床，严重时瘫痪一样不能起床。我跟赵勤富说能否换一张硬床，或者把席梦思拿掉直接睡在床木板上，等我腰部恢复再铺上。赵勤富说：怪我赵勤富惯坏了你。

我冷冷地说：赵勤富，我们不共戴天过日子吧。

赵勤富筷子拍到桌上，声音尖厉：我亏！我摔破一只碗，说：看谁力气大！赵勤富惊讶地看着我，我们撕打时儿子躲进衣橱。

良溪人没有机会知道这些。他们见到爸妈，带着好奇探询：顾尚清，你嫁到城里的女儿没来叫你们去住几天？罗眉之，生女儿就是这点不好，一过十八岁，就像鸟一样飞走了。

不得已，爸爸解释：顾念天天打电话叫我们去城里住，我们哪有时间。被问得多了,他决定用实际行动告诉良溪人他有个孝顺女儿,有个好女婿。冬闲,他从上海回良溪,挑着土货来我家,有腌菜、笋干、年糕、番薯干、爆米花。爱干净的他还带来袜子,一天换一双,打算在女婿家住四个夜头。

那年赵勤富从造船厂下岗,拿到一笔补助,跟厂里三百多名职工攥着钞票,到劳动局领失业证。他在东门渡找到背货的零工,大冬天他汗流浃背回家,开门看到我爸,愣了愣说:来了。他吩咐空气似的说:加个菜。

晚饭气氛沉闷,爸爸竭力找话题,说村里有个人去上海,被拉去当群众演员,免费吃盒饭。上海人都在用中文传呼机了。赵勤富把菜塞进嘴,不搭腔。为打破沉闷,爸爸起身去小房间拿出一包烟放到女婿面前说:勤富,你吃吃这个烟,上海人说不生痰。赵勤富拿起香烟,翻来覆去看了看,放到他跟爸爸中间,对着空气说:榨菜番茄汤烧一碗。

我忙去烧汤,端出来放到桌上。赵勤富舀起一勺喝,忽然拿筷子在自己额头打了一下说:盐钵头倒翻了?

爸爸惊愕地看着他女婿额头凸起的两条红印,又看看我。爸爸在我家,我不打算跟赵勤富发生武力冲突。我慌忙往汤里倒了开水:请原谅,我厨艺退步了。

我给爸爸添饭,爸爸依旧惊愕,他没好意思再看女婿。赵勤富端起酒碗,迫于压力,爸爸也端起酒碗,他们跟空气碰了碰。爸爸仰头喝光,一缕酒从嘴角流下,他用手背抹去,说回良溪。

爸爸出门时,暮霭升起。我生不如死。

伊菲拉

化验单上有三个"+",厂部医务室通知妈妈复查,她自感身体无恙,将单子塞进抽屉。那年,我读大三,正在争取英国一所大学的交换生名额,困难重重,最后还是获得机会,选择机械与造船专业相信是工厂生活的影响。爸妈曾希望我成为一名幼儿园老师。他们每年给我过生日,礼物是一盒糖果、一件衬衣,或一次跟同学玩的机会。交换生名额下来后,妈妈交给我一张面额十二万块的存折。我从没想过家里会有这一笔钱。她托人给我办理了一份信托基金。

他们工资收入不算高,但妈妈精打细算,量入为出,从未买错东西,也不买我们家不需要的物品。拖把,是爸爸做的;我的旧秋裤,洗得薄薄的毛巾,都可以成为拖把的原材料。我的好多衣服,是妈妈将她的衣服翻个面重新裁剪一番做成的。家长或工友送我们的菜蔬和物品,妈妈在休息日去另一个县赶集时卖掉,她买回一些不起眼但实用的物品回赠给孩子,比如蜡笔、发卡。

她用这个钱买回藿香正气水、干酵母片、打蛔虫的白色药片。下班后，妈妈将一两个孩子带回家，等他们的父母加班结束后接回家。他们成为我的童年伙伴。

妈妈不化妆，有一支唇膏，不常用。妈妈是工人家庭出身，她的父母是这家工厂的开拓者，每年年底获得一份慰问品。妈妈说她小时候全部的时间都在厂里度过，上工厂幼儿园、厂部隔壁的小学和中学。高中毕业后，她接过她妈妈的工作，成为厂部幼儿园老师。她的高中文凭对付工厂幼儿绰绰有余。妈妈爱孩子，对他们和颜悦色，视如己出。她说话轻声细语，跟爸爸像兄妹。爸爸会修理坦克，擅长解决疑难杂症，拖拉机修配厂因他的钻研，多次获得技术创新奖。他做过三个月冲锋枪验枪员，知道枪支构造原理。我们家的搪瓷杯、枕巾、毛巾、笔记本，甚至扇子，印有不同时期的红字：先进工作者。

我记得他俩只争执过一次，是因一张车票，妈妈打算将我带到一个地方，那个地方有一个人在等我。爸爸不肯送我走。好像是七岁那年的事。之后，他们从不争执，他们各自有爱好。妈妈绣花，爸爸做稀奇古怪的物件，如煤炉烟囱、滑轮推车、铁制笔筒等。爸爸给我做过一个妆台，三层，有抽屉、镜子，还有一个小格子用来放小饰品。

我去格拉斯哥大学报到前一个月，妈妈办理了住院手续。她说疾病本身不会有多大影响，是给我一个孝顺她的机会。住院第二天，她开始表达对我的谢意。她说她庆幸拥有这样一个女儿，安静，好学，孝顺。

我庆幸良溪顾家不再追问养父母的事。我在另一个家庭的生活，对他们来说过于陌生。我不希望将自己游荡在外的经历转化成控诉。

顾玉生新买下游艇，他说在迎薰江看天，是不一样的天。顾念说：你以为这里的天上没有大手？顾玉生耸耸肩说：姐，别太悲观。顾玉生事业稳固，他经营的一个楼盘刚结顶，另两个楼盘在迎薰郊外，是迎薰撤县设市后首个高品位别墅群。顾玉生寡言，我们交流大部分时间用手语。

顾念问：耳朵怎么了？听得见吗？

我隐约记得耳膜受到过重创，有记忆起，爸妈跟我说话时总是辅助手势。但我从厂部幼儿园的小合唱队开始，一直到高中，人们总说我言语清脆，发音标准。大学期间，我加入艺术社团，成为大学生艺术节策划，有时兼职主持人。

我第一次坐游艇，迎薰江第一次接纳我。顾念忽然问我：如果不得不通过迎薰江逃命，你选择往上，还是往下？

顾念

二〇〇四年除夕夜,爷爷说了很多话,大都跟他弟弟顾望年有关。随后,他跟两个儿子说想去趟新疆。那年,爷爷已八十八岁。他的话被当作呓语。有段时间,他拿铅笔在板壁上画,不明所以的线条。家人担心他得了阿尔茨海默病。

有个晚间,爷爷怔怔地坐着,目光落在板壁上,指甲抠进板壁缝,停在他画下的线条中部。我的儿啊!爷爷念叨他逃亡在外的后人,三个通过甬道离开良溪的顾家后人。他们下落不明,几十年来,祖父用他自己的方式在寻找。

他带着不甘进入了漫长的睡眠。医生说顾长年心跳正常,心律齐整,呼吸无异。在迎薰第一人民医院重症监护室住了十二天,随后转到康复医院。他睡眠有序,气色如常。他的生命进入另一个状态,半是植物半是人。但偶尔他会醒来,能用吸管吸几口水。不是玉生出钱为他治疗,又请护工照料,爷爷怕早就不在了。

我家有个地球仪,有一日,我转动它,绿色山脉,蓝色海洋,裸土黄褐。逼真的图案,穿插在数不清的线条之间,回环往复,错综复杂。我猛然想到爷爷抠进板壁缝的指甲。我给玉生打电话：良溪有暗示。

我们赶回良溪，寻到那面板壁。虽无风雨侵蚀，但虫蛀腐朽，板壁失却原有样貌，只剩粗砺的纹理。我在脑海里还原爷爷的铅笔图，板壁上纵横交错的线条跟我家墙上的中国地图主线条一致。

原来是这样！爷爷凭他在迎薰苏家私塾学到的地理知识，画就中国版图，他手指抠过的地方，是国土的西北端。闭眼前三十秒，他指出了亲人去向。

一九五一年，我二爷爷顾望年的亡故通知抵达良溪当晚，他的一儿二女连夜离开。他们从南门渡坐渔船往上。往上，所有信息到此为止。

阳光刺眼，雪山近在眼前又远在天际。阿克苏，我知晓它在新疆的方位、地域面积、宗教信仰以及基本礼数。在这片广袤的土地上，我从未谋面的亲人在此生活数十年，祖父从未放弃对他们的追寻。

玉生联系上了顾家后人。我们在新疆街头一家粗鄙的茶店门口见面。玉生说：我是顾玉生，她是我姐顾念。你叫顾第谣，你比我年长。

我叫库尔班。他眼神警惕。一口纯正的新疆味普通话听起来遥远、陌生。他用维吾尔语跟我们说话，我摊摊手：你在说什么？

我用良溪话问他，我们需要多久才能到目的地。他问你在说什么。

见鬼！

新疆比我预想的辽阔。我用良溪话说。

顾第谣面无表情。我们身体里流着顾家的血,一种被称为"亲情"的情感把我们黏合起来。但我们各怀心事。两个小时后,我们在一条宽阔的河边停了车。从公路延伸到河边的小路上,竖着一块牌子,维吾尔文字下面一行汉字:额尔齐斯河。河流宽阔,湛蓝的天倒映水面,我脱口喊:见鬼!太美了!

我们想解释此行目的,几十年无音讯,突然造访需要理由。我跟玉生说:你跟他拉拉家常啊。

玉生头也不回:能安静点吗?姐。

我们合个影吧。我招呼玉生,我站到顾第谣身边,拿出相机。

库尔班眼神慌张:不,我们从不拍照。

我们是谁?

我们家。

我猜测他是害羞。从局促不安的家庭走出来的男子,站在豁朗的阳光下,内心仍然保存固有的怯弱、戒备。我身上有跟他一样的胆怯,但走出良溪后,我告诫自己要横扫阴郁,呼啸江河。

一长条矮房被隔成小间,矮房门口一排树,苹果缀满枝头,红润光洁。果树边敞篷架下放了躺椅,是一张竹躺椅。在良溪,农活疲累或夏日乘凉,人们都会在竹躺椅上休憩。我一下恍惚了,以为在良溪家门口。

老人眯眼躺着。我跟玉生坐他右侧矮凳上。有娃娃跑出来,爬到老人身上抓他胡子。老人的眉眼、鼻子、唇形,全都有爷爷的影子。可他所有活着的痕迹,明白无误写着这片疆域的信息。

他眼神淡然,看起来风平浪静。

被暮气围剿经年,他已不能坐直身子。我用良溪话嘀咕:跟爷爷一个模子出来的。

毫无预兆,老人嘴里涌出一口血,顺着嘴角往后颈脖流去。我跳起来:快来人啊……老人从容拿起毛巾擦嘴角,米色毛巾上有陈旧血迹。

我怕血,不敢坐下。

他递给玉生一个本子,是顾家元书纸,原本竹黄的颜色已变深。他终于开口,说的是良溪方言:父亲不是病死的。

是相片泄露的秘密。相片上,顾望年站在纤夫古道。他安稳、平静,全然不知有人像破案一样,从他身后的背景里推测他所在的位置,他们顺藤摸瓜找到了他。

本是同根生,相煎何太急。顾望年猝死当天,城西乔家对面墙上出现曹植诗:萁在釜下燃,豆在釜中泣。用毛笔刷成的诗,在白墙上尤为醒目。原先在乔家电灯公司送货的车夫,将诗句演绎至一个高度,他说这诗是乔家刻意留的,乔家在抵抗新世界的到来。他甚至放出风声,说乔家当年吞进去的钱财资产,如今将加倍吐出来。在车夫的煽动下,邻居也不肯了,说当年衡芜戏院打地基时,将他们家的三丈道地占了一半。有人夜半用石块砸破乔家玻璃窗。更有人说当年日本人在乔家院里藏了毒气罐,人们深夜打着火把掘地三尺。乔家不能待了。乔老爷让顾逸庭带着两个妹妹逃出家门——那时,他们的妈妈正在钱塘的病榻上苦等他们。为了安全起见,外公谎称他们的妈妈因病身故了。外公说:

不管谁，只要有一口气，再难也得活着。

他们坐船往上，外公之前安排的第一方案是到上游渔村，那是顾望年养伤之地，他认为那边安全。但他们到小清江换船时发现情况异样，顾逸庭带妹妹上岸，昼伏夜出，翻山越岭，从桑园村坐渔船过江到程坟，步行三十里重新回到迎薰县城一个弄堂。这是外公事先商定的另一个逃生方案。弄堂在小寺庙后门，鹅卵石旧街。走过一百八十五米，挖开青石块，有一条暗道，通往大寺庙。当夜在暗道里躲藏，他们的外公老乔送饭给外孙男女，顾逸庭大口吃饭，两个妹妹惊慌，哭泣着不肯吃。老乔把她们拢在身边说：吃饱饭，从今往后，酸甜苦辣都要忍着往肚里吞，活下去。

得知他们去往上游的同时，迎薰县里派出两名便衣干警坐船追随而上，在上游一些村镇寻访。在小清江船埠头等船靠岸，但他们错过了乔装后的顾家三兄妹。便衣干警回到迎薰县城下船离开南门渡后二十分钟，顾家兄妹三人从大寺庙菩萨底座下出来，他们跪拜菩萨，出了暗道，在夜色掩护下从南门渡登船而去。船夫熟识他们的外公老乔，他把三兄妹安顿在只能侧身躺的舱底。

麻木的身躯在舱底挨了不知多久，小妹顾逸纳撑不住，长时间侧卧让她发狂，紧贴耳朵的木板压得她窒息，她狂喊爸妈。顾逸庭不能动弹，不能紧握妹妹的手，他轻声告诉她们爸爸在前方等，只要熬过这一段水路。

提到爸爸，姐妹俩安静下来。她们在照片里看到过爸爸，她们常常做"爸爸在家"的游戏。她们的念想里，爸爸温和、喜乐、平静。她们知道爸爸胸腔宽厚,给她们以安慰。他的名字跟苏州连在一起。

小船从迎薰江到钱塘江,进运河要从堤坝过塘,小船不再往前。船夫交代,要镇定,不要奔跑,夜深人静也要一步一步走。往前三百米是苦楮树林,树林里有个穿长衫戴黑帽的人会带你们走。记住,不要发出声响,寂静才安全。他从船舱拿出菜刀,说:割掉头发,脱胎换骨。

姐妹俩护住头不肯。生锈的菜刀太钝,顾逸庭费了好些力气才把两个妹妹的头发割短。他安慰:等见到爸爸,头发就长出来了,爸爸就能看到你们的长辫子了。

我们去哪里?顾逸庭问。

长衫男人把他们的肩膀搂了搂说:表舅带你们到天地最广阔的地方,到他们找不到的地方去。

汽笛一声长鸣,火车往前。表舅发了烧,病恹恹歪在座椅上蒙头睡着。苏州站停两分钟,小妹顾逸纳从哥哥眼皮底下跑出车厢,她在站台上欢乐地挥手:哥哥姐姐快下来,我们去找爸爸!

车门合上,列车启动,顾逸庭半个身子探出车窗,他试图抓住妹妹,被旅客拽进车厢,他抓狂,哭喊妹妹,表舅惊醒。车厢纷乱。直至下一站,表舅下了火车,他说回苏州去找顾逸纳。他让顾逸庭带着顾逸岚继续往前,到明月站下车等他。

哥哥安静下来,用手指在二妹顾逸岚掌心写:不要分开。二妹在他掌心写:妹妹。

哥哥写:表舅会找到她。

二妹写：为什么不在苏州下车？

他写：爸爸死了。

二妹盯着他的眼睛笑起来。他把妹妹搂在怀里。两人抽泣着抑制悲伤，疲乏中睡去。

车在西安停靠，有人把熟睡的二妹抱走。嘈杂声中醒来，顾逸庭看到一个荒凉的站台：明月站。

他丢了两个妹妹！

他没有力气哭，饥寒交迫。从今往后，酸甜苦辣忍着往肚里吞，只要活着。

顾逸庭第一次知道自己扒火车动作利索，喝尿以解渴，吃光身上可吃的物品，甚至是手帕、袜子和老鼠咬出的木粉屑。他抓起煤块，在头上重重砸两下，疼痛使他忘记饥饿。他需要入睡，养足力气。

醒来，戈壁一望无际。偶尔从眼前奔跑而过的陌生动物，它们身姿矫健，无拘无束，自在自由。他再次陷入沉寂。

重新睁开眼，是在一个棚子里，奶腥味使他抽搐。红苹果，馕，鲜奶，他大口吃着，来不及嚼碎就吞咽。

他帮人种苹果，用工钱换苹果去戈壁站台等煤车。他在铁路边整齐码上一排苹果，纸条上写着：到天地最广阔的地方去。这是他们兄妹间的暗语，他想象从煤车上跳下他的两个妹妹。没有。

多年后，他拥有苹果园，他去火车站摆放苹果，又在苹果筐里插上木牌，三个名字：顾逸庭，顾逸岚，顾逸纳。

等国家空气和缓，物品也可以自由交易时，他把苹果运到西安出售。路过的人都会拿到一个苹果和一张寻人启事：顾逸岚顾逸纳，哥哥在新疆阿克苏种苹果。

后来，顾逸庭结婚生子，他希望妻子能为他生下两个女孩，他渴盼从女儿眉眼间看到两个妹妹的身影。妻子没有辜负，先后生下两个儿子，在她精血将尽的最后几年生下两个女儿，是哈萨克人的脸——两个女儿像母亲。

他感激妻子，没有这个信仰伊斯兰教的女子，他顾逸庭早已不在人世。当年他在一个农场打工，因为信仰盲点，他被棍棒打昏在地。同在农场做工的女孩拼死救他出来，用父亲秘制的药丸救他一命。

老人在纸板上写字：父亲爱我们。

我忍了很久，终于问他那个表舅后来有没有消息。老人盯着我，忽然说：他收了外公一大笔钱……再无音讯。

坐上阿克苏出发的火车，我们返回迎薰。车未启动，站台上嚷嚷着一队人来了，顾家人在此种下的果子，饱满红润。他们捧着装满苹果的筐子，每个苹果上都贴了一张标签：阿克苏顾家。绿皮火车内弥散着苹果馨香，朴素温和。我们在短暂的停车间隙沉沉睡去。我看见自己扛着一筐苹果，挨个给车厢里的人送：如果你见到顾逸岚、顾逸纳，把这张寻人启事交给她们。旅客开心地接过苹果，伸手向我要寻人启事，可我手里空空如也。

伊菲拉……哦，顾一尘，我跟你说，良溪顾家，集大成啊。

婚后两年我才怀上，赵勤富的精子在我体内成活后，我招工进了工艺厂。赵勤富自居为功臣，每次行房事，自然提到我攀了高枝，他赐予我身份。他的老婆有理由抬头挺胸走在迎薰大街上。怕什么！他常这样教训我。是的，怕什么。我们在房内厮打，从客厅到厨房，有几次他求饶我才放下菜刀。他用离婚清理门户威胁我，说如果没有他，我将回到良溪重新成为农民。他击中我软肋。我就范。他继续践踏，让我交代不清白的身子。我甚至怀疑，他今生接受的重要使命就是扒开我的秘密，给我致命一击：你个破鞋！这些年来的斗争他没有取得胜利，反而挖掘了我另一个潜力：斗争，勇往直前地战斗！我骨子里的好战因子被他开发出来，在与他共同生活时我用恨做开路先锋。

不，我们不拍照。顾第谣说。

阿克苏我们顾家的亲人，他们不拍照。二爷爷顾望年在相片上泄露难以置信的痕迹，他的后人永远惧怕在世间留下容颜。

苏州遇友不甚欢喜——我二爷爷小照下方的这行字，带给我悬念。趁厂部组织技术员到苏州学习取经，我独自去运河边，上了一只窄小的渔船。老人开始摇橹，顺水流往下。夕阳照在芦苇上，怀旧的情绪升起。天将暮，我请老渔夫掉头回去。老人指指河岸，又拍拍心口说：我的家。原来他是要回家。我请他往回划，他摆手拒绝。我在荒僻的芦苇荡下船顺斜坡往上。土路上，几只狗围着一只猫，其中一只狗冲过来，在我裤腿上嗅嗅。

走过土路，穿过一片槐树林，是一间破旧的屋子。多少年过去，留在我心底的场景，是这里吗？拉一牛车书到良溪的苏漫秋，这个差点成为我姑爷爷的青年男人，是在这个叫窑湾的江岸逃生的吗？如今，我来了。可我迷路了。有人给我指点：可坐汽车往回走，水路十里旱路八。但走旱路要到三里外的车站坐汽车。我刚转身，刚才那只小京巴狗跑过来，在我面前一个急刹车，拼命摇尾巴。我疾走几步，迎面一个老太太步履蹒跚走来，嘴里念念有词。经过我身边时，一股浓郁的老年气刺鼻难闻，我想吐。

我真的蹲在一边，吐出浑浊的食物，腐酸味残留在嘴里，我用随身带的矿泉水漱口。面前出现一双干净的黑色布鞋，脚背略微拱起，皮肤上布满细密的老人皱。往上看，一条藏蓝色裤子，裤脚口缝过，膝盖处用同色棉布打了补丁，针脚匀称。

你看到我的嘟嘟了吗？她问。是这几天我听惯了的苏州口音。我指指前面说：刚才有只小京巴跑过去了。

她还是问：你看到我的嘟嘟了吗？

老人头发墨黑，脸色白净，唯嘴唇有些突兀，紫黑的，像充血过度，甚至有点肿胀。她穿一件对襟布衫，竖领撑起下巴。老人忽然抓住我盯着看。

干什么？我后退几步。

她臂膀有力，手指掐痛我。我对着被抓疼的手臂吹气。在这个举目无亲的地方，我不想惹麻烦，虽然她年迈，也构不成威胁，但我惊惧她有力的手掌。她身上的什么东西让我熟悉又嫌弃，似乎是我一直抗拒的遗传特征。

老人对掌心吹了吹，像是忽然醒悟，对我欠欠身，脸上有抱歉的意味，说：对唔勿住……

对唔勿住？在我们老家良溪，但凡打搅他人或表达感谢时，都会说对唔勿住。

是迎薰人？或者，是良溪人？那种既亲切又嫌弃的感觉跳出来。我心狂跳。

为什么不在苏州下车？为什么不在苏州下车？

老人迅速摇头，摆手，她瘸拐着往前，但动作迅速。我追过去。可同伴打电话问我在哪，我说了个地名，她说没听过，让我十五分钟内赶到秋风车站回迎薰。

等我挂了电话再找老人，已不见她。只有高大的白杨树落下一些淡绿色的叶子。我顺着她消失的地方找去，一排低矮的屋子，我挨个拍门，难得出来一个人，都不是她。同伴电话又催。我招手搭上一辆拖拉机。拖拉机刚开出一分钟，出故障了，我站在路口拦车。有个姑娘骑了踏板车过来，见我招手，愿意载我一程。

我迫不及待地问关于刚才的老太太的事，姑娘说她们是一个村的。老人年轻时从一只船上下来，八九岁的样子，有人家收留了她。十五岁跟这户人家的儿子成亲，生了一个儿子。儿子断奶那年，她忽然失踪。过几年她回来，丈夫已另找一个女的过日子，不认她，怀疑她去花船接客。她没有名字，从水上来，大家都叫她水妹。水妹教她儿子识字，写的字谁也看不清，村里人都认为她脑子出了问题。

水妹每年都要出去，回来时受丈夫责备。后来，丈夫翻船淹死，两个女人搬到一间屋里。之后，她不再开口说话。有一天，他儿子在墙上写：我的故乡在窑湾。水妹开口说出两个字，儿子听不懂。那年儿子十二岁。

有一天，一个陌生人扛着苹果说找他妹子，还在村口电线杆上贴寻人启事。那年水妹三十多岁，丈夫过世已三年。她拉着儿子跑去水岸，船已远了。她又跑回去找电线杆，那张纸上写着失踪人的姓名、联系人电话、地址。她凑近了看，狠狠撕了那张纸。从此再没离开窑湾。

顾逸岚？顾逸纳？我大叫：停车！

姑娘停下电瓶车，她惊叫：你流鼻血了！我昏厥过去。

回迎薰的车上，我睡去。梦境平静，有个年轻女子，从船上下来，站在我面前，轻声叹气。她的身后，密密麻麻站着人，他们有着同一张脸庞。黑发，眉眼清秀，肌肤雪白，高颧骨。

像不像在听传奇？那就再跟你说个传奇，大约一九九二年前后，有人带口信来，说我们的亲眷在铁轨上走，铁路公安要送她回良溪。得知此事时爷爷正在纸槽做研究，他急匆匆赶到公安局门口——他弟弟顾望年从这扇大门走着进去，后在另一扇小门躺着出来。爷爷恍惚：难道是望年？

被遣返回来的是个女子，四十来岁，已经第二次了。第一次也是沿着铁轨走，说要到苏州，被送到苏州火车站。一会儿说自己姓乔，一会儿说姓顾，口齿不清，像受过刺激。

爷爷要求到车门口去接。他想象亲人从车里下来，他们握手相认，也许还要抱头痛哭。警官建议在值班室等，因为有个交接手续要办。爷爷的身子刚在座位上摆稳,车站嘈杂。刹车,呼叫,奔走。

拦住她!一阵风从窗口蹿进。祖父直起身,如释重负:哦,不是望年。

之后有很长一段时间,迎薰县城只要有人的地方,就能听到白衣女子的传说——匪夷所思,四十来岁的女人,白衬衫,白运动裤,白球鞋,干干净净一身衣着,从公共汽车窗洞跳下,奔跑的速度比城关小学体育老师还迅疾。像一只兔子,嚓嚓嚓跑过善长弄,跑过恩波桥,在城西街顾乔百货旧址前停了几秒,从放马沙出来,沿江跑过春江路。她是从水上旅馆顶楼平台跳到一只沙船上的,往上。沙船往上开。

顾逸岚?顾逸纳?

伊菲拉

顾米说小清江新近开发，老底子的建筑全拆完了，按照留下的照片修建部分有代表性的房舍，供人怀旧，以提升小清江的文化品位。但顾念说她讨厌这些散发着新鲜水泥味的建筑，不伦不类。船过小清江码头时并未减速，游船继续往上。

顾玉生沉默，他坐在椅子上，太阳镜遮蔽下，我看不到他的眼神。

聊聊？他的手语标准。

什么？我随意打个手势。

顾念见我俩用了手语，面露不快，顾自走到前甲板同顾米说话。她说赵勤富在外面犯事了，邮件里没说具体的事。说东东最近不爱说话，每篇作文里都写太爷爷顾长年。顾念语气焦灼，她说实在不想将时间浪费在水上。

顾念说：这样开一趟有什么意思？这些风景能帮到我们什么？顾米你说是不是？顾米说那次妈妈抱着顾及去大天井看病，坐的船也是这条线路。顾念愤而走开：见鬼，你又要说顾及了！顾及顾及，我们活着倒不如死了轻松。

顾米来照料小圆桌上的吃食，添茶水，加一份洗好的圣女果。

我想起运河边的妈妈，在医院的一个月，她用钩针编织披肩，要赶在我坐上国际航班前织好。她说妈的钩针你放心。爸爸办了病退，天天烧了饭菜送来。病床铺上旧报纸当餐桌，我们吃饭，说笑。我爸性格发生重大变化，像大大咧咧的男子，说话嗓门也大了。他说我伊昆仑这辈子值了。妈妈用眼神剜他，让他冷静。他替我高兴，但隐隐地他有一万个担忧，甚至比妈还不放心我。他说：闺女，人在外，不求顶尖啊优秀啊，就图个平安。爸爸少年时跟他五爷爷在老家运河上撑船，五爷爷后来在淮安讨生活，爸爸也离开老家临清，他凭着结实粗壮的双臂成为拖拉机厂搬运工，他修完两辆坦克后，转正成了职工。

我妈曾说，爸爸身上的河腥味让她有安全感。

家里叠了高高的旧报纸，爸爸说报纸替人记住往事。我看报纸的习惯从还未识字时就开始了。那时，爸爸拿着报纸，我坐他身上，他读给我听。我小学六年级时写出一篇好作文，去翻看爸爸给我读过的报纸寻找童话故事，报纸上全是严肃的重要的文章。我才知道，美好新鲜的童话，是他临时编织的。

游船舱内可午休。一沓旧报纸放着，我抽了一张看。大版面，写迎薰如何寻求突破口，转型升级华丽转身。

白露过后一周，下了一个月雨。已过了台风暴雨季，潮水反常，流速快，渔民来不及收网躲避，渔船被海潮掀翻。但渔民得到救援。小船被浪打翻时，船头撞到旧城墙，撞出口子，水急速往里流，原来是空的，是一个甬道。

风平浪静后，勘测队给出的结论惊动迎薰，甬道总长五百七十三米，分成两部分。一条七弯八拐抵达大寺庙观世音菩萨坐像，坐像下方连通另一个口子，直通小寺庙。两座寺庙地面直线距离两百五十六米，寺庙十多年前旧城改造时被夷为平地。

正寻找旅游发展契机的迎薰，以江湾为轴心，两边散点式建成小节点——甬道或可成为唯一的水下游览胜地。根据百岁老人回忆，老街旧时盛况重现。年轻人画出迎薰老街旧景，有商铺、电灯公司、修旧如旧的新安会馆、宁波商会、绍兴黄酒酿造点。苏家院落恢复原貌，仁成堂挂了横匾。顾望年商业经济陈列室设在原来的顾乔百货一楼，供人参观。

挖掘史料、典故、传说，资本家乔铨恩的发家史悉数钩沉；另在县公所所长家的地下室也找到旧物，有散落的枪支、军服等。

专家肯定：迎薰人文资源丰富。故事，要有故事！乡邦文学爱好者得令四处搜集故事、传说、歌谣。他们用孜孜以求的不倦之力挖掘到一个事实：资本家乔铨恩花十五年时间倾大额积蓄，给乔家挖了防空甬道，为躲避他预测的天灾人祸。一九五一年，他的外孙男女从此处出逃。

黄昏时，游船返回。顾米提议去博物馆看看。顾念说：那里跟我们有什么关系？她要去参加家长会，她感叹儿子遗传了赵勤富的放荡基因：赵东东真给我长脸，老师抓到他在写情书。

博物馆第二展厅长方形玻璃格子内，码放一沓竹纸。纸品：冬纸壹号。出产：顾长年槽。时间：民国三十三年。一枚纸印静卧着。

参观者议论"顾长年槽"有故事，前不久在电视上看到摄于良溪的纸槽，纸槽的主人顾长年沉睡三年醒来，如今又睡在康复医院，这个男人的传奇故事被迎薰人津津乐道。一些学生在老师带领下来参观，他们对参观顾长年槽心有向往，那里将成为红色游学基地。

讲解员说，当年顾长年无偿提供极品元书三千张用作报纸印刷，为革命做出贡献。单凭这点，这沓纸就有了非同寻常的意义，革命精神代代传。

顾米

就当故事听吧。老一辈的事，过了这么多年，的确已是故事了。其实，爷爷为做纸吃足苦头。迎薰沦陷那一年。日本兵从南门渡登陆后，屡次从水路进犯江南，遭遇"猎人"游击队痛击，伤亡严重。江南片区因有迎薰江做屏障，良溪暂且安宁。爷爷翻过良溪岭，去小清江推销竹纸。

爷爷背着纸样挨家推销。店家说：火车被炸，纸被烧，别跟我说纸的事。还有纸行老板叹苦：纸堆到天花板了，底下的已经发霉。你有销路吗，顾老板，我的乌金纸贱卖给你。

小清江对岸原先是荒郊，后搭起大片草棚，商铺林立，叫卖声传到小清江这边。爷爷打算去对岸。坐小竹筏过龙潭，去对岸叶盛地区，有个戴眼镜的男人跟他搭讪，说了没几句话，爷爷订到一笔生意。等小竹筏靠岸，那人从怀里掏出报纸。"民族日报"四个粗体字下，醒目的大标题：军事反扫荡，政治反和平，经济反封锁，教育反奴化。爷爷看到绿报纸，吃一惊，撕了一角浸在水里，分出纸的成分：桑皮、竹纤维、麻，爷爷说顾家只用竹料做纸。那人说：竹纸上品，就此定了。

爷爷起了疑心，不想要这个生意，说：顾家纸槽出纸慢，你等不及的。

可那人偏偏说不着急，有耐心等一张好纸。

那人长衫干净，儒雅温和。爷爷问他报纸谁在看。那人将报纸递给爷爷说，劳苦大众都在看。

一回家，爷爷就看报纸，中华民国二十九年十二月二十一日发行，第七一五号，本报社址：浙江於潜鹤村。他看啊看，就看出一股勇气来了。国家现在像一个身负重伤的人，需要大家帮衬。你帮衬，他帮衬，国家就康复了。这样想，爷爷就理解他妹妹顾小年穿军装当兵这件事了。奶奶问他有没有打听到小年消息，爷爷说小年正在帮衬国家。再看淡绿色的报纸，有些粗糙，却印了很多内容。爷爷有兴趣，他说可能有那么一天，人们翻看的报纸，是我们顾家纸槽出的，每一张上都有一个"冬纸壹号"的印。或许小年也能看到这张报纸，那不就像一家人见面了吗？

爷爷开始做纸，存放的竹料被掀开，露出白茫茫的菌丝。这些已发酵透彻的竹料，正等着碾碎，打浆，和在水里。再用帘子捞起来，荡去水波粗纤维，完成一张晶莹闪亮的元书纸。爷爷说打仗归打仗，还是有人写文章的。打仗时人们更需要看到有人著书立说鼓舞士气。等中国胜利了，人们会发现就算鸿毛一样轻的纸，也有存在的价值。等天下太平了，大家都过上好日子，开始写字画画了，顾家元书纸就供不应求了。

陆续叫到几个师傅，战前他们就在顾家帮工。这次，爷爷要做的是簿坯纸。这个纸种在元书纸中要求最高。

因为遭过火灾，山湾养毛竹不理想。石墩多，泥土薄，山体过于外凸，难以储集雨水。爷爷梳理山土，改变山体态势，土质开始好转。春雷响过两遍后，他上山等待竹笋露头，看裂缝，宽裂缝大毛笋可以养嫩竹。立夏未到，他在山上搭了窝棚住下，观察竹笋生长。雷声响，竹笋噌噌往上长。他看准竹节匀称、竹筒外面浮了一层棉白粉质的笋，到合适的时机，摇断笋头，使竹笋停止生长，这样，竹笋聚集所有营养，成形的嫩竹粗壮结实。

奶奶看不过去了，她问：这个纸是印报纸，还是印金圆券？爷爷不敢说真话，就说：我心里痛快，我想做些简单的研究。

做纸要一尘不染。爷爷给工人准备的是皮鞋。那些皮鞋都不是成双的，一只爹一只娘，大小也不同，是爷爷从小清江一家鞋店按只数买来的，左脚右脚也不分。那家鞋店被炸弹炸过，一塌糊涂，鞋都废了，没人要买。爷爷同情店老板，用买三双好鞋的钱，买回十五只不对称的皮鞋。

那段时间，良溪人都说顾长年得了大订单，没有一万张也有五千张。奶奶问是哪个大纸行订货，要求这么高，价格谈妥没。说起来，小清江纸行的纸堆到天花板了，没有一点销路。还有个纸行，把纸回炉打碎了当作肥料卖掉，水里捞盐。纸路已死，可爷爷却在蒙头做纸。

奶奶又问印报纸的人订了多少数量。爷爷说三千张。奶奶说：你这个气势，不像三千，像要供应全中国了。

第一张成品纸从焙笼上揭下，爷爷让工人做试验，一张纸四个角拎着,像一只方口平盘,倒入一斤半清水,簿坯纸不破不烂不渗水。这个纸做的水盘撑了一炷香的时间,还是绵密紧致。把水滤出,将湿纸贴到焙笼烘干揭下,晃动晃动,那声音啊,脆生生,像什么呢,就像水在缸里晃动。再把纸拿到眼前,纸面晶亮,照出人影了。爷爷是又笑又哭,眼泪鼻涕都来了。他说顾家代代传的这个手艺,小琴坞之后断了,到我年字辈又接上了。他高兴得夜不能寐。你知道,好事传千里,良溪顾家的簿坯纸,像风一样,吹来吹去,扩散到良溪外围。为了他继续做研究,奶奶又去借钱。

有一天,来了几个人,他们从小清江专程赶来。关于顾家竹纸的好,他们耳朵听出了茧子,他们怒气冲冲地来破除这个邪说。谎言终究要被揭穿,等着吧,你顾家槽桶是用铁做的吗?他们要来砸顾家纸槽屋。爷爷一听,有点像小琴坞灾难了,吃惊又紧张。他们向爷爷要了一张纸,他们试验了竹纸舀水、洗脸、擦脚、泼墨,眼见得这张纸越来越薄可就是不烂,他们用纸筋绞成一根绳子绑在水桶上,水桶放到井里,用纸绳吊上了水。

他们还是不肯相信,要亲眼看到从纸浆槽桶捞上一张纸。爷爷被逼迫到槽桶前,大拇指露在水面,纸帘漾入槽桶,慢慢提起荡一荡,四角看看水泡料屑,滤去浮水,将湿纸放在纸筒上,提架收帘。他们说,传说顾家师傅做纸,大拇指不沾水,他们就来看他大拇指。纸人都知道,捞纸师傅的手指差不多常年浸在纸浆水里,是从湿答答的纸浆水里捞出一张匀称的纸来,保持拇指不沾水,算是顶尖技艺了。这个爷爷在行,他慢悠悠又做一遍给他们看，唬住他们了。

他们惊愕不已，说良溪顾家出好纸，有筋有骨一万年。

小清江人要走了，爷爷想他们大老远来看做纸，也不容易，就送他们每人两张纸，他们心悦诚服离去。这次验证，更把顾家纸传得像神仙做的啦。奶奶担心这样下去一家人不光忙死，还要饿死。因为这个纸产量太低。在小琴坞时，这样的纸十五天做十八件；现在，十五天做半件。就算大财主人家，也吃不消这样耗费钱财和时间。

爷爷做不了绿报纸，但他相信这个纸印文章绰绰有余。等他做完报纸订单，已是半年后，久等不见报人来取，他按报纸地址带信去，无回音。细细回想，吃一惊，当时报人怎么说的？

"我若不来，万请相送至於潜。"

人家是相信他，他要对得起这个相信。他准备好挑担，打算挑纸去於潜。不等动身，良溪最开阔的水面，一艘帆船开来，一个身穿长衫的男子下船，上百步坎，来到顾家槽产屋，进门就问哪个是长年师傅。是来订纸的，下的是大订单。

见他的装扮有点面熟，爷爷问他是来提货的吧。他愣了愣，问是不是认识他。爷爷指指他长衫说：认得这衣服，第三个纽扣下面缝过十一针，右袖口补丁用的是三寸棉布。爷爷这才得知，上次那位报人已被暗杀。来人要支付纸款，爷爷想都没想，说纸你带走就是。

良溪人说他们眼睁睁看着爷爷把赚到的钱又变成了纸，又看他把顾家彻底败掉。可后来，他们说他发了洋财。

这是另一个故事了。你看，我们爷爷故事真多。时局好一点后，买卖也动起来了。他做的纸卖到小清江老街一家大货行，催了好多次货行都没钱付款。爷爷去小清江打探，掌柜请爷爷喝酒，他俩坐了四个时辰，掌柜把他祖上三代和老家山里三房妻小说一遍，又说爷爷是好人。爷爷也是不得已才去催款，他要买料做纸。他对做纸这件事的研究越发上心，像走火入魔了，说只有做出好纸，才配做小琴坞顾家后代。

掌柜带他去栈房看，一屋子棉布，成箱的棉花，原本要运去北方，可铁路炸了，道路封锁，买卖没法做了，掌柜说：长年小弟，这一栈房棉布棉花都装走吧，抵作纸款。

爷爷哪好意思收，让掌柜宽宽心等形势好转。可他前脚到良溪，掌柜就差人将棉布棉花送来了，之后，掌柜自己沉了江，一了百了。在良溪，棉花棉布这件事又是一个超级大笑话，良溪围拢上百人观看，不得了，顾长年脑子被纸浆塞满出大毛病了。爷爷没想到事情会变成这样，他晕倒在棉花堆里，良溪人说他是被"难为情"三个字打昏的。"难为情"三个字没让他死掉算他命大。他们说，顾长年神经搭牢说大话，做出世界上最好的薄坯纸，供不应求。换来的不是金圆券，不是银圆，是这些给猪当垫被都不要的烂东西。

顾家的好日子就这样被他的纸给毁了，全家又开始忍饥挨饿。棉花棉布堆的时间一长，有的发霉了，老鼠在里面做窝，乞丐睡在那里取暖。祖父扛着棉布棉花去换钱，人家说他败家子，一点也没卖出。又过一个多月，天气大变，连续下了五天暴雪，又一场大雨，把一群水里捞起来似的浑身湿透又挂了冰凌雪花的官兵赶到良溪石板老街。他们身穿单衣哆嗦着四处串门像走亲访友，但凡看到一点明火都像见到亲人。有个士兵进门扑通跪拜要一口吃的。不知从哪里得知良溪顾家有山一样堆着的棉花白布，长官骑着瘦马找到石头房子。爷爷得了一命。

伊菲拉

我在《迎薰旧事》中的《良溪顾氏竹纸拾遗》篇，看到了顾家"发迹史"。

……发霉的棉布棉花在风雪过后的日头里摊开，一直延伸到石板老街东头。顾许氏学过针线，她召集良溪人，教他们用最简便的方式缝制棉衣棉裤。白天黑夜忙了二十多天，让顾长年差点难为情死掉的烂东西变成一套套灰白的棉袄穿在官兵身上。他们一边号称自己是坚定的唯物主义者，一边庆幸遇上了神仙，说顾长年许墨枚是观世音菩萨。

顾长年获得一笔丰厚酬金。惊喜来得迅猛，还没做好当大财主的准备，手头已多出几箱沉甸甸的银圆。顾长年当即请来木匠，用好木料做了两口厚实的棺材。他说：墨枚，我们有寿材了。猪血拌青漆，喜鹊栖枝头，棺材做得富丽堂皇。

石头房一侧迅速造起一间砖瓦房，一楼一底，楼上是他两儿一女的卧房，楼下吃饭会客。一边的小厢房里摆放两口热情似火的猪血红棺材。

喜乐的顾长年坐不住了，他又要做纸。可是纸槽屋被石板老街青帮拿了去。事情是这样的：听说小清江掌柜沉了江，顾长年不信，跟掌柜几个时辰的兄弟相称，这份情谊他记得。他去探望掌柜，果真见不到了。回来在石板老街茶店吃茶，门外一队人吆喝着跑过，又一队人马闹纷纷冲过。说是喝茶，其实是来灵市面。捐税越来越重，像他这样有五间纸槽屋的，纸捐税三百万元是最低限度。三百万？顾长年做出的好纸不曾换得银两，只换来令他蒙羞的烂棉花，他还是吓得茶碗都端不住。

第二天又去茶店，还没坐稳，店堂倌甩着茶巾"客官客官"走过来，说这个位置有人买了。顾长年换座，还是被赶。人家不欢迎白坐的客人。顾长年遂买了一碗茶，刚喝两口，进来三个头扎毛巾的大汉，打了起来。顾长年逃出门，却被抓回茶店，说他是密探，是给另一个帮会探听消息的。有口难辩，被关了起来。才知设了套，掳走银两不说，还要他在地契上按手印。死活不从，硬是被强行按了手印。他睁眼看契文，田地山场纸槽屋以及做纸的一应用具，悉数易主。

那是棉花之前的事了。现如今得了旺财，顾长年决定赎回顾家财物重新做纸。传来话说，赌一把。顾长年听了，笑话！顾家人从不上赌桌，从赌场门口经过都觉得羞耻。没等这边回复，那边又传一个口信，说顾家纸印如今也在青帮手头。顾长年决心赎回纸印。带信给青帮，田地山场等一应的物品都不要了。只要纸印,多少钱不论。

青帮再带话来,不应赌,拿命来。

慌张一些日子,顾长年改了性情,不赴约也不关心纸印。有人问他:你家冬纸壹号怎样了?他哈哈笑:先走一步,吃馄饨去了。

连日外出嬉街头,热衷搓澡上烟铺。石板老街已不能吸引他,一趟趟往小清江跑,每次去都由轿子抬着。他坐在新做的高级轿子上,路过石板街,轿夫吆喝:顾家大老爷上街嘞!

都知道顾长年喜欢吃馄饨,烟土要烤焦才收。石板老街一间原本空荡荡的小屋,摆上了牌九、空门,新开出赌场。他们热切地教会顾长年台面上的手艺活。他陆续把棉布棉花换来的银圆给了那张赌台,累得睁不开眼就在台子上趴着养养力气接着来。有时手头凑不上,伸手跟放包人喊:记一包。放包人谄媚着脸过来:老爷,您要哪个?

顾长年拇指食指叉开一伸,放包人会意:八撞十!遂从里屋取出纸笔,写就放包数额、借包人姓名、归还日期。

揿了手印。放包人捧出八万金圆券放到他面前:老爷,十万。顾长年拎起一沓,递给背后打扇的:买个早点去!

要说散千金败家当,牌九、空门这两项最利索。只几个月,新添的财物基本清空,顾长年还把意乱情迷时买给许墨枚的金银细软全部送到当铺。

许墨枚见顾长年无心回归,叹一声,用因缘果报诠释顾家兴衰。想到自己做军用棉袄手指肿得像胡萝卜，气得吃不下饭。付不起工钱，长工短工清退，番薯地里荒草高过了番薯藤。

顾长年在牌九桌上一轮又一轮，忘了天晓日夜，许墨枚每天给他留门，还在屋里点上油灯——她舍得。冬至前顾长年还无回头迹象。许墨枚扛上锄头，小脚走过田埂，到石板街上那间屋子。她用锄头撬掉屋外的招牌，用简易木板写就的"兴旺棋牌"跌落在地，许墨枚小脚踩了踩，差点被裸露的钉子戳穿脚底。进屋，见顾长年身后站一排人，打扇，递毛巾，还有一个人端着一碗馄饨伺候着。许墨枚一锄头砸到长年面前，台子扎出一个孔，漏下色子。顾长年抬眼看许墨枚，拱手说：娘子，小生这厢有礼了。

又隔几天，顾长年被人两手两脚拿绳子捆在竹杠上抬回良溪。他到溪里洗把脸，踱着方步到厢房去，空空的连摆棺材的高搁也不见了，吓一跳，喊许墨枚。许墨枚过来，他拍拍头说：还好还好，我以为我俩都被装进棺材葬到后山了，都还活着，活着就好——他全然不记得了，就在前天，他输了连环局，再无长物可抵，想了想说：棺材，两口棺材。

后来，良溪人只要说到顾长年，两个典故是一定要提的。

长年做纸，半爿家私——败门。

长年推牌九，棺材快抬走——败祖。

晚间，顾长年关门上闩，点亮洋油灯，从腰间掏出布包，拿出乌黑晶亮的大印，"冬纸壹号"四个字完好无损。他说：

墨枚，看看这是什么？眼泪鼻涕哭了一宿，天明才睡去。

纸印回来。聪明的良溪人才恍然大悟，说是不相信顾长年这样本分的男人，因何深陷赌局。原来，败家是顾长年找的借口，他用了障眼法保住一命，要回了纸印。抽丝剥茧，才知青帮原本在迎薰县城混江湖，后来帮会派系繁杂，失利后退到石板老街，把控江南片区的道口、山头，成为一霸。顾长年若不是以浪荡子的形式散尽家财，顾家不仅永无宁日，也有劫命之祸。

历史令人扼腕叹息。不管怎样，生活在二十一世纪的顾家后人，承荫祖上荣耀。无论是否愿意，他们终归得了好。

顾念

人们用羡慕的语调谈论我们。车间主任的远房亲戚搜集素材，找我说说顾家。是个年轻作者，她说：你祖上总留了一些宝贝，字画、老绸、金银器什么的。写作新手接到任务，把资本家乔铨恩给乔家凿的逃生甬道改编成老百姓与新四军为抗日所挖，军民同心，其利断金。女作者改过数稿，都被否决，说没有把抗日期间民众如何在迎薰老城奋勇抗敌之精髓体现出来，女作者自感笔力不济就放弃了。她新近接手一篇文章，关于传统手艺与现代工业之思考。她新作的构思是，顾米传承竹纸技艺，但流水线时代，这门手艺濒临失传。她打算写一篇非虚构作品，从冬纸壹号讲起，记录一个家族的兴衰，映衬国家民族的变迁。

我说：时代日新月异，随处都是好素材，写写别的吧。

她说有缘遇见我，正好有机会写写良溪顾家。从我口中得来的都是真史料，那些审核的总不好意思否定。

碍于车间主任的面子，我给她沏茶，提示她顾家无故事。

她坚持说故事靠挖掘。她打比方说，当年年幼的顾家三兄妹出逃至小清江,迎薰县派人去寻找,是想将他们保护起来。还有一些善良的邻居自发去寻找三个孩子。阴差阳错,都没遇上。不过……女作者顿了顿,接着说:老底子那些财主锦衣玉食,吃香的喝辣的,知道新政府不会轻饶他们,他们就逃。顾师傅你别误解,我没指顾家。我说迎薰城里那些大户,他们逃出去时肯定带了很多钱财,不然他们怎么在外面生存。县公所所长带着他儿女一大家子逃到香港,听说太平轮上也有不少资本家。他们巨奢靡。当年三个孩子没有送至良溪是有道理的,那时他们的父亲顾望年刚刚死去,良溪顾家阴云密布,泥菩萨过江自身难保。不过良溪顾家要简朴多了,史料说你爷爷顾长年连一块手表也没有,万贯家财被他败了,因祸得福,倒叫他们免去了冲撞。但好歹他留了一门手艺。

我微笑着听她说完,站起来,汽笛响,帆船缓缓驶过。往上,旧时的小清江是怎么样的?再往上,与新安江遥遥相对的沙洲小渔村,是二爷爷跟苏皖的避难之所吗?

见我愣着,女作者开导:还有一件事,乔铨恩送走外孙男女后,在甬道绝食自尽,后来又想活了,爬出来。人们以为他逃跑又回来。他拿出账本,心平气和地接受改造,几年后就病故了。

我问她从哪里听来,她模样真诚地说:那个车夫我采访到了,他牙齿全掉了,好像有很大的愧疚,说当年年轻不懂事,主要是嫉妒乔家。顾望年真是个传奇,赤脚草鞋到迎薰,后来成了大经理、总管。地方史料上说顾望年是个迂腐的人,后来死在监狱了……我缺乏这块史料,我很好奇,在苏州一所清冷的学校抓他时是春天，春寒里他两手空空，连一件外套都没有，就一件单衣。顾师傅，你能不能跟我讲讲顾望年的故事？我还是同情他的。

我打开窗，江面开阔。我的祖先在此活过。我背对她说：我不认为谁有资格同情他们。她问：是不是我说错话了？

我说：你知道鸟哭起来比人狠吗？因为它们有翅膀，有胆量，它们飞得快。滚！

伊菲拉

妈妈走得安详。她在前一年体检时就知道自己不久于人世，她已做好准备。只不过她在等时机。住院二十五天后，她去世。她的晚期症状不明显，疼痛期很短，大部分时间在昏睡。她走的时候体重剩下六十五斤，一米六二的身高到离去时大约减去了十厘米，整个人缩小了。

我已成年，我给她料理后事。我爸显出非凡耐力，他知道今生已不能再见妻子，但他自始至终平静，悲喜不外露。他说：伊菲拉，我们能谈谈吗？

我们一本正经坐下来谈过一次，他欲言又止，但反复表达他跟妈妈是如何爱我，如何感激我陪伴他们二十年。这很反常，不是应该由我感谢他们给予我生命，把世间最无私的爱给了我吗？因为我爸的情感过于浓烈，谈话不能继续。

妈妈离去四十九天，我跟爸爸在门口烧纸钱，我们确信，这一天是妈妈留在家里的最后时光。这天之后，她将永恒离去，去到一个我们永远无法找到的地方。爸妈从不拜佛，也不去教堂。

他们相信一家人在一起的力量胜过一切。中午,我将焚烧衣物和纸钱的灰烬送到我妈坟头。下山时,一个怪里怪气的人迎上来。

他说:顾一尘,我要告诉你一件事。

你认错人了,我说,我叫伊菲拉。

你从良溪来。你在我的货郎担里睡了很多天。他继续说,我们应该谈谈了。

我加快脚步。他尾随我,继续说:你从迎薰县良溪村来,你叫顾一尘……他跟了我一百米左右。我转身问:请问你确定是在跟我说话吗?

我将自己关进房间,妈妈已走,我不知怎么办。爸爸烧了晚饭喊我,我说我有点累。我从那个怪人给我的包裹里拿出吃食,番薯干、芝麻糕,还有一块石条。石条有我中指那样长,两指宽,上面刻着两个字:姐姐。他说良溪人都叫他换糖佬,他乐意他们这样称呼。他说了一些我听不懂的话,是良溪方言。

你不会讲良溪话没关系,但你要记得,他说,我带来的是整个良溪。

当晚,我跟爸爸坐在餐桌前,我颤抖,心跳像雷击。我希望爸爸追上换糖佬,用他修理师有力的臂膀,击溃这个莫名其妙出现在我们生活里的人。但爸爸平静地说:就像你即将离开我们,这个厂子,厂子里所有熟悉的,在你去另一个国家时,这里的一切,并不会消失。你有来处。

我感觉世界碎成齑粉。我连哭都觉得很怪。我不是我。伊菲拉不是伊菲拉。伊菲拉不可能是顾一尘。但伊菲拉是谁?

去机场前两天，我试图吃换糖佬带来的番薯干、芝麻糕。但强烈的不适使我呕吐不止，我不得不在妈妈去世的医院接受治疗，度过一整天。随后，我在河边坐了很久，唯一有力气做的，是将手里的石条丢进运河。还有一张纸片，纸片细腻，规则的暗条纹，有一种陌生的香，我认出这是书画纸。纸片上写着一个地址，以及良溪大队部的电话号码。

我在格拉斯哥大学图书馆接到短消息：我亲爱的女儿，我已回到临清并将在此终老。勿念。我越洋电话打到厂里，厂部说伊昆仑上周五离开工厂宿舍，我算了时间，就在我离开中国的那一天。

交换一年结束，我去了印度尼西亚。我从那里的博物馆出来，遇见一个迎薰男子，他正要进博物馆，看见我，像被点了穴似的，愣住了，他急迫地用中文问我能否请我喝一杯苏门答腊伽约咖啡。如此我们相识。一日清晨，雨声滴翠，迎薰男子说此音如玉石相击令人陶醉。不知怎么，我想起那一句，繁丝哀玉，适足写其绸缪；短拍长歌，亦正形其怨咽。迎薰男子再不能离开我，声称被我聪灵飞逸之气倾倒。我呢，躲避他又迷恋他。我们时不时用普通话交流，他的普通话里有浓重的口音。我们在争吵后分手，我不知道自己要什么。养父在我的行李里留了一张信托基金存根，一张便笺上写着：伊菲拉，或许有一天你会用到。父字。

我找一些零工做，并开始流浪。我在难民营做义工，也成为难民。为了找我，迎薰男子四处做义工希望遇见我。有一次，我排队接受馈赠时,他将我拉出队伍。他拥抱我,又想给我一记耳光使我清醒,他对我荒废学业浪费青春痛苦不已。我们再次分手,这次,他带走能证明我身份的证件。他大约想用这个办法使我"置之死地而后生"。

我不想撒谎。我从没穿过打补丁的衣服,不知道饥饿是什么。我爸妈——养父母,他们谦逊,待人诚恳,热爱生活,也善待自己。但这不会改变我被丢弃这个事实。对不对?

不是清算,没有抱怨。我只是疑惑,要怎样的境况,才忍心将一个活生生的人交付给陌生人。

顾玉生找我许多年,他恨我,但他隐藏责难。人们能看到他的痛苦。但他们隐忍着不说。

然而,这一切为何都要大白于天下。隐藏到死不好吗?顾玉生仗着事业有成,声称不管我在世界哪个角落,他都会找到我。你跑不了的,顾一尘。这像良溪给我的警示。

顾念

玉生想给良溪变个样。

我说：你要给良溪世代先人搬家。

听说要搬家，良溪沸腾了，他们到纸槽屋去骂顾米，在迎薰县城碰到我张嘴就问良溪得罪谁了，山好好在那里，水顾自在流，良溪不要开发，不要开膛破肚挖出祖宗阿太。话说得难听，控诉的状子递到省城。小叔给顾玉生打电话：儿子，你要做大事了。

玉生像得了安慰，说想让良溪人都住高楼。小叔问：埋葬在良溪岸边的祖先也住高楼？玉生说他已安排好一处墓地，会将良溪人的祖先逐一安顿。小叔问：你妈妈叶偶然也挖出来移到别处？

穿门而过的子弹击中妈妈那一幕没有在他脑海中留下多少记忆，但他在良溪人一次次的同情里完善了妈妈倒在血泊中的场景。

他躲避不了，如若良溪换了面容，记忆便可清除？多年来他都在试图抹去这部分记忆。抹去记忆多好，谢天谢地，这也是我的心愿。

他动不了良溪，打起了广福寺岛的主意，赵勤富在此出生，我公婆在此养老。顾玉生问我：你说苏漫秋会不会就在广福寺岛？我发飙：有完没完，先辈有先辈的天，我们有我们的路。别总扯上头顶的乌云！

最执拗的钉子户是赵勤富父母。我婆婆憋着气问：还有没有一个地方能让人住一辈子死掉还有地方葬的？

赵勤富心里憋着一股子气，拍着桌子骂：顾玉生不挖顾家祖坟，来挖赵家祖坟了？

我反击：有本事钉到底，不在赔偿款面前腿软认怂！

我公婆晚年回到广福寺岛，公公还学了点道士的皮毛。也就一个月时间，他就在广福寺岛给亡人做法事，心安理得接受酬劳。我们回广福寺岛，那时赵勤富已下岗，又从一家倒闭的塑料厂出来，还没找到工作。有个化工厂在招工，工资收入高。我问赵勤富去不去，赵勤富说我格局小，当下时代，赚点死工资，跟他心中描绘的蓝图不是一回事。他知道他爸存了点钱，但"道士先生"是他的软肋。赵勤富恼怒他爸晚节不保，唾弃他以欺骗的方式赚死人钱。但如果他爸同意借点钱给他，他也乐意接受。

见我们回来，公公猜出部分原因，他唠叨道士不好当晚上常做噩梦。梦见自己被蒙上盖脸纸，白色丝绵缠绕双手，梦见被装进棺材盖上棺材盖。每夜吓出冷汗。

你爸像鬼一样叫。我婆婆补充，将球踢回来，顾家上辈手里有钱，随便留个金银手镯什么的，都是古董了，现在都很值钱。赵勤富撇嘴：我赵勤富指望顾家的钱？开玩笑！他顾玉生钞票堆到天高我眼毛也不扫。

动迁花费巨大，丢弃故土的负面情绪消解在巨额赔偿中，岛上人被安抚，胸中开阔了。赵家获赔可观的安置费。赵勤富意外得到一笔巨款，彻夜不眠，钱存进银行户头的当晚，他温存细致，不计较我的历史问题。他说：我赵勤富拥有两个孩子的能力都没有吗？我推开他：你什么意思？他觍着脸又爬上来，说我赵勤富罚得起，今晚就要个二胎。我说别作孽了。

赵勤富想炒房，玉生提醒他除非刚需，不要把钱投到空房。然而，世界已然改变，他赵勤富不能落伍。就去打听，他之前的同事下岗后做产品传播，在国内下决心打击传销前金蝉脱壳去意大利跟人合伙开了中餐馆。得知我们获赔百万，这个人打来越洋电话让赵勤富去意大利：这里地广人稀，孤独的华人拥进餐馆，他们吃掉一百块人民币，跟我们唠叨三个钟头……但我们赚到钱了。

我说我不去。赵勤富说别敬酒不吃吃罚酒。我说走着瞧。赵勤富开始张罗，办护照，更改学历。人民币兑换成美元。涉及日常生活品，酒能不能捎？衣服带哪些？我才发现赵勤富一年四季穿的都是工作服。衣橱翻了个遍，难得一两套自己的衣服，一看就是地摊货。我惊讶地想到，当年我看中的劳动布工装，工装上的"迎薰县铸造厂""国营迎薰塑料注机厂"，如今看来，像发黄的菜叶，连喂猪都用不上了。时代已将这些响当当印在工作服上的标志甩在了后面。

我买回布料让婶娘做了几套。婶娘六十多岁，二十多年不做裁缝，为我们做出国衣裳，到底用了大心思。

但赵勤富穿上藏青色西装，我们都吓一跳，这不像他，像乔装打扮后的惯偷。赵勤富看我穿新衣照镜子，鄙夷不已，他撇嘴道：你以为意大利有乡村大舞台？衣裳裤子都合身，可怎么看，这套烟灰色的小翻领西装和长裤把我衬得老气横秋，乡里乡气。迎薰生活这么多年，我仍旧一身乡气。乡气便是小器，是小农意识，是自私贪小便宜，是接受馈赠不甘创造价值无能。我跟赵勤富一样，从心底鄙薄脱不了的泥土气。我想到爸爸，他一生都在努力逃离良溪，他要逃离的，是洗不干净的狭隘和局促吧。

张罗了近一年要出去，先说荷兰、加拿大，又说意大利。终于有点眉目，我俩的名字报给一个做护照的人，也提交了身份证复印件。赵勤富给我买来耳机、黑金面的MP3，我回到良溪，良溪人说MP3已落伍。阿泰都住别墅装上监控了。我懊悔回良溪，没来得及离去，阿泰的车停在身边，一对视，我心狂跳。他入狱后我上了初中，再高中，逃似的离开良溪。阿泰这个名字，像我的另一块羞耻印记，深潜记忆。我从未做好让它重见天日的准备。

阿泰下了车，他穿藏蓝西装米色休闲长裤，低调内敛。我转身，阿泰抓住我手臂，他练过拳术的手腕并没有记忆中强硬。他说顾念你在记仇。

我盯着他的手，它曾扇我一个巴掌，牙齿出血，同时赋予我精神创伤，"被摸了奶子和下身"——事实并非如此。但他入狱的事实为良溪人创造了新鲜口舌：若不是做了下流之事，他怎会吃牢饭？随后便是强加给我受害者的角色，他们一会儿同情我，一会儿又挤对我，说若不是我长得明眸皓齿妖精一样好看，阿泰也不至于起了流氓心。愚蠢的良溪人就那样在谣言里度日。后来多少年，我都记得这个巴掌，它成为良溪人集体给我的赏赐。

我说：松开，脏手。

阿泰说：顾念，我不怨你不记仇。我的狱友遍天下，他们都是人脉。我要没那件事，就老实待在良溪，哪会有出息。

我仓促离开良溪。

我从学校接儿子回家，赵勤富没在家，我给他打电话，他说跟人谈点事。我说：勤富，我们什么时候去意大利？能不能快点？

过完中秋，顾玉生提前给我们饯行，又带我们一家去了一个叫吴圩的小岛露营。他还带了另外两家生意上的朋友，我们一行十一个人浩浩荡荡坐船到了小岛。岛上住着三十多户人家，世居，自给自足，白天捕鱼夜晚晒月亮，结婚生子遵循生理需求。最后一晚，大家决定入住岛民家，人们陆续找到下榻处。我们一家三口找到一户人家，那户人家母女俩，老人肥胖，略显迟钝，在菜园里种西红柿、肥硕的茄子。她笨拙地用弯刀摘阳桃，十块五斤卖给我们。女孩二十三岁，名叫金盏，脸庞黝黑，四肢修长，一头用植物油染成的金发。她用海岩石混合自种的栀子花做护发用品出售给游客。夜晚，赵勤富将东东支开：去，跟玉生舅舅睡。

做惯粗重活计的赵勤富身子结实有力，多年来，他穷追不舍我处女膜破损大案，到后来已成他的求欢信号。在陌生的海岛，他像受到蛊惑似的一次次进攻。我说赵勤富你恋爱了，你有爱意了。我们刚完成肉身厮打，他的魂魄还沉浸幽冥。他趴在我身上，喃喃说：顾念，我从没有。爱……我不认识爱。顾念你别这么肉麻。

　　这个曾穿着工作服炫耀的男人，从来只求肉欲和温饱。一夜暴富后发现，在时代洪流中，他不及一只蚂蚁。除了存折上多出来的数字，他并无所依。他渴求去国外，跟我当年逃离良溪和眼下逃离迎薰如出一辙。我们在怨愤里延续多年床笫义务。此刻，海螺声声，辽阔悠远，带了难以抗拒的悲怆、生死相依的迷恋。我审视自己，除了温饱、肉欲、不能如愿的梦想，我也一无所有。只有身边这个正喘息着的男人，他要我身子，要我灵魂，击打我又倾慕我。而我已习惯在恨里寻求欢爱慰藉。海螺呜咽，我泪水滂沱，第一次抱紧赵勤富，我庆幸拥有全部的他，他的身子，他不干不净的思想。我彻底爱上这个胸无大志的男人。

　　第二天出海时，我跟赵勤富坐船尾，发动机将海水搅成白浪。他看着远处，海风掀起衣衫。我看着他的侧影，眼光落在他做了多年体力活的手臂上，肌腱从棉质T恤里鼓出来。他纷乱的头发乌黑健康，昨晚我们用了金盏自制的洗发水，清新里透出诱人情绪。赵勤富偶尔回头看我，眼里居然有了羞涩，甚至有些懵懂。他变得陌生，不像与我厮杀多年的男人。他平静，拥有嘈杂之后的清醒。我承认，赵勤富眉眼敦厚，一米七八的身高，无赘肉。从外表看，他是十足好看的男人。东东跑过来，他蹦跳着欢呼大鱼跃出海面。可我却感受到了失落，是的，除了他的身份，我从来忽略赵勤富作为男人本身带给我的好。一种难以言说的慌乱袭击我，我的胸腔像被扒空了。我慌。我承受不了这一切，逃进船舱。没一会，海螺响起，金盏在教顾玉生吹海螺，手握螺身，舌头抵住螺口上端,运气,吐纳。他们在调情。

岛上回来后,赵勤富变得温文尔雅,体贴,甚至说话时呼出的口气都带着清新。我几乎想到呵气如兰。我们爱得难分难舍。第七天,赵勤富失踪了,之后十多天杳无音讯。传闻他躲在一间招待所。我第一时间想到金盏的一头金发,她丰满健硕的体形,海螺声。

找金盏不容易,她已离开岛屿。我认定她跟赵勤富形影不离。有一天,我意外在顾玉生公司门口见到她,她一头短发,褪去海岛女子的热情,周身宁静,见到我,她一愣,说要去很远的地方了。

我说:佛罗伦萨对不对?金盏说:何必意大利,四海八荒的,总有我金盏闯荡的江湖。

我问赵勤富在哪里。

金盏说岛上分开后,她一次都没见到他。她没撒谎,她也在找赵勤富。那么,我猜测赵勤富还没准备好接受惊艳的爱情。那爱情,只问青春、肉欲,不担心温饱,不问未来——金盏的纤尘不染赵勤富不敢接受。

而我,在他眼里或许情况更为复杂,他热爱乡村女子顾念,但他不能容忍潜藏于这具躯体里某种不屈的思想。这种思想,一定程度上碾压他简单的快乐。事实上,他认为这种思想纯属多余,令人讨厌。

我到顾玉生公司,他给我倒水的手微微颤抖。我在书橱角落里发现一个海螺,想起在吴圩岛上,金盏的海螺声昼夜都响。有个黄昏，海螺声又响起，顾玉生忽然冲出帐篷，从悬崖跳入大海，渔民救了他。

我看着顾玉生：你跟金盏怎么了？

顾玉生沉默好一会儿，说：走，蹦迪去。

恶俗的情节发生在我们四人中间。我梳理出简单线索：顾玉生爱上金盏，金盏钟情赵勤富，赵勤富斗不过我，逃了。狗血剧情。

我迁怒堂弟：无能啊顾玉生，商海博弈多年，怎么打不败一个拆迁户。

出国的手续基本齐全，但赵勤富不现身，后来，我终于获得信息，金盏已拿到护照。那么，这对恋人将会在佛罗伦萨某张大床上醒来，赵勤富终于逃离顾家头顶乌云似的大手，值得弹冠相庆。

迎薰江岸，十一月的江面映衬湛蓝的天，天空深邃。云彩在水面浮游，风吹落樟树果子，这些黑紫的浆果掉落在草地时，无声无息，就像从未有过它们。我的良溪就在对岸，可我丢弃了她。

从今往后，我不必因一个城镇居民身份继续让身子饱受折磨，曾经那样嫌恶的男人滚出我的生活，难道不应该庆祝解脱吗？十年婚姻，我刚刚爱上我丈夫……我也才醒悟人世里千真万确是有爱的。哦，我懂了，是我彻底的爱上，激活了赵勤富的情感基因，他第一次知道世间可以有灵肉相融的爱情。然后，他逃了。

错在我。

我重新开始活。我少有言语，同事们替我说了，他们谴责赵勤富，抨击当下风气。他们的同情刚出口，被我低沉的"滚"字压住。渐渐地，我工作的屏风车间成为安全之所。迎薰县城但凡听说过我的婚变故事的，都有义务说上一阵，舆论一边倒。

时不时地，我到顾玉生公司去坐坐。他的创业史给我以适度安慰。玉生带我去他朋友家，城区一座小山丘背后。我以为到了明信片上的某一处。雪松掩映下的草坪，露天酒会在此举行。微风，树荫里落下的阳光，我慵懒闲散地坐着。顾玉生说：喜欢这里，以后常带你来。

不，这些抚慰不了我。只有一双皮鞋的人容易露怯，拥有身价的人懂得藏拙。刚到迎薰城里，我天天穿皮鞋，为什么？怕人说穷。

小学时，女生被划成三个等级，以阿芹为首的一部分，包括大队长孙女、治保主任侄孙女、电工女儿、碾米工女儿，还有几个什么也不是但愿意匍匐在她们脚边的女同学，她们趾高气扬霸占坑洼不平的操场一角，跳绳，捉迷藏，大声笑。另一种是爱读书的，她们有一种神奇力量与生俱来，对除了书本之外的任何事视而不见，但有屏蔽同性之间公然冒犯的能力。最后一种是像顾家女儿这样的，出身极寒，打着补丁的衣服又长又宽，但不认输。

有一次，我在篮球架下坐着，阿芹远远走来，忽然，我后脖颈上一阵发凉。我抓狂着在操场奔跑，又倒在地上打滚，本来就破的裤子被自己踢开一个口子，屁股露出来。所有人在笑。是所有。篮球架、泥地、屋檐、柴堆，以及扫把，全都在笑我。只有我奋力哭着，不记得阿芹放在领子里的那条四脚蛇是什么时候游走的。此后，我对所有条形物品存有难以克服的恐惧。如果用心追究，我大约对像阿芹那样得势的女人心存畏惧，勉力远之是另一种自我保护，但心底里潜藏的是不屑。顾家人说到底，是孤傲的。

顾玉生说阿芹想在良溪做项目。我惊叫：这贱货她想干什么？

顾玉生说：姐，你改一改脾气行不行。话太难听了，良溪都没人像你这样说话的。

我打断他：别提这个，说她想干吗。

顾玉生说：招商引资，一旦项目落地，良溪会大动。阿泰在争取项目。

我惊得说不出话。我忘记这事了，对了，阿芹跟阿泰不是夫妻吗？他们真是天生一对啊。我的狱友遍天下。阿泰是这么说的吧。

阿泰出狱后移居镇上开了棺材铺，十八岁的阿芹嫁给他。他们儿子八岁时，殡葬改革让他们转移视线，骨灰盒、纸棺材、纸糊的房子、灵座，这些新出现的祭奠品成为抢手货，还有改良的纸票、公墓。他们买下一处幽僻的山湾，在这之前，阿泰获取信息，山湾即将作为墓地被政府征用。

虾有虾路，蟹有蟹路。公墓地块让阿泰积攒到第一笔财富，他在合适时机买进迎薰县郊废弃农药厂。金融危机时期，阿泰夫妇吃斋念佛撑过信念崩溃期。经济复苏后，顾玉生的小产权房屋交易回归正常，阿泰跟他在国贸大酒店贵宾厅签约建房。

凭借金钱的不朽能量，建立属于他们的世界。他们在市场经济浪潮里握手言和。

有一天，顾玉生来找我，他环顾厂房，这座散发着文艺气息的标志性建筑已落伍。他说：姐，你到我公司卖房。

我没有勇气，不敢离开工艺厂，这是我到迎薰后第一个改变我身份的地方。我端着令良溪人眼红的铁饭碗，我恨它又依赖它。

玉生说：走，带你去个地方。

一个半小时后，打开车门，抬头猛见石砌门廊，木头牌子上三个字：小琴坞。

如果不是顾玉生，我今生都不会踏足此处，我没想好以怎样的方式拜访顾家先祖。墓碑上的字清晰可辨。顾玉生说有重要的事等着他做。是这件事吗？一排排坟墓，陌生的名字，或许该叫太太爷爷、太爷爷、祖爷爷，他们组建起顾家家史。在一处石墙边，一个小小低矮的坟墓，墓碑上刻着：顾安律。离开小琴坞前，他已死去。向死而生，顾安律在良溪重生，成为良溪顾家祖先。

传闻中被偷伐的一排檀树树桩，附生着菌菇。树桩周围长出的新枝条已高过它们，枝干手腕一样粗。再过去，一块不显眼的石碑刻着：顾。

穿过树桩、竹林，眼前陡然开阔，一排高阔的纸槽屋！

乡音可慰藉。这是不是祖父常提起的"来路"？我有片刻震动。鼻子酸了酸，但我忍住了眼泪。这些年来，顾玉生凭借怎样的力量支撑，才将顾家这艘几乎已散架的渡船收拾起，让顾家人在跌落低谷时犹有一张勇气可嘉的风帆可期待。

我想到留在良溪的顾米，我心疼她瘦弱的身子。只有她接过衣钵，成为良溪首个女做纸师傅。可她过得多艰辛！只比我大两岁，沧桑已击中了她。若姐夫印成福不死，那该多好。

顾米

好吧一尘，我跟你说说你姐夫印成福，他已不在人世一些年。他家在良溪对岸山坡上，那里住着十来户人家。印成福的爸爸整天说上帝爱世人，却被一次不期而至的感冒夺去生命。他哥哥被一条常见的山蛇咬了，蛇医用最好的草药仍然不能留住他的命。他哥走时，印成福的妈妈说谢谢耶稣。不久，印成福的姐姐得了黄胖病，肚子鼓胀到透明。一个清晨，肚子瘪下后，她死了。

良溪有个山林砍伐队，印成福跟爸爸都在那里做活。即便地位低下如爸爸，在印成福面前，依然可以清傲。偶尔一两次，爸爸求知欲爆发，跟印成福请教某些未知领域。印成福欣喜地发现这个貌似傲慢的男人古典而浪漫。两个因不同原因身处底层的男人，休憩间隙坐在水潭边，话题天高地阔，有时豪迈不羁有时狭隘局促。在良溪，山林队是高出务农的另一种职业，有天然的优势。

鉴于爸爸好高骛远的行径，他在山林队时常被捉弄。爸爸无奈又痛苦的神情刺痛了远处独坐的印成福。他捡起柴刀，交给爸爸：尚清哥你今天的份额，我帮你。

过一段时间，印成福用独轮车推了满满一车晒干的好柴（砍成两尺来长的粗木棍），在我家门口卸下。一段一段排列在石头屋边，码得整整齐齐，一直堆到屋檐下，盖上随车带来的草苫，压上几块石头。他跟爸爸说：尚清哥，请允许我娶你家一个姑娘回家。

夜晚，爸妈在灯下谈论这个不由分说要娶回顾家姑娘的男子，他的家世像笑话，他家的房屋？别提了，一间草舍，当猪圈都嫌漏水。他的年纪？二十五岁，在良溪可算是光棍了。他的人品……幸而眼下找不出让我们摇头的。爸妈点点头说人品好的。既然是好人……我妈追问到第三遍时，我说：那只有我去了。

顾念说我奋不顾身。那年我十七岁。又等了五年，印成福娶我过门。

印成福身高一米八，身材魁梧，体格健硕，要不是他特殊的家世，应该是良溪最被看好的女婿人选。他的出现，他充满力量的体魄适度提升了顾家低到脚底的尊严。终于有靠山了，良溪不会再有人在体力上侵犯我们了！

婚后第二年，我生下儿子。儿子一周岁时，我撸起袖子给印成福看手臂上的伤疤，印成福说：我记得的，你去铁匠铺救爸爸时被烫伤了。

我说：要是能帮上顾家，我愿意再烫一回。印成福说：烫我好了。

不久，印成福收起斫树钩刀，东拼西凑两百块钞票，出了门。

那是他第一次外出找营生。

印成福在外二十来天，空手而归。说到外面一看，什么都是钞票，可什么都做不了，没有本钱。可他决心让我们全家享受荣耀。

第二年春天他又出去了，一个月后，他背回一沓黄纸。苏北人孝敬先人都烧这个纸，他们把纸做成房子、亭子，再烧掉。没想到这些在良溪只能做煤头纸引火的黄纸，能给我们带来生机。

印成福发出第一车黄烧纸去苏北，赚回的钞票放在黄书包里。

这一年年底，我和印成福带着儿子出现在石头屋门口。邻居围拢来，啧啧称赞我们的儿子壮实，相貌标致；夸赞我持家有方，对印成福的咸鱼翻身不做评价。良溪人不知哪来的优越感，对万元户印成福视而不见，对他的生意嗤之以鼻，认为这营生说不上台面。不得不跟印成福搭讪时，他们这样开场：上帝现在在哪里？你叫叫看，他会不会答应。

后来，印成福在苏北一个小镇开出门市部，专营黄烧纸，生意火爆。我带着儿子远赴那个大风不间断的村落帮衬，我们在那边生活。我跟印成福有共同的目标，用黄烧纸带动顾家竹纸。印成福的纸行在苏北小有名气，很多在良溪看来平常的日子，在苏北都得烧纸给先人。刚装走一拖拉机黄纸，又有两辆摩托车等着装货了。我跟印成福每天累到吃饭都没有时间，心里装满了高兴。

生意稳定后，印成福添了一个大货柜，放在进门右侧，货柜里放了满当当的顾家竹纸，上方贴一张招贴：冬纸壹号。

印成福打电话到良溪：爸，簿坯纸销路好。

我们计划再做三年，打好基础，把冬纸壹号的分部开到北京上海去。印成福对我说：那个槽产屋，你说过槽产屋是顾安律手里建的，破是破了点，不如我们买下来。

我发现，这个比我高出一头的男人以这样的方式在帮助我，成全顾家。

不知哪天开始，店铺营业额下降，老客户长久不光顾。他开着摩托车挨家走访老客户，他们遮遮掩掩告诉他，他们现在有专门的供货商：老印，你的纸质量好的，不过……

原来他们的供货商供应黄烧纸时，低价供应香烟。有人拎着大包专门推销这种烟，价格低到只有正品烟价的四分之一。他们拿出那些卷烟给他看，甚至鼓励印成福跟他们一起发财赚大钱。

印成福说这个是假烟，将它们丢到垃圾场。

深夜，店铺有人敲门，印成福开门，闪进一个戴着帽子的人，肩上背着一只硕大的袋子。放下袋子，要给印成福试抽价廉物美的好烟，开导说：马无夜草不肥。

印成福说：我只做纸生意。

那人看了看我们店铺说：黄金路段，给没有商业头脑的人卖纸，浪费了。

第二天，烟草公司、工商局以及公安稽查科来店里搜查，从一捆纸的后面，搜出一条假中华烟。他们拍照，录口供，印成福被留在稽查科做笔录。我去了几次，他们都说在做笔录。第三天傍晚，有人用摩托车把印成福带回店里，印成福抓住我的手，说腰里不舒服。我撸起他衣服，腰上没有什么。印成福说，他昏昏沉沉觉得有人在他腰部撞击。冬至那天，房东破天荒请我们一家吃饭。这些年来，房东家的黄烧纸都是我拿给他们的，从不算钱。房东表示，明年不能再续租了。我说：我们刚续签了五年租约。印成福握住我的手说：这样也好，我们回家。吃完晚饭看电视，印成福靠在躺椅上，电视剧结束他站起来，忽然跪倒在地。我和儿子费力搀扶他，起来后他又好手好脚地走来走去。起夜时他又跪倒，送进小镇医院。儿子问医生爸爸得了什么病，医生说是关节炎。但尿血了。

印成福跟儿子说：腊月廿五，我们回家过年。

印成福接受的治疗是打点滴，一天五瓶。到第三天，印成福说话不利索。他说：我难过。等医生出门，他拔了针，护士进来又给他补上。仅五天，他身体的骨肉像被剥离。第六天，他已不太能开口说话，只是落泪，抓着儿子的手不肯松开，艰难挤出一句：回良溪。

腊月廿五，印成福跟儿子约定的回家的日子。他忽然有了力气，精神也不错，还吃了两筷头鱼汤面。我说：成福你忘了吧，今天你生日嘞。印成福拉着我的手，跟我表达歉意，他以为可以活很久看着儿子长大，陪我到很老很老，在顾家石头屋里死去，他说他今生来到人世就为了给我一个靠山，可是这个愿望不能实现了，他要走了。

印成福松开手时，眼泪还在流，掉到枕头落到地上。

诊断书描述：患者十二月十九日急诊入院，初诊：肾、肝挫伤。消炎治疗。到第五天，专家会诊，疑为关节炎引起的低钾血症，并发肾衰竭，肝功能紊乱。急救无效死亡。

我跟儿子搬回良溪石头房住，我一厢情愿认定自己的归乡能给父母以安慰（印成福走后，我认定他泉下有知）。此番况味归乡，显然不能获得良溪认同。他们嘘寒问暖中带着预判：耶稣有什么用？要是早点求菩萨，事情就不会这样了。

良溪有人给我出主意，要求索赔。我再不能知晓，苏北那个小镇的人在一间昏暗的屋子里，如何审讯印成福的，他们对我丈夫做了什么，他忍受了多少难以忍受的折磨，这一切，印成福都吞下了。但我常常想，印成福客死他乡，魂灵有没有回来。

顾念

姐夫过世后，顾米回到良溪，一头扎进纸槽。

有一次，良溪邻居打来电话：不好了不好了，顾念，你们顾家的老毛病传给顾米了。男不男女不女的，整天都在纸槽屋做纸，良溪哪有一天要女人来做纸的？

挂电话前他们哈哈笑：你们顾家戏文真多。

终有一天，爸爸带上纸样出了门。他特意到石板老街转一圈，又到铁匠铺里坐坐，老铁匠前些年死了，他儿子在打铁。爸爸说：老铁匠知道我大女儿，喏，顾米，她手臂被你爹的烙铁烫掉一块皮。

小铁匠说：陈年旧账翻出来作甚，要我赔钱？

爸爸摆手：这么想小器了。闲白谈嘛，这张纸怎样？我家顾米做的。

爸爸坐上大巴离开良溪。他不像村里供销员顺水往外到大江大河去闯，他坐上从省城开往上游的客船，他在江岸徘徊数日，像河道专家考察水流，逆水而上，河道渐渐变窄变小。走了二十八天，抵达源头。爸爸用书面语言跟我描述：我以为迎薰江源头，定然是滚滚大江浩荡奔涌，但却看到越来越小的细流，我大失所望。但他肯定地表示，那个不起眼的源头隐藏着人类某些未知的神秘。

小年姑婆问他还去了哪里，这次跑供销推销掉多少，订单数字大不大，能赚多少钱。爸爸表达他的复杂心绪：光赚钱有什么了不起？良溪人没做过的事，我做了。

过了一段时间，豪情褪去，他不掩饰遗憾，说那边有个老头住在新安江边一个沙洲上，整天做水灯。他在那边找了很久，无人知道那个小渔村，但都说在某一天看到过水灯从水面漂浮而下。为了等传说中的水灯，爸爸在每个水口露宿一夜，通宵盯着水面。没有。什么也没有。

有个秘密他没有跟小年姑婆说。他从迎薰江源头那个叫冯村河的山谷回到县城，才想到自己是来推销良溪竹纸的，赚的不是钱，是尊严。在拒绝与讥笑里出良溪，他不能输给自己。他在一个小镇七拐八弯寻找书画社、文具店、批发部，拿纸样给人家过目以寻求订单，说：我大女儿顾米，她钻研起来，三天不吃饭。我们顾家竹纸传了多少代，到如今我女儿承接上了，我作为她父亲很自豪。看看这纸，实在一点说，都跟璞玉一个品性了。

没人要纸，他索性研究起建筑、吃食。在一条荒废的土路尽头，他被一幢破落房屋吸引。走近看，断垣残壁，马头墙掉落在地，木雕牛腿上糊的黄泥被风雨洗去一部分。口含珠子的狮子活灵活现，一只眼睛被烂泥糊住。他说：我实在同情狮子，用竹竿把它眼睛上的黄泥敲掉。

烂泥掉落时,他感到自己的眼睛也亮了,蹊跷。有点暗示。房屋破残,但看得出曾经气宇轩昂。走进去时,一股冷灰刺得他咳嗽。咳嗽声又震落一蓬灰。一面照壁后面,木刻的字被灰尘烂泥淹没。他抓一把枯草擦拭,看到一些文字,他拿出带去的纸样,抄下一些字,拼凑半天不得要领。踩到一块青石条,上面有三个字:丁香渡。

见鬼……我说到哪了?

姑爷爷漫澄从青海回来后,爸爸常去迎薰县城向他请教人生哲理。有段时间,姑爷爷时常玩失踪,一去十多天,回来时黯然神伤。爸爸从蛛丝马迹判断,苏漫澄去找他弟苏漫秋了。有一回,姑爷爷带回一盏水灯,但没拿进家门就给了爸爸。或许他们兄弟见过面了。但我们为什么见不到苏漫秋?他活着,还是死了?这个谜有谁知道?

姑爷爷弥留之际,小年姑婆领进来两个人,小年姑婆轻轻叫醒姑爷爷,姑爷爷睁眼,两张黝黑的脸凑过来看,他笑了:冬月来了。冬月拉住身后另一双手递过去给姑爷爷:我老伴老孙,我娘舅的外甥。渔民贱,都是远房亲戚婚配。老孙给他唱了曲:老子严江七十翁,一生一世住船篷。当年打败朱洪武,五百年前真威风。

泪水涌出来往枕边流,形成一道水流,滴滴答答掉落到地板。姑爷爷问冬月迎薰江里还有鲥鱼没,冬月说她不打鱼了,但迎薰江里三万六千条鲫鱼在跳。姑爷爷笑了笑说：我去东门渡找，船来船往，没有你。到恩波桥等，很多船从桥下划去，没看到你，没找着你……

姑爷爷走后，小年姑婆一病不起，卧床七八个月。护工时不时打电话给爸爸：顾先生，顾女士情况不乐观。

爸爸乐意听到有人称呼他顾先生，仿佛多年追求终获肯定。他在良溪和迎薰县城之间奔走，寿衣、葬礼、追悼会、殡仪馆、墓地，全都筹备完成。那段日子，他一直陪在小年姑婆身边，晚上也睡在她床边竹躺椅上。

爸爸承认自己疏忽了，早就该珍惜跟小年姑婆独处的时光。他遗憾地想到，小年姑婆健朗的那些年，有大把时间可以掏心掏肺，但坐下时又不怎么开口。他看书，小年姑婆做针线。他有意从小年姑婆身上找线索以寻觅顾氏家族命脉玄机。有一次翻书，书上落了印：云山藏书。他问小年姑婆云山是哪个，小年姑婆给他的答复是：新安漫秋。

爸爸就说：今生若能得见漫秋一面，无憾了。

小年姑婆说：我留着寿命等，料想他在回来的路上。

我有时能感觉到爸爸不为人知的一面。他的忧伤藏得深，这让他的脸看起来平静，不见现代人的焦灼慌乱。他说话温和，微笑由衷，他自认继承他祖父顾安律敦良的眉眼，挺鼻梁，唇线恰到好处给予他男子的坚毅。小年姑婆允许他从抽屉拿出本子，四个抽屉三十多个本子，写满了字。手指着一个字一个字看过去，看完一本，放进抽屉。再看一本。他用三年时间读完文论，有几篇他从头到尾能背下来，惊得妈妈不敢与他探讨生命。

爸爸确信已在那些本子里觅得另一个世界的模样。他渴望见到文论的主人，关于他毕生最求的理想，唯有这个写毛笔字的苏漫秋是他隔空知己。

又有一个旧本子，深蓝色封面，竖排手书：牺轩使者绝代语释别国方言。本子在人间烟火里熏陶，纸页间多了一层火焰的黄。这一本尤其不一样，都是批注。最后一行字：我有一壶酒，足以慰平生。江河湖海后的淡然，爸爸爱不释手。索性不看原文，径直读批注，诗词歌赋，偶尔有一两句感叹。

有一处的字写得特别小，爸爸翻出放大镜看。

化云化雨，孤山已矣。

急急放下书，找出另一本厚厚的《丙午诗抄》，书后一方印：云山藏书；下面写着：与小年。

翻到最后一页，封底内侧贴着信封大小的纸袋，迫不及待探进手，摸索出一张纸，折叠成信函状，展开信看：小年，见信，我已成灰。他哆嗦着合上书，走出书房，抬头见小年姑婆站在门口，他掩饰慌张，解释道：翻了几本书。

小年姑婆说：你不要再来了。

翻了翻书。他解释。但他似乎给自己，或给苏漫澄与顾小年仓促成婚找到了合理解释。

说起来，爸爸对自身严苛，早年从田里地里回来，必要洗干净。他说别看刚出生的人一身血污浆水，实则干净。我们现在用肥皂洗手洗脸，洗濯不净。但人要有盼头，就算躺在烂田里，眼睛总可以看星空的吧。

他是第一个把方言"水浴"改成普通话"洗澡"的良溪人，良溪人在抵抗了一些时日后，不动声色地将"水浴"改称"洗澡"，"晒台"改称"阳台"。如果还有人在良溪说水浴，就要被笑话。

他从不认为顾家人可以在外飘荡一辈子，早晚要回来。他说良溪人信奉钞票，热衷攀比。早晚他们会发现，人活着不止吃饱饭这件事。二十多年过去，他不否定当初抵命追求的另一个理想之地成为泡影，但他认为事物是往前发展的。现在，他不必身体力行出走便能看到另一个世界，那个世界里，不乏他懵懂追求过的风雅，曲水流觞，谈笑有鸿儒。他说：等着瞧，总有一天他们会苏醒。到那时，他们会发现永不背叛的是自己曾经唾弃的泥土，泥土里长出来的精气神。他又把话拉了回来。关于泥土，他还有一个理论，人走后，不管灵魂游荡到哪里，只要吃过从良溪泥土里长出来的果子、粮食，最终，灵魂就会飘回良溪。他们可能在树梢、房檐、屋瓦、溪岸。他重新打量村庄，他背着手走来走去，到山坳看看，下稻田捋掉几把稗草，说良溪犹可塑也。

我家屋边柴房清空，门楣上挂着的一块木头匾额，上书：纳风居。屋里摆上阔板台子，树桩坐凳。良溪人像看戏文一样到我们狭窄的柴房。爸爸用自己在上海打工赚来的两万两千多块钱，买回一张古琴。他坐在木头凳子上，手臂打开，手指在琴弦上滑动，琴声飘在良溪上空。清明我们回良溪祭祖，打开纳风居的门，琴台一尘不染。我们拨动琴弦，他忙不迭阻止：抚琴先净手。他越发斯文了。

如果我们愿意诚实回溯记忆里的爸爸，事实上，他身上从不缺书卷气，是粗鄙的农活遮蔽了他的浪漫气质。

春天，良溪来了一个年轻人，说是设计师。他对纳风居的布置与气质，慷慨赞叹。他跟爸爸夜谈高山流水，说《广陵散》，琴人要数魏晋嵇康。

设计师在我们家住了几天，他早出晚归，去石板老街，到纸槽屋，爬山湾，看竹林。临走前一晚，他酒后吐出部分真言，说：大叔，能把石头房子和纳风居租给我吗？租金大概多少钱？

爸爸蒙了，叹息这个年轻人跟自己谈竹林七贤，以为他知行合一，也流俗了。再者，自己的理想被钱估价，也让他难过。这是他深藏于心的良溪乡居生活理想图景。他喝光杯中酒，说：人类最喜开疆拓土，都把世界扩大到太空了，给农民留个方寸，做个念想吧。

设计师说：大叔，我出租金，房子还是您的。两万，两万一年，我租下这个片区。或许会做些简单修改。

爸爸一摆手：请收回这句。

大叔是不是对这个价位不满意？设计师抽空给他拍了个照，照片递过来给他看。他瞄一眼，坐下弹了一曲，不成调。他的心乱了。乱调里，设计师离开良溪。

随后，一拨一拨城里人，他们穿棉麻着布鞋，捻着复古手串，坐到纳风居。有个人伸出一只手：五十年。

爸爸问：什么意思？

加石头房子，三万一年，两年付，五年付，您说了算。来人又指着屋外青山说：那片山，租五十年。

爸爸在电话里跟我发狠：他们休想！良溪青山万万年，他们不知道吗？他强调自己被气得几个月做噩梦，梦见良溪变成城里人浪费生命的地方。没有熟人，听不到邻居打骂孩子，没有鸡鸭在院子里踱步，烟囱不冒烟。

如果生活就这样往前走，也没什么可抱怨的。但爸爸开启了另一重人生。

有一天，他发现左侧耳朵下方脖子上鼓出一个小肉球，不甚明显。化验单上有三个疑似：左侧肺部疑似有肿瘤，二级；右侧肺部结节呈钙化病灶，疑似扩散；脖颈肿块疑似转移。我否定化验结果，硬是告诉他误诊了。他说：三家医院都会误诊？我说：县城设备落后。

陪他去省城。我事先跟熟人打招呼，诊断结果务必要是良性。一切如我所愿，唯一目的是不要让他知道他已罹患绝症。顾米陪他说各种有趣的事。然而，大病面前，所有有意思的事，都呈现出不祥。他开口就是深刻命题。

我不甚喜欢过去的自己。但我原谅过去。

人生百年，终有一别。

谁都不会做好全部的准备离开人世。

年轻时有个机会给人当养子，供我读书，我不肯去。如果去了，或许已击溃巨掌。

生命是个大谜团，我无力破解。

专家断定他不会因肿瘤而死，但会因肺功能丧失窒息而亡。他右侧肺部八年前已失去功能，这页肺像一床盖了三十年的棉花胎，干硬稀疏，一碰就碎。

篡改过的诊断结果是：肺部积水，气管轻度发炎。爸爸大喜，执意要到医院隔壁饭店包厢吃饭，他有能力请女儿们吃餐好的。我们拉他坐上大巴回迎薰。他坐在我身边，我能听到他急促的呼吸，偶尔转头，那个肉球触目惊心梗在他脖子上。

他一会儿庆幸，一会儿疑心，时不时给自己打气：良溪有句老话，好人不在世，恶人满世界。总体来说，我排不上好人。他甘愿背负恶之名也想活着。天晓得，良溪人从不把顾尚清排在恶人序列，顶多是个陈世美——他去迎薰江源头回来后跟人描述在源头遇见一个实在好看的女子，好看到良溪话不能形容的程度。良溪人认定他走了外情，跟人勾搭上了。

瞒着他！我列举多个事例，说有人化疗半年人不像人鬼不像鬼，吃煞苦头全身插满管子，一句话没留给家里人就走了。家人后悔得要死，早知道化疗也仅剩半年，还不如平静接受现实，好好度过每一天。

这个病最后都是痛死的，痛起来就瞒不住了。顾米说。

我能要到杜冷丁——我嫁到城里，除了找熟人篡改爸爸的病历和要到一种麻痹神经的毒药之外，我的"捐躯"从未显现其他优势。

这天，我正在竹丝屏风上画竹叶，进来几个人，传了两三年的谣言终于坐实，房地产公司买下工艺厂，迎薰再无工艺厂了。顾玉生签下合约当日给我电话：洪流汹涌，我阻挡不了。

最后一片马褂木树叶落下，冬天呼啸而来。上街办年货的人，热热闹闹经过我身边。我被风裹挟往前，西堤路什么时候变得如此陈旧，它曾是我在城里最初的依附，如今已是落后、粗鄙之地。光秃秃的枝条间，银灰色的天被割裂，支离破碎。我像一只窝在墙根的猫，被飓风打醒。

我捧的"铁饭碗"被顾家人砸了。顾玉生花十五万买下我们车间部分工艺品，包括绣衣、盘花纽扣、竹编孔雀、织锦软帽、斑竹四季图。最多的是我画的竹丝屏风。楼盘名已定——西街郡。顾玉生说一楼大厅会辟出空间存放工艺厂最后的艺术品，买房的人都能看到这些精美的作品。展品跟下岗工人有什么关系？不过给你的楼盘冠上艺术气质而已。我看着他：堂弟，你能干啊。

顾玉生说：时代往前了，姐，迈开大步啊。

我呸！

伊菲拉

顾尚清,他赋予我生命,今生我无缘再见他。我同情他。这个男人,在人间一趟,从未被理解,不被认同,他高格的追求在良溪被视为笑谈。我想,如果放在眼下,在我回到良溪的这些天,他的离经叛道,他的超然脱俗和飞逸的精神追求,是否能获得首次回乡的我片刻的感动?如果他活着,我是否愿意给予他理解、体谅。如果我在良溪长大,经历良溪顾家人所经历的一切,我是否也像姐姐们那样,他所有追求的,也是我全部的不懂得。

我不确定。

我的两个姐姐,还有带我回良溪的顾玉生,老人顾长年,在他们的描述里,我打捞出一个事实:扣动扳机的是他们眼下所见之人。幼儿杀死自己的婶婶,在换糖佬挑担里离开良溪。

晚饭是顾尚明做的,粥香醇厚,口感甜糯。这个我该称他为小叔的男人,在纷乱中伙同侄女枪杀妻子。他是有罪之身背负无罪之名在世间存活。

叶偶然,她将丧子之痛转化为爱,全部给了我。我喝过她的奶水，但我却是那个送她走上黄泉路的凶手。

是这样吗？

他们其实都已说明白了。然而，我有扣动扳机的力量？

不。不会有合乎情理的解释。对这一切，无人有力量承担。谁曾逃脱头顶那双大手？即便我远涉重洋，在另一个国度——那双大手何曾轻饶于我？

顾念

我猜你有疑惑，可我的疑惑不比你少。这么多年，你在大手之外生活，你流浪，你每年申请在陌生的国家居住，你乐意毁掉自己的生活，甘愿被践踏，我无话可说。

见鬼！我想告诉你，你避开了良溪顾家最不堪的时期，你在他乡经受的，不会甚于良溪。

你问要怎样的境况才忍心将一个活生生的亲人交给陌生人，那个时期，我们接受各种责问追查，除了闭嘴，我们还能怎么样？

我是偶尔听到那件事的另一个版本。枪声将你的耳朵震伤了，你的听觉出现问题，变得安静，不再哭闹，但呕吐不断。换糖佬从爸爸手里抱起你，他保证你是安全的，能得到照料。他把拨浪鼓给你玩，掰下一片糖塞进你嘴里，你吮吸着甜蜜的糖，躺进换糖佬的挑担里，远远地去了。有人目睹爸爸追上去给换糖佬鞠躬。但爸爸从未承认此事。

这个事我也不确定。不过跟后来良溪的传言大致吻合：换糖佬摇着拨浪鼓，吆喝着鸡毛鸭毛换糖吃，将你挑出良溪。

直到前些年，我回良溪，我们邻居老太，她八十七岁了，一见我就跟我说那件事，我恨不得开个挖掘机将良溪翻个身，将往事埋掉。邻居老太说当晚你耳朵出血，口吐白沫，被送去赤脚医生家，之后，你再没回良溪。她说的另一件事，我吃一惊，她说公安蹲点时，查到我们家很多事，老掉牙的事三大件，你看，又扯到二爷爷顾望年了对不对？他的历史……他妈的狗屁历史！是小队长发善心，让爸爸赶紧将人送走，就说死了。只有孩子死了，才不会追究。爸爸不忍说自己还活着的女儿死了，队长报给公安说，扣动扳机的孩子死了。公安在被我们逼疯前，草草了结案件。

后来，很多年，很多年，见鬼！我心里留下这个印象，在公安人员蹲点良溪的前一个夜晚，我妹妹被转移，她在换糖佬的挑担里睡去，第二天天还没亮，换糖佬挑着她离开良溪。她以另一个身份，去了另外一个地方。自此，我们再没见到妹妹。即使我们知道她在哪里，也不能联系。

居然还有人说，表姑妈占卜认定你是大克之相，非送走不可，不然顾家永无宁日。

撒谎！都在撒谎！真相不过是，顾尚清认尿服软而已，他从来不放弃扳倒那只大手的决心，他不是号称有生之年要击败笼罩在顾家头顶的命运之神吗？什么罗眉之在精神病医院归期无望，什么枪击事件连累，什么小琴坞阴影不散——妹妹，你的爸爸只是松开双手，给了他其中一个女儿一条生路。他自知凭借肉身难以摆脱某种不可知的命运操纵，只能在一声长叹后送走了你。不要在顾家的阴影里活着，不要带着顾家的姓氏在人间行走。我有理由相信，那户人家——运河边的那个好人家是换糖佬牵的线。这个懦夫！你看，无论如何，你得相信，爸爸显然知道一切，他只是装作不知情，他用假象蒙蔽了世人。除此之外还能有什么解释吗？

顾米

一尘，妹妹。你出生才一个月就断奶，因为妈妈产后抑郁被送去医院。你三个月大时，瘦骨嶙峋。有一天，爸爸干活回来没看到你，冲到爷爷家，爷爷正伤心。他递给爸爸一个布包，里面是三十块钞票三十斤本省粮票。爷爷说：人抱走了，你真忍心的啊尚清。

爸爸说：爹，将来你会知道我的狠心是对的。可他们为什么要给钱？我们需要他们家的住址。

爷爷说：他们说以后不当亲戚走动了。

爸爸一听，瞪大眼睛，抢过布包就跑，他的小个子身影从未如此敏捷，他在田埂上摔倒，起身穿过牌坊，上石板老街，撞到挑柴担的村邻。跑完七里路，爸爸已迈不动步子。在他前面十米处，两个城里人抱着你，他们穿着考究，衣裤挺括，皮鞋上沾了乡村公路的灰尘。爸爸拼尽全力冲上前，喘着粗气，对他们鞠躬，将布包塞还给男子，从他手里抱回了你。

城里人说，他们两夫妻双职工，固定工资，一定会对孩子好的。

爸爸再鞠躬，抱着你一瘸一拐往回走。

那两人追上来，女的说她生不了孩子，让爸爸成全他们，也成全孩子。给孩子一个机会吧。善良的女人这样说。

汗水遍布全身，爸爸抱着你又鞠了一躬，走了。爸爸边哭边走，失而复得让他号啕大哭。身后两个人喊：我们会对她好的……给你家姑娘一条生路好吗？

我忽然想到顾念可能说对了，爸爸的确想以此让他的一个女儿过不一样的日子。那是爸爸第一次尝试以那样的方式改变他女儿的命运——没有成功。

枪击事件时你由换糖佬带出去，妈妈得知此事症状加重，又得继续治疗。医院写信告知详情，强调拖欠的费用须尽快缴清才能继续给药。但我们家没钱，我去齐伯伯家要工钱。但我不抱怨人家，妈妈说心里谦逊的，必得尊荣。

妹妹，你没能跟我们在同个屋檐下饥寒交迫，没能在一口锅里抢吃洗碗水煮的猪食。你缺席，但你从来都在良溪。良溪顾家，如果还有令人羡慕的事，便是你。你像一株默不作声的植物，在良溪之外某一处自然生长。我们听到你上学了，字写得好，你很努力，你要到英国去了。但我们都不说，不能说。我们悄悄高兴，但很多时候，我们也怀疑，所有关于你的，都是传闻。我们不敢相信顾家人也能过上那样安宁自在的日子，你在那户人家丰衣足食地一天天过。我们有时羡慕，但更多时候一心一意忠诚于眼下的生活。我们也想到，你可能都不在人世了。我们不知道。

你失踪后，我们家开始少东西，比如一只脸盆、一把锄头、一只脚橱（那是妈妈的嫁妆）；还有一次，爷爷的一件好纸不见了，我们认为是爸爸拿出去卖了，换得钱来买他需要的飞机零件，妈妈不让我们跟村里人讲。

直到前些年我才得知真相。我相信那是真相。爷爷告诉我，我们顾家那些年不见的东西，的确是爸爸拿出去变卖，他将贱卖家私的钱，全部交给换糖佬带到外面去了。

伊菲拉

小时候，我时不时获得一些礼物，带橡皮的花色铅笔、有蝴蝶结的小皮鞋、两方手帕。

我记得有那么一些时光，妈妈给我一块不规则的糖，让我记得这个味道。妈妈说这个甜来之不易。

还有一次，爸爸给我一面镜子，我在镜子后面发现模糊的字迹，好像墨水钢笔写过后又擦去了。我隐约看出来：妹妹。但我觉得这个字迹破坏了镜子的干净，就用水洗掉了。

牺牲自己的生活，背负冷酷无情之名，是为了让遗落他乡的亲人拥有不一样的生活——他们认为的好日子。他们少掉的家具、珍贵的竹纸、镜子、一顶帽子，转换成我的一套小人书或一件新衣。是这样吗？无论如何……这个解释能自圆其说吗？他们将我送给全然陌生的人，让我认他们作父母，接受陌生人小心翼翼的呵护，连带捂住一个天大的秘密，是因为我姓顾？是为了逃脱头顶的大手？

妈妈交给我存折时，说这些都给我存着。她住院需要的医药费是厂里垫付的,我要将那笔基金转换成现金,妈妈不答应。我想起运河边那些日子,他们将我不愿说话看作青春期心血来潮的沉默。我做任何事,我任何的行为,他们一概毫无怨言地接受、认同,并且原谅。

顾尚清——我的亲生父亲,多年来,将忍受同情与鄙薄作为生活的义务。他跟妻子曾担负多少不可言说的无奈,他们背过人去痛哭。这个世界,何曾有人愿意将体谅、同情和赞赏给予他们?这个我应该称呼他为爸爸的男人,他希望我在世上获得怎样的身份地位?在工人阶级家庭长大,出国留学获得学位光宗耀祖?他后悔过吗?

顾念

爸爸有大忧虑,他早就料想,总有一天,他的女儿们将出嫁、远走。随后他和妈妈死去,房屋倒塌,良溪顾家便在人间消散。另外的人,跟顾家毫无关系的人将替代顾家在这块土地上生活,替代顾家在人世的位置。大约在我八九岁那年一个冬夜,爸爸问我:阿念,你留在家里好不好?

"留在家里"这件事,爸爸说过多少次我记不得了。第一次他问谁愿留在家里,我们没听懂,爸爸给我们解释了一遍。意思是,女孩子长大了都要出嫁,等我们出嫁,家里就剩下他跟妈妈,他们死后,顾家屋子会塌掉,长出人头高的荒草。那样,顾家就没有家了。

我说我肯留在家里的。爸爸马上又给了我一角钞票。可顾米站起来把两角钞票还给爸爸,她说不想留在家里。

那天晚上,爸爸正式指定由我给顾及喂饭。之后,每次给顾及盛菜汤番薯粥时,爸爸总交代我多盛点,盛满。

顾及蛀牙,吃饭艰难,一口菜粥要在嘴里吮吸很久,有时还把大拇指塞进嘴里。顾及吃了两口就摇头,我到楼梯口跟妈妈说顾及牙齿痛不要吃,妈妈让我把粥焖在锅里。爸爸说阿念你吃吃掉。那是我第一次正大光明吃顾及的口粮。之后每次喂饭,我都嫌顾及吃得慢。有一次,我从碗底挖出一勺菜粥放进自己嘴里。顾及流泪,摇头,我装作没看见。另有一次,我喝她的粥,她笑了,很满足的样子。

有次我给顾及喂饭时,抵不住诱惑,呼呼喝了两口。顾及无声哭了,我别开头,又挖了一勺菜汤粥吞下。等顾及嘴里的饭吞下,菜粥已被我吃完——我趁她吮吸手指闭上眼睛时狼吞虎咽。

下楼时,爸爸在楼梯口站着,我吓得不敢看他,担心自己偷吃被他看见。爸爸问我顾及是不是不想吃。

我忙不迭点头表示顾及不想吃。

第二天,爸爸拿一根竹枝抽打我,他边打边说我贪嘴,说我懒惰,说家里的兔子要被我饿死了。那是爸爸第一次打我。

多年后,病床上的爸爸道出真相。他以为我会留在良溪,找个男青年入赘撑起顾家门面。因此,他刻意让我给顾及喂饭。他不止一次看到我从顾及的碗底挖饭吃,他知道我饿(或者只是馋)。爸爸说如果两个女儿只能活一个,他想留下我,因为四肢健全的我或许能找个上门女婿。

不能轻饶自己的是,那时我们已能吃上稠稠的白粥了,饥馑已远离,我只是贪嘴,贪婪。

妹妹,我跟你说说顾及去福利院的事。顾及后脑勺烫去一块头皮的当天下午,妈妈抱顾及到赤脚医生处敷草药打针。夜晚,顾及发热，全身绯红，像一块在烘缸里烧红的烙铁。赤脚医生叮嘱物理退热，妈妈用冷毛巾给顾及敷额头，爸爸用八分钱一两的烧酒擦顾及脚底。黎明，明瓦透出一丝光亮，顾及退烧，醒了。

第二天中午，顾及吃下一碗米汤，但后脑勺的灼痛折磨她。她头上用白纱布缠着，额头发痒，她抠，抓挠。连续一个多月，一到夜晚顾及就发热。有一夜，顾及抽搐，口吐白沫，四肢僵硬。赤脚医生凭他多年的经验告诉爸爸：坏了，你家囡子得这个病，要吃大苦了。

随后，顾及接受各种汤药，针刺，掐捏。后来，一听到表姑妈的声音顾及就全身发抖，吓死过去。表姑妈掐她人中，掐出血，她痛得咬破舌头。折腾数个月，顾及精瘦，身上的肉被刮光。

顾及虚弱到哭不出声。表姑妈又求得一方，说顾及怨鬼附身，要请关公来驱鬼，可关公没时间，让家人把顾及带到关帝庙。爸妈舍不得，表姑妈穿着长袍大衫抱顾及去财神庙，把顾及留在财神庙（良溪没有关帝庙）。顾及独自在草席上熬过一夜。第二天拂晓爸妈推门进去，顾及蜷缩在财神菩萨脚边，嘴里塞满香灰。

有个傍晚，爸爸从山上回来，草鞋还没脱，门口进来一个人。这个人因为尚明小叔替他写的一篇文章，被保送进县城学校读书，现在迎薰县酱油厂当技术员。他来良溪供销社办事，顺道到我家。老戴表示是心里的感激带他来到顾老弟家。

之后，老戴跟爸爸书信往来，两人兄弟相称。自然说到顾及。老戴给出诸多办法，都无果。在一封信里，爸爸说：老戴小弟，撑不下去了，我囡太苦了。老戴读信，连夜赶到良溪，陪爸爸说话聊作安慰。老戴来时带了几斤米，让妈妈熬粥给顾及喝。

又过一些日子，老戴来信。他探访到省城有一处收治病幼的福利院，里面有医生会看病，信里说：尚清兄，你送女儿到那里，吃饱穿暖治好病。信末写上福利院地址门牌，画了路线示意图。特意交代：万不可给人看见，狠心交出去，小囡子才有活路。福利院只收孤儿。

老戴在信里还探讨了等顾及治好病后，怎样悄悄把她偷回家，并列举了几个比较可行的方法。爸妈千思万想，有点心动了。

大寒后，连续雨夹雪，再过十多天就是除夕。老戴在信里提示，天气越恶劣，托付出去的生机越大。

爸爸穿上蓑衣抱顾及出门，走三十里路到渡口，渡船刚撑过来，爸爸踉跄着上船。天寒地冻，爸爸走得全身是汗。到福利院门口，一幢孤零零的屋子，破旧的木门。爸爸抱着顾及走过来走过去，臂弯里越来越重，顾及喊爸爸，不停喊爸爸。爸爸打开布包拿出雪饼，塞进顾及嘴里：囡囡听话，吃雪饼，睡觉。

顾及把雪饼塞进爸爸嘴里，爸爸咬一口，抱顾及到门边，亲亲顾及：囡囡听话，吃完雪饼睡觉……醒来，囡囡的病就好了。

爸爸回到良溪，良溪人吃惊地发现，活着的顾尚清像死了。良溪人听到了最不幸的消息：顾尚清带囡子到省城看病，上完厕所出来，他囡子不见了。

爸爸的心里藏起一个天大的秘密，秘密每天都在长大，他须用尽全力才能掩藏。良溪人发现，省城回来后，顾尚清开始在良溪的木兰树上攀爬，摔跌无数次后终于能噌噌爬上树杈。爸爸能熟练地爬树后，他去了福利院门口，攀到木兰树上看里面。哨子响了，小孩子出来晒太阳，一个两个三个，走光了，不见顾及！难道那天顾及没被抱进去？爸爸心慌意乱地从树上跌下来，摔断鼻梁。

鼻梁愈合已是第二年春末。爸爸再次爬上福利院门口的木兰树，小孩子们排队吃饭，等啊等，顾及摇摇晃晃从房间出来。衣襟湿了，嘴角的泡沫挂着。她一定刚刚痉挛抽搐过。是怎么摔倒的，头着地，还是脸趴着？都四个月零七天了，顾及的病还未好？爸爸紧抓树干，流泪抽泣。顾及走着走着停下来看树上。有个瞬间，他们目光交会，顾及眼里闪出欣喜，但她很快被屠妈妈抱走了。爸爸摔下树，门里响起嘈杂声，爸爸挣扎着起身跑了。

爸爸基本摸清了福利院的大致情况。屠妈妈年长，阙妈妈年轻。五十七个小孩，最大的孩子比屠妈妈高了，最小的还是婴儿，阙妈妈抱着喂米粉。一个伙房老头常年穿藏青色中山装，袖筒洗白了。有一次，爸爸看到伙房老头摸摸顾及的头，给她一块锅巴。顾及刚拿到手，被边上的男孩抢走。顾及哭了，伙房老头抱顾及到伙房，又给她一块锅巴。

伙房老头对顾及好的这一幕让爸爸感动不已。下一次，他带来番薯干、饭包、金枣、落花生。连续几天，伙房老头没出来。爸爸在城里人家屋檐下睡，有时被赶走。他到火车站，运气好的话，能睡到半夜。到第五天时，破门吱呀开了，伙房老头出来往左侧小路去了。爸爸追上去，先问路又谈天气，还讲火车站遭遇。最后，爸爸漫不经心问起福利院的孩子们，说起后脑勺有疤痕的女孩子。就是那个癞痢头,这囝子看起来很健康,没有病对吧!爸爸从布包里掏出吃食,硬塞给伙房老头,伙房老头吃了一个金枣,说好吃,要带回福利院给小孩吃。

像顾及已吃到伙房老头带去的东西,爸爸差点哭出来。伙房老头眉眼温和,跟爸爸闲聊:听你口音是山坞旮旯来的?爸爸吃惊:阿叔你耳风好啊,我迎薰乡下人,到城里亲眷家来。

爸爸跟伙房老头攀谈后第十七天,大队会计到我家,说:尚清,喜讯啊,电报来了,你家囝子找到了。

顾及回家。

顾及去时三岁,大眼,圆脸,挺鼻梁,唇红齿白,是良溪公认的欢喜囝子。爷爷,奶奶,伯伯,阿姐,妹妹,从她嘴里出来的称谓,让听到的人满心欢喜。他们说:顾尚清这个人,儿子生不出,几个囝子个个灵巧。必定再添一句:特别是顾及,看到她心里就欢喜。要是不生病,这囝子定然出山的。

可从福利院回来的顾及完全变了,说话连不成句,见生人就用手捂头。但"吃饱穿暖治好病"这个念想让我们忍受她的巨变。到第六十五天,奶奶把她新做的花帽子戴到顾及头上,真好看。我跟顾及手拉手过竹桥,顾及忽然抽搐,倒下去时我拉不住,她跌落到良溪。早春,风拂过树梢,新叶还未绽放,太阳的光有气无力。爸爸捞起湿淋淋的顾及,她嘴角流出血。爸爸用大手巾给她擦去血,给她擦头发。但很快,爸爸掴了她一个巴掌。爸爸说:囡囡啊,要把我的心舂碎你才罢休啊!

吃饱穿暖治好病,天大的秘密之后,是天大的幻想。顾及孤独地在福利院一年多,她是怎样忍受找不到爸爸的巨大折磨的?

后来,老戴介绍一个老中医给顾及开了一个方子,老中医住省城南边小镇,爸爸取了药方,辗转三个钟头到城北边的福利院。他拍打木门,伙房老头开门见到爸爸,吃一惊,缓缓情绪说:人只活一世,日子长长短短全要走的。出门讨饭也不要丢掉囡子。

爸爸说:我以为能治好囡子的病,我错了。其实爸爸原打算探访福利院到底有没有医生给孩子们治病,顺便数落伙房老头,责怪他假装闲聊却像探子一样摸清顾及来路。爸爸弯腰给伙房老头鞠躬表达羞愧和感激,把拎着的吃食塞给伙房老头。跑了十来步又回来敲门,让伙房老头转告屠妈妈阙妈妈,给她们鞠躬。

疼痛开始,爸爸暂且结束回忆。护士拿来一张横条卡片,上面画着一排人脸图案,护士指着卡片跟爸爸确认疼痛的程度,爸爸追问肺部轻度感染怎会这样痛。

查房的医生走后,爸爸靠在病床上,问:我还有多久?

我说:我们很快就能回家了。

我不回良溪。爸爸说,但凡离开良溪再回去,不是死了,就是去看望死去的人。我这一生,东寻西找,总以为能有一处理想之所,我们安然生息,笑谈自在。阿念,这一世,我有全部的怀疑。有时我仰望苍穹,星辰静默不动,竟觉得是上帝给我的慈悲和善意。有时,我心底充满怜悯、忧虑,但我知道这不是针对某个人,而是对整个人类在无限时间里的体恤。就像我有一天走了,离去,那我是到了哪里?那里是否也有群星、河流和亘古不变的爱……

爸爸说得费力，什么时候，他的哲思深入到此种境界了？我以为他要说一说送你离开良溪的真实意图，但他叹息道：我的勇气不足以供我愧悔了。

护士进来量体温，爸爸要求给他停掉止痛针：我要那个很痛的痛，痛起来想死掉又死不了的那个痛。又跟我说：我是要痛一痛了，我这辈子，云里雾里一生世。我想痛，痛得死去活来才知道自己还活着。他要承受超过人类极限的痛以赎罪吗？他有罪吗？我们给他杜冷丁止痛，不给他机会痛，是不给他机会赎罪吗？

医生找我谈论治疗方案，说活着不是没有可能，CT影像显示，那个古怪的瘤子长在左肺，左肺功能正常，具备供养瘤子的基础条件。瘤子与一根大动脉相距零点三毫米。但凡手术刀有发丝二分之一偏差，戳破大动脉，大动脉将像坏了的水龙头，大出血会迅速要了他的命。

我在不做化疗承诺书上签字，医生宽慰说这样或许更好，放弃治疗是明智的。

放弃治疗？不是的。

在爸爸的要求下，我们没在任何良溪人面前透露他的病情，只说是疗毒，事实上我们也是这样跟爸爸说的，那个转移到脖颈上的肉瘤，我们说是疗疮。良溪有人好意带来草药给爸爸，爸爸认为不能辜负人们的善心。在脖颈热敷疗疮草药一周后，皮破了。但并没有出现我们期待的毒血汩汩流出肉瘤缩小的景象。瘤子仍然横亘在爸爸脖颈上呈腐肉趋势。不忍直视。担心他看到肉瘤受刺激，医生建议我们蒙上洗手间的镜子。有一次他在里面大喊：我正在腐烂！

我回良溪，打开纳风居，一只老鼠从我肩膀跳过。灰尘散落，我的头发被蛛网缠绕。琴弦发出叮咚之声，哗啦啦涌上来一些记忆。恍然间，小琴坞顾家和良溪顾家，有了某些交集。良溪人陆续来探询，问：尚清什么时候回来？疗毒散去没？热心的邻居拎来一袋耳疗草，说这个对疗毒更有用。

他们终于提及实质性问题：收音机里说工艺美术厂倒闭了，你的城镇户口会不会被取消？当初如果嫁给良溪根祥箴匠，现在也发洋财了，他去上海办铝合金装潢公司，在上海青浦买了一栋房子，户口也要落到青浦，今后变上海人，比迎薰城市高级多了。又问：电视上看到工艺美术厂工人到市政府门口静坐示威，你坐在铁门边上，电视上看起来不像你——良溪人多么乐于看笑话。

走出良溪我就给顾玉生电话：哪天能上班？

顾玉生说：办公室给你准备好了，制服在衣橱。

我径直到他的房地产公司试穿制服，白衬衫，藏蓝西服，蓝绿夹鹅黄小丝巾，黑面方跟皮鞋，走在铺满花岗岩的走廊，咯噔咯噔脆响。这声音输送给我力量，我在走廊尽头的穿衣镜前握紧拳头：卖出一套房，净赚三万块。这是我唯一记得的励志鸡汤。没关系，用不了多久，售楼大姐需要知晓的一切，我都能熟稔于心。

春天的夜晚，爸爸拔掉手腕内侧的留置管——因每天要挂水，管子被固定在手腕处，要挂水时，碘伏消毒接上点滴。爱钻研的爸爸接通点滴管子，把混杂了可乐的水输入静脉。那一刻，我正在接电话，有个人要买房，问我房子的户型、采光、价格的余地。我带着交易即将成功的喜悦进病房，告诉爸爸我的新工作。爸爸安然躺着，脸变得洁白透明。他微笑着跟我说话，可我听不见。他又打了手势，像告诉我什么。汹涌的泪水漫过他脸颊四处流窜，我大喊爸爸，爸爸仍然微笑。他的笑震慑住了我。我不敢近前看他，冲出去找医生，医生进来惊愕地看着爸爸。我抓狂：我爸怎么了？眼里全是水。

医生惊讶地站着，说他当医生二十年，没见过一个老人有这么多泪水。医生忽然惊醒，掀开被单扯掉针头，说：你的亲人放弃了自己，你却不知道！

爸爸微笑着，嘴巴一张一合，我俯下身，想凭嘴型判断内容，但没时间了，要急救。移动床被推到门边，爸爸抓住门框，他拼尽力气摇摇头。他拒绝得救。

在静脉输入清水、可乐和茶汁后，人的身体不是肿胀，是晶莹剔透。爸爸的手臂、胸膛、脸颊、耳朵、脖颈上的肉球，每一处都盈盈泛着光。无论他是否愿意回良溪，我们要在他吐出最后一口气时，送他回故乡。

奶奶在世时说，人走前那一刻，听见佛音即皈依，走时是安然的。如若下辈子还愿做母女、父子、姐妹，念南无本师释迦牟尼佛，发愿说出来。我大声念叨"南无本师释迦牟尼佛"，反复念，不住地念。我又喊：爸爸，来世我们还做亲人，我当你女儿。

连续喊了几次,犹疑突袭。来世?来世在哪里?来世是重复今生吗?来世仍然要与头顶的大手搏斗而屡战屡败?

不!我不要。

爸爸是否愿意重来人世?我又要替他做出决定吗?

如此一想,我的声音低下来,低到像在自言自语,救护车刚到石板老街,我就闭了嘴。

伊菲拉

我们在石头屋的后房间铺了稻草,我们三个并排躺在稻草床上。我的两个姐姐——我接受她们,是因为她们如此不堪的遭遇,还是出自血缘亲情的本能?我不知道。她俩在我一左一右。顾及的气息还在。顾家四姐妹曾经真真切切见过面,但那时我心智蒙昧未开,并不知晓自己是何人。如今我已略懂世道人心,但顾及已不在。是不是冥冥之中,顾家姐妹终究不能全数团聚?

渐渐安静下来,能听见良溪水流声。

我跟她们说小时候耳膜受损的我,怎样看唇型,怎样第一时间判断对方在说的内容,以掩饰我听力不佳。运河边的爸妈从我懂事起就教我手语,他们送我去医院看病,又费力请郎中,等我上小学时,我已不觉得听力有什么问题。事实如此。但耳膜受损这件事本身,似乎带给我困惑。我听得清对方说话,但不由自主想配以手语。甚至在情绪波动时,我莫名认定自己是个失败者。

我做了一些手语,告诉两个姐姐,这是什么意思,那是表达什么,两手的拇指食指相交,这是"爱";一手食指在太阳穴部转动,并向外微伸,这是"想念"。我双手灵活,嘴上念念有词。

顾念忽然抓住我手臂:你刚才说什么?你这见鬼的手势什么意思?

顾念

啊！一尘，你的手语告诉了我，见鬼！我知道了，原来，那天爸爸嘴唇嚅动是说：祈祷吧，阿门。

最后一刻，爸爸决定与妈妈同道。但爸爸还未准备好赴死，他正心心念念"丢失"的孩子，他有大懊悔，或者，最后一刻，他想证明自己当年的决定没有错。可他再不能替自己做主。他要死了。

如果不得不死，他也想要一场严格意义上的回归，是回家，并非逃离。他希望奔赴另一个世界的路上，有颂歌相伴，天使引领他抵达爱人身边。

可我不懂唇语，不懂手语！我自作主张让赵勤富的爸爸为他做了一场法事。屋里充斥黄表纸焚烧的焦味，蜡烛油，飞扬的纸灰，鞋子带进的泥土。爸爸不喜欢这样，他一生洁净，家里穷到最低谷，睡前仍要烧水洗脚。他哀怜万物。我们家杀猪，爸爸迅速躲开去。他一路狂奔，跑到村子最远处。他不忍目睹世间所有的尖锐。

我承认软弱,爸爸说,但我努力干净。他从来认定农民可以是绅士,因为大地是那样谦卑,沉默的泥土蕴藏智慧。

他说:你妈走时,兄弟姐妹唱诗,她脸上平静。我虽心痛,但欢喜心涨满我胸腔。最后一刻,锣鼓喧天,我心生庄严,像看见天使引领她到上帝身边。

爸爸想要一场庄严的仪式相送,以呼应他一生对精神和灵魂的高贵追问。那是他生前唯一能对世界提出的诉求。我忘得一干二净,或者压根没放心上。从拿到化验结果开始,我们已不奢望惊喜,每天等待他的死讯。他真的死去的一刻我们号啕悲切,但又不可避免地想:这一天终于来了。

爸爸的遗物里有个本子,里面夹了一些相片、纸片。其中一张可以算我们完整的全家福,那时顾及还能蹦跳。换糖佬有一天背着照相机,他装扮怪异地出现在良溪石板街。我们叽叽喳喳地追随他,他呵呵笑着来到石头屋门口,给我们拍了照。相片上,只有顾及独自笑着。当时,换糖佬做了个鬼脸,她看到了,笑靥定格在相片里。有一天,他还带来一尘你的相片,我们轮流看,照片上的你面容平和安静。妈妈说:你爸爸没有错,一尘她在另一片天空下活着,她接受了另一种爱,那种爱平和、安静。

爸爸将顾及抱下楼安顿在堂前木板上的前一天,那时她已经病得很重了。晚上,妈妈烧了米汤,这是一碗稠稠的米汤,好吃极了。妈妈打算上楼去喂给阿及吃。

我几乎是从妈妈手中抢过饭碗,我说:妈妈,我去喂阿及。

我端上楼：阿及，来，喝粥了。

　　这天夜晚，顾及似乎好了一些，她还挤出一点声音来，我将耳朵凑过去，听到她说：妹妹，一尘。我点点头，让她吃。她张嘴吃了一口，泪水顺着她耳根淌在枕头，我给她擦去几次，眼泪依旧淌着。第一口米汤入口，她咳嗽良久，泪水又涌出来。第二口米汤进嘴，她眼睛亮了亮，泪水更多了。我摸她的脸，她脸颊上只一层皮。

　　来，张开嘴，再一口。顾及费力摇头，抓住碗。我说：你不要吃了？

　　顾及摇头，又点头。

　　再吃一口。我说。

　　顾及吃了一口。她伸出手艰难地推了推碗，示意我吃。我羞愧地转头，抽噎着。我没太饿，但我想吃。

　　顾及发出呜呜的声音，又推推我手里的碗，让我吃。

　　我舀一勺放进嘴里。顾及笑了，张嘴等我喂她。但香甜使我三口两口喝光米汤。我吃得香，把碗舔干净。顾及哭出了声。

　　我的饥饿归罪于谁？爸爸吗？他在乱世里拉住一个女子的手让她成为妻子，他们生下我们，我们懵懂，稚嫩，尚未掌握生存本领。每日里饥寒交迫，他们却在追求自我的理想。

　　但这些，能为我掠夺妹妹的活命口粮开脱吗？我禽兽不如。是不是？

　　此刻我想起一张面容。妈妈年轻，干净，一头乌黑的短发在耳根夹着，露出洁白的颈脖。三十四岁的妈妈刚从外面回来，前不久她离家出走了。我现在知道，她去找你了。但那时，我们都以为她丢下我们去追寻上帝了。那一天，见我在家，她放下布包奔过来：阿念，妈和你说个梦。她怎么有那么多待解之梦。

上初中时，我周六回家，妈妈在溪里洗衣服，她的背影好看。她手臂柔软，白皙。我轻声喊她。妈妈转过身来，神情焕发光彩：阿念，你回来真好。我告诉你，我得到一本书了。

妈妈嫁到良溪后早和书绝了缘。她曾经希望自己仍然是闺房小姐，读书，绣花，想象西厢房里跳出张生一样的读书人，唱"情不知所起，一往而深"，再与其私奔。

阿念，你来看。一个黑色封面的小本子，纸张泛黄，有几页已脱离，雪花似的飘落下来。妈妈像捉蝴蝶一样捉住纸片，轻柔地把这些纸片放入书内。

她把我按到床沿上说：我唱给你听。

始料未及，妈妈看书居然是唱的。语文老师说古时诗人写诗其实是唱诗，他们吟诵应和，风雅无比。眼前这个中年妇女，我妈妈，系着围裙，双臂戴着红绿蓝袖筒，梳一个小媳妇发型，齐眉刘海，发髻挽脑后，竟然要唱书给我听。她清清嗓子，发现有什么不对劲，羞涩地笑了笑，放下书，脱去围裙扯掉袖筒。她脚穿破了的松紧鞋，黑色卡其鞋帮洗得泛出白筋。觉察到我眼神里的不解，她索性脱下鞋子，坐到床上说：你听了就知道是好的。

我以永远的爱爱你。

从未听过这样的旋律,我备感新鲜,这鼓励了妈妈。

> 我以慈爱吸引你
> 有美地方寂静安舒
> 近乎上帝之心
> 在那地方罪恶全无

窗外返青的竹子,流油一般亮堂。这是一个安静的午后,花斑杜鹃在山上嚯嚯叫着。知更鸟的声音穿过竹林,抵达我家窗台。风吹过,林间沙沙响。我感觉整个世界在动。溪水应和妈妈的歌声,轻灵,透明,滴翠。我忘记身处何处,只觉全身通透,泪水唰唰落下,索性趴在床上放声大哭。不知过多久,我听到爸爸从山上回来,还穿着草鞋,腰间系着泛黄的大手巾。他冲到床前问我怎么了。

痛哭使我害羞,我飞快下楼找竹篮装作去办猪草。出门,抬头见春日的天空纷扬着雪花,是撕碎了的纸片从窗口飘洒,在我头顶舞蹈。我接住一枚纸片,上面写着:哈利路亚。

在我记忆里,那是爸爸妈妈第一次用武力解决纷争。当天晚上,妈妈没有做饭。躺在床上,头发蓬乱,就几个小时,妈妈已是老人了。我看着她,试图想起她另外一个形象,爸爸遇见她时,她脸上也是红润的吧。我不合时宜地问她:你年轻的时候是什么样的?妈妈泪水汹涌,攥紧我的手说:那一天起,我就死了。

妈妈示意我打开镜箱，那是她的嫁妆。里面是鞋样，还有一枚小小的碎银别针。妈妈从鞋样底层摸出一张照片，是一个俊朗的青年，小分头，面庞清秀，眼神青涩。见我疑惑，她把照片塞进我手心，说：帮妈妈找个地方埋了。

我问：他是谁？

她说：埋了。

有个黄昏，妈妈悄悄跟我说，有个妹妹在她身体里，她要带妹妹来了。这是妈妈最后的好年华。她怀孕的日子里，爸爸爱她如初识。所有人都说她要生个儿子了，包括经验丰富的表姑妈——表姑妈已老迈，这是她生命里最后一次接生。她见到爸爸就说，顾家的根脉终于来了。爸爸喜乐的样子像个孩童，那也是爸爸的好年华。

妈妈上半身盖了一床薄薄的单子，下半身两腿分开。我不敢看，那是深渊，场景像屠宰场。而我的妈妈却寂静安舒。

庄严感使我平静，一个新生命即将诞生。我说：妈妈，是不是有个弟弟要来了？妈妈的食指放在嘴上，嘘——，随后，她嘴角动了动，说：你知道的不是全部。他们也一样。

妈妈生下一个女儿，跟爸爸说：我知道她会来人世见我，她像尘埃，叫顾一尘可好？月子里，妈妈嗜睡，哈欠连天，常常落泪。送进精神病院那天，医生问她的名字，妈妈笑了笑说：我已将全部孩子带到尘世。

妈妈后来做好常年卧床的打算。她将自己关进房间整天唱诗。

爸爸疑心不是妻子在唱，是天使之音。他悄悄上楼，妈妈捧着书，沉醉，安宁。一不留神，他随妈妈的节奏唱了两句。他从不了解妻子。他爱这个女人。而这个女人嫁给他，是一个谜。她也从未懂他。两个陌生人同床共眠各自悲欢，终于临到命终。

妈妈活着的最后一年，良溪人说那个换糖佬也不做石匠了，他到山上搭了一间草屋。这个人来去无踪，很少有人见到他。深夜他用竹叶吹出的曲子唤醒群鸟。有猎人迷路时换糖佬救了他，后来，猎人提了酒跟换糖佬喝到夜半。换糖佬摘下面罩，因他长年戴面罩，面容相当可怖，没有血色，颧骨高耸，像夜晚噩梦里的僵尸。他拿出一张照片，照片里的他二十三岁，眉清目秀。

他承认救过一个姑娘。在集市，他们时不时碰在一起，他看着她笑，她也对他笑。有一天，一头牛受惊吓横冲直撞，他抱住惊慌的姑娘。他们四目相对时已私定终身。他在一个渡口和姑娘失散，当他从江里湿淋淋上来时，姑娘已被一个男子牵手上船，一个大浪劈来，船已远去。

他记得那个男子的声音，他凭记忆开始找寻口音。他置办一副挑担，手握拨浪鼓游走四方，一年又一年。当他在良溪石板老街听到记忆里那个男子的声音时，已是五年之后。

有一天，他在石板老街游走，妈妈从街东面走来，他犹豫着取下面罩。他们对视良久。那时，她已育有一个女儿。她犹疑着说：好像……见过你。又笑了笑说：记不得了，可能是前一世。

他说：见过。这一世。

妈妈笑了笑，他也笑了笑。她重重叹口气，往前走了。

随后，他目睹女子数十年生活。他曾在一个秋日黄昏敲开她家门，记忆里那个男子的声音已沧桑，但他辨认出是她丈夫——是我们的爸爸顾尚清。

爸爸说：不换糖！

他摇着拨浪鼓，试探着：记得吗？有个渡口，人很多……牛惊了，有人落了水……

爸爸问：渡口？

他点点头。

爸爸似遭到暴击，声音像铁一样坚硬，斥责他：懦夫！

那么，爸爸早知道，在他跟妈妈生活的数十年间，渡口男人从来都在他们的生活里。但渡口男人保护不了妈妈，妈妈历经的黯淡日子，他只能在半山腰上和山林为伍。他爱妈妈，也不爱妈妈。

还有什么不同解释？必定是换糖佬带走了你。难道他也默认了大手理论？

你失踪后，我跟顾米去医院看妈妈，医生说：有个换糖佬来看你妈妈，你妈妈不见。换糖佬过几天来一趟，他一来，第二天，你妈妈就不吃饭了。医生问我们那个换糖佬是谁。

即将进入千禧年，爸爸已年过花甲，他羞惭地跟妈妈说，想去上海看看。他勤勉务实，在良溪人开办的铝合金装潢厂寻求生机。但他很快染上肺结核，呼啸的风中，背着行囊走在寒冷的上海街头，四处寻找容身之所。他累倒在天桥下，被叫花子驱赶，他掏出仅有的一点钱，请叫花子给家人打电话。

爸妈先后住院，妈妈精神障碍，爸爸肺结核。他们在不同医院接受治疗。

妈妈出院回家后，有一天，往事跌撞过来，她终于回忆起全部的青春。在一个春天的傍晚，妈妈去了半山腰，果真有间草房子，她欣喜若狂（我猜测），几乎要爬着上山了。山路陡峭，但她臃肿乏力。清脆的鸟鸣从草房子传出，妈妈像即将见到亲人，跌撞，激动，口齿不清，她轻声问：是不是你？

她梦想从草房子中奔出一个青年，他眉眼清隽，气质出尘。她梦想他张开双臂，像在平原街头那样拥她入怀。她脸颊红润，像怀春少女。婉转的鸟鸣吸引着她，她抓住树干往上，往前。但身子笨拙，她摔倒了。一个身影从草房子里跑出来，扶起她。妈妈看见了他可怖的蒙了大半生的脸。

野桃花盛开，像一片粉色云雾浮在山峦间。爸爸感叹说：那是数十年来最温暖的春天，溪水清澈，天空湛蓝。但是，你们的妈妈，她在那一年癫掉了。在良溪，癫，意味人间一切已结束，尘归尘，土归土。那是二〇〇四年，妈妈六十二岁，她的爱情刚刚苏醒。但岁月不等她。

某天午后，蒙面人离开人世。他曾发誓要走在罗眉之后头。他食言了。他像影子般生活了几十年。

他向时间投降了。爸爸说：无论如何，时间站在了我这边。

之后，妈妈不再进食，她的身体温润洁净，富有弹性。她捧着外婆送她的黑面本子，音符曲调血液似的在她身体流淌。第八天，爸爸端饭菜到她床前。爸爸温和，善意布满脸庞：眉之，我不懂怎么疼你。我不懂世间常情。

妈妈羞红脸说：尚清，这一生一世……我全忘了。将来，要再见面，就好了。

爸爸说：眉之我们慢慢活，将来，女儿们都回良溪，团团圆圆。妈妈说：等不及了，我要走了。人世的路我已走完。昨晚我梦见一尘了，她在哭。可是，我帮不上了。

过些日子，一直昏睡的妈妈忽然醒来，早已不再进食的她向爸爸要一碗水喝，让爸爸扶她到窗前。良溪水潺潺，细鱼在水草间嬉戏。水岸边，金银花丛里蜜蜂嗡嗡，妈妈微笑着说了句什么。爸爸扶她躺到床上，给她掖好被头，妈妈伸出双手，将薄被拉到腋下，说：那……我先走了。

爸爸说：你睡一觉，我去烧粥，等你醒来，热乎乎的，好吃。

妈妈闭上眼，她面容安详，肤色明净，像夜空皎月。爸爸守在床边，握着妈妈的手说：我以为能给你世界里的一点点好。

妈妈的遗物很少，床底下的稻草包里全是鞋样，每个鞋样都写着脚码尺寸：尚清42，尚清41，尚清40，尚清39。

伊菲拉

顾玉生找到那个船夫了,苏漫秋曾经坐他的船。我们问船夫记不记得苏漫秋,他摇头。渡江纪念章可还在?老人迟缓地眨眼:什么?

走出小区大门,我们很懊丧。走了十来步,那人追上来问:顾小年活着?

他回忆起曾给一个叫苏漫秋的人撑过船,苏漫秋跟他说自己打仗的故事,和他说顾小年的故事,还给他一块渡江纪念章,黄铜纪念章上解放军握着长枪向前冲,一片船帆势不可当。下方一行字:渡江胜利纪念。苏漫秋身无长物,但他要过江到程坟。纪念章放在舱底等着他来拿,他迟迟不来。

船夫很老了,但他清楚地记得一些事,说苏漫秋三次坐他的船,第一次苏漫秋出手大方,给他一块银圆让找一副挑担。第二次要过江时是穷光蛋了,只给他一袋木炭。第三次坐他船,船夫说十年修得同船渡,不收钱。苏漫秋说要去找未婚妻,她叫顾小年,给他一枚纪念章就走了。船夫在木板下看到苏漫秋遗落的一封信，拆开看，是写给一个叫顾小年的。

小年，若你看到一盏月牙形的水灯，便是相见了。

良溪将由谁来接管，给她以新的容颜？小年姑婆拍卖苏家书房所有古书、苏漫秋笔记、顾望年手稿，顾玉生获得一笔资金，但还是不够。养父母给我留的信托基金，我想它们终于能派上用场了。顾玉生没有推辞这个辅助。在最后一次招标会上，他获得良溪开发权。顾玉生公司中标良溪竹纸博物馆和良溪民间语文馆建设工程。

在良溪，我已能说出一些名称，斜风湾、麦湾、青湾。一些场景，不知是记忆还是错觉，我隐约觉得良溪所有场景我都熟悉。顾玉生描述，完工后，任何一个良溪人站在自家屋前，看到的景象都是，溪岸垂柳，枣树，鹅群，水鸭，炊烟里农人荷锄归家。弧度适宜的水岸，繁盛的积雪草从顾安律时代走来，至今依然葳蕤丰盈。

有一天，顾玉生说：来，看看这个。他递给我一片椭圆的长石条，中指长，两指宽。一面刻着兔子，另一面刻着"妹妹"。

那是顾玉生的施工队在溪岸挖掘时，他看到的。

几年前的记忆回来，换糖佬给我的石条，那块刻着"姐姐"的石条，被我丢进运河了。我记得那次坐在运河边，将石条投到很远的河面。啪，溅起一点水花。

我想起，那时的换糖佬已经老了，佝偻着背。但他眼神有力，似乎藏着某种斗志。

顾念

顾及活着时，一个秋日傍晚，我从学校回家，路过石板老街，看到换糖佬。他手握钎杆、凿子，他成了石匠。依旧蒙着脸，长发披在后脑。

他从裤袋里掏出一块椭圆形石条，我后退几步不想让他靠近。他把石条递给我，说良溪里找到的。我从不知道这个摇着拨浪鼓的蒙面男人会石刻。

我兴冲冲上楼掏出石条，顾及握住石条，嘴里呀呀说着什么，脸上全是惊喜。我说：换糖佬不换糖了，他当石匠，砌石脚，给墓碑凿字。

石条留在顾及身边，她整天捏在手里。有一次，她要了一支笔，勉力在石条背面写下：妹妹。

换糖佬不知花了多少心思才用钉子一下一下刻出这两个正楷字。我把石头交给顾及时，顾及哭了。

顾及落殓已是深夜，荒凉冷寂，恐惧丛生。良溪人素来忌惮白发人送黑发人，爸爸妈妈听从表姑妈建议，避到爷爷屋里，我们姐妹被赶到楼上。

从楼板缝隙往下看，顾及惨白的脸在幽暗的夜里，是那样惊魂不定。火盆里烧着纸钱，脚边点了一盏灯芯草洋油灯。表姑妈已给顾及净身，没有新衣裳，妈妈嫁过来时垫在箱底的一块藏青色棉布被表姑妈撕成条状，她用布条把顾及捆绑起来。顾及右手紧握着石条，表姑妈试图掰开。但顾及握得太紧了。石条有顾及的生息，她抓过，捏过，放在心窝贴过，嘴唇亲过。

原来同样的石条，换糖佬做了两个，一个留在良溪，一个给了运河边的你。

爷爷跟爸爸抬着薄板棺材出门，纸灰飞舞，寒气逼灭长明灯，屋子漆黑。我扑向窗户，吱嘎嘎打开木头窗门。楼下，零散的四五个人走在雪地，咔嚓咔嚓踩出几行黑乎乎的脚印。我哭喊着，喊顾及，喊妈妈给顾及一碗白米饭！表姑妈回头朝窗户吼：吠死，再吵把你也葬掉。

原来，顾及就在溪岸，全家人放不下的心事、痛和希冀一直在她手里攥着。她就在我们随时能看到的枣树边。不承想，多年后，顾家人用冰冷的铁爪掀开她安睡的塞满稻草的薄板棺材。

顾及安睡的地方，离我们的新屋不到一百米。从屋子大门出来，走过道地，过桥后左拐三十步。那么，妹妹，你想必知道了，顾及在此躺了二十四年。她一直在等你。

伊菲拉

稻草床上，我们又一次睡去。我们变成了兔子，相拥，欢笑，没有生离死别。

选个日子，我们请人做了一场简单的法事，将那里的泥土用新棉被包起来，将石条、洁白的尸骨和我们三姐妹替她烧的纸钱，埋到爸爸妈妈的坟中间。那是一个秋日午后，群鸟停在木兰树上，叽叽喳喳叫着。

我们坐船往上，再往上，终于找到丁香渡。小渔村背靠大山，临江处是古义渡。摇橹的老船公花白头发盖住眼睛，鼻梁扭到一边，左眼只能睁开一条缝。他身子伛偻，前胸几乎贴到膝盖。人们无法判断他的年纪，也无人知晓他姓甚名谁。在人们的猜测里，他独自默默度过春秋。

他日复一日摇橹，从不收钱。人们给他一个番薯，他吃了。给他一双鞋，他穿上。老船公寡言，但人们仍然获知他一二，说下游三百里处一个县城，他的家人在天灾人祸中离散——事实也许并非如此。又说他曾是新四军，皖南事变时幸存，未婚妻下落不明。他爱穿白衬衣，一年四季，白衬衣的领子洗得干干净净。他终生未娶。

看到过相片的人说，老头年轻时格外英俊，眉宇间闪着光亮，任谁也无法想象，他是怎样把自己变成眼前这个样子的。他住在渡口的一间小屋里，泥墙，木门，格子窗，黄泥和着芦苇做屋顶。

除了摇橹，他所有时间都用来做水灯，月牙形的水灯挤挤挨挨排列在窗边。无论刮风下雨，他都会去渡口放一盏水灯。丁香渡的人喊他水灯老头。

初冬的一个下午，水灯老头忽然开口说话，说他要走了。问他去哪里，他指指门前的江，又指指天空。丁香渡的人才知他已很老很老。

我们抵达丁香渡时，老人已离去半年。屋子里，一张小方桌，两把竹椅子。墙面斑驳，尘土落在地上。没有水灯。没有痕迹。

远处江岸，一些年轻女子在唱戏，她们水袖长舞，执轻罗小扇。

> 台下人走过，不见旧颜色。
> 台上人唱着，心碎离别歌。
> 情字难落墨，她唱须以血来和。
> 戏幕起，
> 戏幕落，
> 谁是客。

……

我想起苏漫秋,这个俊朗健硕的男人,在小年姑婆的讲述里,曾被誉为"非人间俗物"。在被岁月无情摧毁面容后,他只能选择躲避,爱情和亲情他都无力承受。年复一年,他借用水灯传信,可流水不知情,尽付东流。

顾玉生新近启用的滑翔基地人满为患,人们都想飞翔,像我良溪的父亲。我的堂哥顾玉生承认伯父顾尚清当年的虚幻理想在他心里埋下了飞翔的种子。那一天,借助风力轻盈地飞向天空时,我感受到前所未有的激动。我飞到了一块空地,这里曾经是我生父顾尚清的梦幻园,他的光荣和梦想,曾被讥诮、轻慢。他不会想到,他的后代真的在蔚蓝的天空飞起来了。俯瞰大地,仿佛看到父亲——顾尚清,我一生都在追寻理想的爸爸,他穿着农人素朴的衣衫,静静走在田埂,偶尔,他抬头——他终于抬起头来,没错,安睡在良溪泥土里的爸爸,他已然看到他背负的虚幻缥缈之罪名,有了非同寻常的意义。因为我相信在这一刻,我们父女有了神圣的交集。

顾玉生已将那架被称为怪物的飞机保护起来。这里会像顾家纸槽一样,成为游学之地。可是,怎么跟人们说呢?解说词又如何能表达上个世纪那一代人的颠簸、失落、挣扎与难以言说的希冀?我想,我有可能书写这一份用良溪竹纸才能承载的解说词。

老人顾长年——我承认继承了他遗传给我的某些性情脾气。

我愿意称呼他爷爷。他终于回到石头房。顾家人又一次创造奇迹。但他已不会说话，他像新生儿一样安静，重新开始熟悉人间话语。

我们坐在船上，听水流拍打船舷。游船在被称为大水湾的开阔处停下来。爷爷静静坐在轮椅上，他的身边是他妹妹顾小年，我们的小年姑婆。不知谁吹起了口琴，我们沉浸在安静的琴声里。忽然，江面变得壮阔，密密麻麻的亮着橙色光亮的月牙形水灯，在水面闪烁，像幽蓝天际落下的星辰，晶莹澄澈，浩浩荡荡，绕过浅滩，穿过曲折逶迤的水岸，顺水急速而来，像在奔赴一场旷世之约。

当夜，我梦见了老人，他像上海滩的许文强，长柄黑伞，连帽黑风衣，洒脱，气度不凡。我看不到他的脸，但我知道他叫顾长年，他身上透露出的气息，是我熟悉的良溪品质：自信、平凡、谦逊。他是我爷爷。雨水从他的伞上落下，我们什么话也没说，但潜意识里，我知道他已不在人世。他在成全我——是的，顾家人，他们都在成全我。让我有机会目睹亲人死去、埋葬，给我机会泪洒故土。

老人在水灯闪耀里闭上了眼睛，这一次，他真的长眠了。

寂静悠远的长河。

葬礼后，顾玉生交给我一个盒子，我打开来，一张纸片，是老人留给我的——礼物？遗产？纸片上写着：

人们深信必死无疑，仍然怀抱挚爱行走一生。

初秋的一个下午,我接到一条短信:你在银河系吗?

我有一时的恍惚。良久,才想起,是我在印度尼西亚遇见的迎薰男子,他从哪里获知我的联系方式?我想了想,将老人留给我的那张薄薄的纸片拍照发给了他。

严冬来临。雪下了一夜。黎明时,推窗远眺,天光在山巅闪耀。一只兔子从远处蹦跳着过来,在窗下伫立,我与它有了片刻对视。随后,它又蹦跳着往山坡去了。寂静无声的时光,天空幽蒙,我想到这些年的自己,以及回到良溪的顾一尘——或者就是伊菲拉。没错,我在顾家之外活了下来。在我良溪顾家人动荡挣扎的日子里,我在外喘了口气,活了下来。

此刻,万籁俱寂,我能听见某些声音,就好像我的爸爸顾尚清,他还在那里。他未果的理想、希冀和远望,在这个黑夜与白天相交的瞬间,如一束光,从高空直射下来,在雪地上形成一团气,旋转,呼啸。我似乎能看到顾家人在那团气流里如何生,如何死。随着天色渐明,气流消散。

良溪正在沉睡,而我醒着。这一神奇景象,我断定是父亲顾尚清独独给予我的暗喻。

(全文完)